中国专业作家作品典藏文库

中国专业作家作品典藏文库
石钟山卷

大院子女

石钟山 著

中国文史出版社

这是我们的故事，红色的激情仍在延续。

我们从单纯到复杂，从无知到成熟，每一步都留下了我们的足迹。让我们的生命伴着时代唱响命运的旋律。

——题　记

目　录

1975年的秋天

章卫平在那年秋天，从放马沟大队回到了军区大院。那年的秋天阳光一直很好，暖暖地照在章卫平的身上。他穿着洗得发白的军装，口罩别在胸前的衣服里，雪白的口罩带显眼地在胸前交叉着。还没有到戴口罩的季节，但在1975年，不论城乡，不论男女，只要是时髦青年，差不多每人都拥有一副洁白的口罩，不是为了戴在脸上，而是挂在胸前，完全是为了一种必要的点缀。

1975年的秋天，下乡青年章卫平已经是放马沟大队革命委员会的主任了，这一年章卫平刚满二十岁。章卫平在那个秋天，心里洋溢着一种前所未有的激情，他站在阔别了三年的军区大院内，他觉得昔日在他心里很大的军区大院，此时在他眼里变得渺小了许多。他的心很大，大得很。他又想起了毛主席他老人家的一句话：农村是个广阔的天地，并且大有作为。此时的章卫平，用一种成功者的心态审视着生他养他的这个军区大院。

他看着眼前既熟悉又陌生的一切，一座座用红砖砌成的二层小楼，房前屋后都长满了爬墙虎，此时的爬墙虎已经不再葱绿了，叶子枯萎凋零，只有枝干还顽强地攀附在墙壁上。院子里的梧桐树叶也落了一地，只有柳树还泛着一丝最后的绿意。

三年了，章卫平这是第一次回到军区大院。三年前，他被父亲的警卫员和秘书押送着离开军区大院时，就下决心再也不回到这个大院了，这个大院让他窒息。他的父亲、军区的章副司令也让他生厌。车驶出军区大院时，他的头都没有回一下。他初中没毕业就离开了军区大院，那一年他还不到十七岁，但他的身体里早就是热血奔流了。那时，他最向往的地方就是越南，“抗美援越”这句口号虽然还没有提出来，但是生长在军区大院的他，仍时刻能嗅到这样的气息。

父亲章副司令是个没有多少文化的人，他几乎看不懂任何文件，就让秘书在家里给他读文件。章卫平就是从那时候开始了解越南战场的，最后他就开始神往越南了。越南人民身处水深火热之中，越南人在胡志明主席的领导下，在丛林里，在村寨里展开了一场场激动人心的游击战。

章卫平在那个年代和所有男孩子一样，是多么向往热火朝天、激情澎湃的战争啊！在成人眼里战争是血与火、生与死的搏斗；在孩子眼里，那是一场刺激而又神秘的游戏。章卫平被越南战争深深地吸引了。从上小学时，他就开始喜欢看《小英雄雨来》《小兵张嘎》《平原游击队》《铁道游击队》《洪湖赤卫队》等连环画，所有革命故事里都有英雄，这样的英雄让年少的章卫平激动不已，浮想联翩。那时他就感叹自己生不逢时，如果自己早出生二十年，说不定就没有“雨来”“张嘎子”什么事了，他也会成为小英雄。

章卫平非常不满意父亲给起的名字，卫平，保卫和平的意思。都和平了，没有了战争一点意思也没有。在他很小的时候，部队就在搞备战，今天演练防原子弹，明天又把部队拉到大山里去搞演练。那时候，章卫平是激动的，战争的态势在他眼里一触即发，可一天天、一年年过去了，日子依旧是和平的。战争并未真正地打响。20世纪50年代初的一场战争发生在朝鲜，那时的父亲是名副军长，也雄赳赳地去了。父亲是从朝鲜回来后一不小心生下了他。他在还没有出生时，已经有俩哥俩姐了，按理说有四个孩子足够了，但随着战争的结束，父亲一激动又生下了他，他在家里叫小五。他对这种排序更是不满意，可他又有什么办法呢？

越南那场战争让他热血沸腾，他从父亲的文件里了解到越南和那炮火连天的岁月。大哥章向平那一年二十八岁，在昆明军区当兵，是高炮营的一名连长。章向平去了越南，隐蔽在越南的丛林里，用高射炮打美国人的飞机。那时美国人新发明了一种炸弹叫子母弹，很厉害。大哥就是在丛林里被美国的子母弹给炸伤，还没等到送回国内，就因流血过多牺牲了。

父亲在听秘书给他念文件时，哥哥的照片就挂在墙上。哥哥身穿军装，神情冷峻，两眼炯炯有神地望着前方，仿佛已经望到了美国人的飞机。

在章卫平眼里，哥哥向平几乎是高大完美的。哥哥比他大十几岁，从他记事起哥哥就是个大人，哥哥当兵走的那一年，给他留下了一个弹弓。哥哥是玩弹弓的高手，就连天上的飞鸟都能打下来。他记得有一次，哥哥就是用这把弹弓把天上的一只麻雀打了下来，哥哥打完麻雀连头都没回，他捡起那只麻雀时，麻雀的头上正流着血，还带着体温。那时他眼里的哥哥简直就是英雄。后来哥哥就当兵走了。哥哥在这期间回来过几次，那时的哥哥是真正意义上的大人了，穿着军装，领章帽徽映得脸红扑扑的。哥哥回到家里总是跟父亲那些大人说话，不和他多说什么。有时把一只大手放在他的头上爱抚地拍一拍，然后就说：小弟，等长大了，跟哥当兵去。他听了大哥的话，便欢呼雀跃起来。

有一次，哥哥从昆明回来给他带来了一只用高射机枪的弹壳做的哨子，几个弹壳焊接在一起，哥哥能吹出动听的曲子来，像《游击队之歌》《解放军进行曲》什么的，可他不会吹，只能吹出呜呜的声音来。哥哥来了又走了，当他再次得到哥哥的消息时，哥哥已经牺牲了。

昆明军区的人捎来哥哥的一件带有弹洞的军衣，还有一张全家的合影照片。那张照片已经被哥哥的血染红了，这是哥哥最后一次探家时照的全家照，哥哥一直带在身上。母亲是司令部门诊部的军医，那天母亲哭得昏了过去，被人七手八脚地抬到门诊部去输液抢救。父亲把自己一个人关在屋子里，他从门缝里听到父亲牛一样的哭声。那时他的心里说不清到底是一种什么情绪。

几天之后，家里才恢复了正常，说正常也不正常，母亲经常发呆，独自流泪；父亲似乎心事重重，一个人背着手在屋子里走来走去，他发现父亲头上的白发又多了许多。哥哥牺牲了，他躲在被窝里为哥哥流过眼泪，他下定决心，要为哥哥报仇。从那一刻起，越南成了他最神往的地方。

上初中的他已经学会看地图了，在教科书上他看到越南离昆明很近，想去越南就要先到昆明。

初中二年级那个夏天，他爬上了火车。他来到昆明后，才知道到越南还有很远的路。但他在昆明结识了好几个和他一样的孩子。这些人有北京的，有成都的，他们都是部队子弟，想法也不约而同，那就是越境后成立一支敢死队，为越南人民早日取得胜利去流尽最后一滴血。

他们是在通往越南的丛林中，被解放军战士发现的，于是他被送了回来。章卫平是离开家一个月零五天后回到军区大院的。那时学校已经放假了，他回到大院，许多同学都来围观，他们几乎认不出昔日的同学章卫平——头发很长，还长了虱子，又黑又瘦，衣衫破烂不堪。就是那一天，父亲章副司令用一个响亮的耳光把他给打哭了。这么多天受的罪和委屈都没能让他哭，父亲的一记耳光彻底把他去越南的梦粉碎了。他震惊、不解、迷茫，他认为自己没有错。父亲为什么要打他，他要为哥哥报仇，为那些越南人报仇，他要解放水深火热中的越南人民，他有什么错？

那次经历之后，父母紧急磋商，磋商的结果是不再让他上学了。他们要把他送到父亲的老家，让他去下乡。按照母亲的话说：卫平不能在家待了，再待下去还不知出啥大事呢。

父母之所以没有把他送到部队去，原因只有一个，那就是他还太小。父亲说部队不是幼儿园，别把脸给他丢到部队去。在父亲的想象里，章卫平还会做出许多丢人现眼的事情来。把他送回老家，肉烂在自家锅里，别人是不知道的。在那年的夏天，父亲的秘书和警卫员押着他，来到了父亲的老家放马沟大队，他成了一个插队落户的知识青年。

结果父亲的预言错了。三年之后，他已经成长为放马沟大队的革委会主任了。

防空洞里的初恋

在初秋的这一天，当章卫平踌躇满志地回到军区大院探亲时，十八岁的乔念朝和同样十八岁的方玮走在防空洞的地道里。

军区大院的防空洞已经修了好多年了，自从苏联专家和军事顾问撤走，形势一下子就紧张起来，毛主席他老人家号召全民、全军要“深挖洞、广积粮”。于是，军区大院和全国一样，轰轰烈烈地开展了一场“深挖洞、广积粮”的运动。防空洞挖到一定程度就真的有点像当年打日本人时的地道了，最后是家连家、户通户了。刚开始的时候，每家每户的地下都有一个菜窖。后来就连成一体了，现在每户人家的菜窖都通着地道。客厅或卧室的某一块地板，只要掀起来，便是地道口了。

军区大院的防空洞平时是有人管理的，什么水呀、电呀早就通了进去，还在里面修建了指挥所，电话、电台什么的，里面也是应有尽有。军区以前经常要搞上几次演习，把军区大楼里的指挥部搬到地下防空洞里去，作战人员在里面住上几天，遥控指挥着地面的作战部队，地面部队在假想敌面前进行着艰苦卓绝的战斗。

乔念朝和方玮从记事开始便被这种紧张和神秘吸引了，防空洞里的一切对于他们来说都充满诱惑。刚开始的时候，只有在一年一两次的演习中，他们在父母的带领下才有机会来到洞子里，那几天，防空洞简直成了孩子们的天堂。因为在那几天里，他们可以名正言顺地不用去上学了，虽然他们的行动受到了一定程度的限制，但是他们仍然是快乐的。灯永远亮着，他们过着集体生活，吃着一样的饭菜，起床、睡觉都听着铃声，但他们可以疯闹疯玩，全然不顾军人的紧张情绪。那些日子孩子们比过年还要高兴。演习结束后，他们高涨的情绪还会持续好几天，他们的中心话题仍然是防空洞里有趣的生活。在大人眼里，防空洞的生活是枯燥的、了无生气的，但对孩子们来说很有趣。他们走出防空洞后，便开始期盼下一次的演习。有时他们希望美、苏两霸的原子弹真的扔过来，那样他们就可以在防空洞里生活下去了，并且永远不回到地上过正常的生活，那才是最好的结局。

后来防空洞的连接口挖到每家每户了，他们可以在任何时间里偷偷摸摸地进入地下了解情况。那时防空洞的管理还是很严格的，经常有警卫连的战士深入到防空洞里巡视，也曾发现一些孩子擅自闯进防空洞里，他们就一次次把孩子们捉上来。孩子们更加喜欢这种冒险了，他们和这些警卫战士打起了游击，他们把这当成了一种游戏。后来部队又想出了办法，用铁门把一些通往具有战备设施的洞口封了起来，家长对自家的孩子又严加看管，才平静了一些。但看管是看不过来的，仍不时地有孩子出入地道。地道平时是不通电的，排风设备也没有打开，要是在里面迷了路，时间长了是有一定危险的。

前几年曾发生过这样一件事，两个孩子偷偷地从自家的菜窖口钻进了地道，他们是开着手电筒下去的，后来手电筒没电了，他们迷失了方向，上不来了。半夜了，家长找不到孩子，才想起了地道。那天半夜时分，防空洞里灯火通明，二百多个战士在沟沟岔岔的地道里找了两个多小时，才发现了那两个奄奄一息的孩子。经抢救，这两个孩子活了过来。这两个孩子就是乔念朝和方玮。那时他们念小学四年级。

这个事情发生后，家家户户的地道口都严格管理起来，有的加了锁，有的干脆封了。从此以后，孩子们下地道的机会才少了起来。

同样是几年前，地道里还发生了一件大事，警卫连一个战士和通信团一个女兵谈恋爱，两人偷偷地钻进了地道，后来不知是迷路了还是窒息了，三天后才被人找到。他们死在了一起，死去的姿势还是挺感人的，女兵紧紧地搂着男兵的腰，男兵托着女兵的头，仿佛在欣赏女兵的美丽。他们的表情是笑着的，恋人般的微笑，对死似乎没有一丝一毫的察觉，他们全身心地表达着爱意。他们是在热恋中死去的。在火化时，人们无论如何也不能将他们分开，最后是两个人一起被火化的，骨灰分装在两只骨灰盒里，双方家长悲天怆地把他们带走了。

这个凄美的爱情故事在军区大院里一直流传了许多年，成了一个凄美又有些悲壮的爱情神话。

这个爱情神话也深深地打动了乔念朝和方玮。他们如今也是年满十八岁的青年男女了，在 1975 年的 7 月份，他们完成了高中学业，他们现在在家里待业。从他们未成年开始，便被那两个男女战士的爱情神话深深击中了，他们对防空洞又投入了另外一种感情，全然不是他们孩子时那种游戏心理了。

这段日子以来，他们都想到了防空洞。先是乔念朝钻进洞中，他轻车熟路地来到方玮家的下面，抬手敲洞口的地板，轻三下重三下。方玮听到了，如果安全，她会一闪身钻进洞中。他们大了，已经能轻而易举地找到家里锁防空洞的钥匙了。如果此时家里有人，不方便的话，她会在地板上跺三下脚。

那天上午，乔念朝和方玮是手拉着手走进防空洞的。乔念朝举着手电，电池是新换的，他的兜里还揣着两节备用电池，所以他们不用担心因为黑暗而迷路。那天上午，他们的情绪很高涨，两人哼着歌儿：地道战，嘿，地道战，埋伏下神兵千百万……

他们走着走着，就都不说话了，他们在一个平台上坐下来，手电光有些昏蒙地照着对面的墙壁，两人一半在光线里，一半在黑暗中。

咱们毕业都两个多月了，你是怎么打算的？乔念朝歪着头冲方玮说。

方玮摇了一下头，刘海在她的头上晃悠着，在手电的光影里她的眼睛很黑，也很亮。她摇完头后，才轻声说：我不知道。半晌又问乔念朝：你呢？

我爸说，让我去当兵。

那我也去当兵。

乔念朝站了起来，方玮也站了起来。他手里的手电光影也随之发生变化，顺着幽长的防空洞射向了远方，巨大的黑暗很快就吸纳了这些亮光，手电光感觉有气无力的。

两人在微弱的光线里对视着。他们在孩提时代就一起疯闹，后来长大了，就都有了一种陌生感。那次他们从地洞里被救上来后，不久，两人就上了中学，从那时起，他们突然就变得生分起来，但他们在心里还是忘不了对方。他们在一个班级里，上课时两人的目光经常会在不经意间撞在一起，他们就会脸红心跳。接下来，他们又一起上了高中，直到高中的最后一学期，两人才开始说话。那也是一次偶然。那天，他们前后脚走出军区大门去学校。方玮在前面，脚步犹豫不决，慢也不是，快也不是，乔念朝距她有三两步远，也是不知如何是好的样子。

后来还是乔念朝先叫了声：方玮。

声音干涩极了，一点也没有生气。

方玮回了头，他就走了过来，清了清嗓子才问：快毕业了，你有什么打算？

她小声说：不下乡，就是当兵呗，你呢？

从那次起两人之间的僵局才算被打破，以后他们在上学放学的路上就会有意无意地往一起走。走在一起也没有更多的话，说一些学习的事或毕业后的打算。

两个月前，他们真的毕业了，仅仅两个月的时间，他们似乎一下子就长大了。他们频繁地约会，约会的地点首先想到的就是防空洞。他们对若干年前那次事故至今记忆犹新。

今天，他们在防空洞里四目相对，两人距离很近，彼此都能听见对方的呼吸，以及擂鼓般的心跳声。

不知是谁的身体向前移动了一下，他们几乎同时抱住了对方的身体。手电筒掉在了地上，啪嗒那么一响，又滚了两下，停住了。光在他们的脚底亮着。

他们开始接吻了，他们的嘴唇湿润而颤抖，牙齿碰在一起，发出了清脆的响声。不知过了多久，掉在地上的那只手电筒的电池快要耗尽了，只发出微弱的一点红光。

方玮轻吟着：念朝，我都快激动死了。

乔念朝说：那我们就一起死吧。

两人又一次紧紧地抱住了对方，他们同时想到了几年前那对偷吃禁果的战士，还有那个凄美的神话。他们恨不能把自己和对方融为一体。

温室里长不出参天大树

乔念朝和方玮的初恋，在那个初秋的防空洞里顺理成章地浮出了水面。几年的暗恋终于有了结果，他们像两列进站的火车，平静地喘息着。他们在防空洞里忘记了时间和地点，用他们年轻的身体探寻着对方。

他们走出防空洞的时候，已经是夕阳西下了。军区大院里下班的号声刚刚吹过，在军区大楼里忙碌紧张了一天的军人们匆匆地往家里走，在院外上班的家属们也陆续地回到院里，她们的包里装着红红绿绿的水果青菜。

露天球场上扯起了银幕，两个战士正在调试放映机，每周三晚上的露天电影又雷打不动地准备开演了。

章卫平对大院的生活已经久违了，他看什么都是那么新鲜。此时，他站在球场上，挺拔地站着，手里还夹了一支燃着的“迎春”牌香烟，他的样子既潇洒又成熟，他的身前身后是一些未成年的孩子，有的搬了自家的椅子在占位置，有几个在玩警察抓小偷的游戏。

章卫平用微笑和亲切的表情看着这些孩子，似乎在那瞬间又看到了自己少年时的影子。当然，现在的他早不把那一切记挂在心上了，也就是说，他已经是一方组织的领导了。在这晚霞将逝的傍晚，章卫平的感觉是良好的。

就在这时，乔念朝和方玮一前一后路过球场，他们发现了章卫平，章卫平也看见了他们。章卫平嘴角上挂着的笑就丰富了起来。章卫平比乔念朝和方玮高一个年级，他们都在同一所学校读书，又同住在军区大院，他们是熟悉的。只不过上学时，因为章卫平比乔念朝和方玮高一届，平时很少和他们来往。但章卫平离家出走、偷越边境的事件，还是轰动了整个军区大院。那件事情发生后，章卫平就在军区大院里消失了。

几年过去了，他们都已经长大成人了，他们在最初的瞬间，陌生而又熟悉地审视着对方。在这一过程中，章卫平毕竟见多识广，年龄上也有优势，很快就在这种审视中占了上风。他热情地走过去，居然还伸出了手，他已经习惯用握手的方式和人打交道了。很显然，乔念朝还不适应握手这种方式，最后很被动地被章卫平的手捉住了。一时间，他的脸有些发烧。

章卫平放开乔念朝的手，又快速地从兜里掏出一盒“迎春”牌香烟。香烟盒上的锡纸，在秋阳的余晖下闪着光芒。乔念朝下意识地拒绝了，他的脸一下子红到了耳根。他刚刚高中毕业两个月，还没有完全走向社会，在已经很社会化的章卫平面前，他显得有些手足无措，一时窘态百出。

乔念朝在那一刻，有些欣赏又有些敌意地面对着章卫平。章卫平已经完全占据了心理上的优势，他很优雅地吸了一口烟，又稔熟地吐了一口烟圈，这才以领导关心下属的口气问：毕业了？

乔念朝点点头。章卫平一连串的动作已经完全击垮了乔念朝因初恋胜利而建立起来的自信，他竟逃跑似的离开了章卫平。章卫平似乎还有话要对乔念朝说，乔念朝却突然地离去了。他用嘴角边一缕不易觉察的讥笑目送着乔念朝的身影。在这一过程中，他只和方玮点了点头，在三年前的记忆里，方玮还是一个小丫头，转眼间小丫头就长大了，当然离成熟还很遥远。他盯着方玮的背影，下意识地就想到了放马沟大队的赤脚医生李亚玲。李亚玲今年刚刚二十岁，是放马沟大队支书的女儿。他想到李亚玲，心里的什么地方就动了一动。

那天晚上的露天电影演的是什么，乔念朝已经没有一点印象了，他的身子靠在一棵树上，目光却被章卫平吸引了。章卫平就站在不远的地方，他在和一些年长的人说着什么，那些人有的是插队知青，有的在当兵，他们都是回家休假的。他们一律嘴里叼着烟，烟头上的火光在黑暗中一明一灭，他们有说有笑，样子很成熟。他们说话的内容，在乔念朝听来既遥远又陌生。

乔念朝不想把注意力集中在这些人身上，可他却管不住自己，耳朵和目光一次次被牵引过去，银幕上的故事片只是他眼前的摆设。方玮就站在离他不远的一棵树下，不时地用眼睛去瞟他，他感受到了方玮的目光，可他却集中不起精力来回应方玮的目光。方玮吃着零食，她的样子和做派仍然是小女孩式的，初恋并没有让她成熟起来，而乔念朝在那天晚上却被章卫平的成熟吸引了。做一个成熟的男人是多么具有诱惑力呀！那个初秋的晚上，乔念朝被成熟男人的魅力深深地折服了。在那个晚上，他想起了那句华丽的名言——温室里是长不出参天大树的。

露天电影结束之后，他在黑暗中拉着方玮的手躲在一栋楼的阴影里，咬牙切齿地说：我要去当兵！

他的决心感染了正处在初恋兴奋中的方玮，她也激动不已地说：你去哪儿，我就去哪儿。

方玮不是个很有主见的孩子，在家里听父母的，在学校听老师的，从小到大几乎没做过什么出格的事情。她让父母很省心，老师对她也放心。现在她和乔念朝走到了一起，她自然就要听乔念朝的了。因为此刻在她的心里，乔念朝已经是她的唯一了。乔念朝的决定就是她的决定，那天晚上的方玮在乔念朝的眼里很动人。

乔念朝的父亲是军区的副参谋长，参加过抗联，打过“三大战役”，又在朝鲜打过仗，从朝鲜回来后生的乔念朝，于是便给孩子取名为“念朝”。他每次打仗后，都要生一个孩子，生老大念辽的时候，刚刚结束辽沈战役，后来又生了念平和念淮。在乔副参谋长的思维逻辑里，打仗是练男人精血的，现在没有仗可打了，他就再也没有生育过。他怀恋那些战争的时光。

在和平年代里，他一口气让孩子们都参军了。最后就只剩下高中刚毕业的念朝了。其实，乔念朝下不下决心去参军，只是自己的一个决心而已，在父亲乔副参谋长的计划中，念朝只能走参军这条路了，只不过今年的征兵工作还没有开始。初秋的军区大院里，树上或者是电线杆上，已经用红纸绿纸写上宣传口号了，例如“一人当兵，全家光荣”，还有“当兵为家、为和平”等等。

几天后，征兵的报名工作就开始了，乔念朝拿着户口本在军区大院家委会很顺利地报上了名。

方玮在报名时却出现了麻烦。方玮的父亲是军区后勤部的部长，母亲是地方一家医院的院长。方玮的母亲以前也曾是军人，在部队野战医院当医生，朝鲜战争结束后，有些野战医院就撤销了，母亲也就是在那会儿转业到了地方。很快，母亲便当上了一家地方医院的院长。方玮家有三个孩子，老大是姐姐，已经当满八年兵了，现在一个军部里当保密员。哥哥已经下乡插队快三年了，这些日子母亲正活动着把哥哥调回来，接收单位都找好了，是市卫生局。管后勤的处长已经答应了，只等哥哥办完返城的手续，就让他去学习汽车驾驶，然后给领导开车。

这些事都是母亲在操心，只不过哥哥的事还没办完，方玮的事也就暂时放在了一边。母亲早就打算好了，她所在的医院最近要培训一批护士，她已经为方玮报了名，就等着培训班开学了。

当母亲听说方玮要报名参军时，她坚决反对。她的理由是，家里的孩子中当兵的、插队的都有了，党的号召已经响应了。当兵也好，插队也好，在母亲的感觉中那都是临时的，最后还得融入社会，就像自己当了那么多年的兵，最后不还是得转业。她不想让自己最小的孩子再去走弯路了，她要让孩子一步到位，直接到地方参加工作。自己是搞医务工作的，她也希望方玮能到医院工作，先当护士，有机会再进修，慢慢再成为医生。

母亲为了让方玮死了当兵的心思，干脆把户口本装在自己的手提包里，上班下班她都带在身边。没有了户口本，方玮是无论如何也当不成兵的。

征兵工作开始的那几天，方玮急得如同热锅上的蚂蚁。

在母亲的印象里，方玮是个懂事听话的好孩子，可在当兵这件事情上，文静的方玮却犟得像一头牛。那几日，她茶不思、饭不想，纠缠着母亲一心一意要报名参军。母亲很忙，没有时间和小孩子废话，每天上班早早地走，下了班也不理会方玮的事情。在这个家里，母亲是当家人，父亲从来不管孩子们的事。方玮找过父亲，表达了自己的想法。父亲是个和善的小老头，长得白胖、干净，他说：闺女，找你妈说去，你妈同意你当兵，你就去。

然而想做通母亲的工作又谈何容易呢？

我要参军

当乔念朝得知方玮的母亲不同意她参军的消息时，距报名截止时间只剩下两天了。军区大院的家委会门口，张贴了一张大红纸，每位报名的适龄青年的名字都光荣地写在上面。乔念朝是第一个报的名，父亲乔副参谋长没有鼓励，当然也不会阻拦，他的四个孩子已经有三个在部队了，念辽、念平、念淮都已经是光荣的解放军战士了。他们都是高中毕业后顺理成章地当了兵，父亲觉得这一切都是天经地义的，没有什么好大惊小怪的。轮到念朝时，一切都顺其自然，就像他们的母亲生他们一样。生念朝的时候，乔副参谋长还在办公大楼里上班，等他下班回到家的时候，母亲已从卫生室生完念朝回到家里了。他进屋后把头探到床上只问了一句：生了？母亲点点头。他又问：是个男孩？男孩！母亲答。就这么简单，一切都平淡得水到渠成。乔念朝高中毕业了，在父亲的观念里，就是当兵的料，说走也就走了，跟前三个孩子没有什么不同。

当乔念朝得知方玮的母亲不准她参军时，吃惊地瞪大了眼睛，他没想到会有人阻拦方玮去当兵。

方玮这时已经完全没有了主意，她只能在念朝面前抹眼泪。乔念朝一看到方玮的眼泪，心里就乱了。他爱她，喜欢她，他原本想的是和她一起参军，两人在一个部队，然后一起提干。没想到这时候，方玮这边却出了问题。

他说：你妈不让你去，你就不去了吗？

她说：我妈不给我户口本，我有什么办法。

他说：你就不会把户口本偷出来呀？

她说：户口本就带在我妈身上，你说我怎么偷？

乔念朝就不说话了，他学着章卫平的样子开始思考了。这两天他偷偷在军人服务社买了一盒烟，在没人的时候，就学着章卫平的样子吸烟。刚开始的时候，呛得他鼻涕眼泪的，但他仍然坚持着。像章卫平那么潇洒地吸烟，这是乔念朝从心底里希望的。此时，他对吸烟已经驾轻就熟，手指中夹着烟，也那么潇洒地挥舞着，他的样子不像吸烟，倒像是一个指挥员在做战前动员。

烟燃到半截时，他停止了思考，很果断地把烟扔在地上，又踩了一脚，然后才说：我帮你把户口本偷出来。

方玮吃惊地睁大眼睛说：你怎么偷呀？

乔念朝就把嘴巴凑到方玮的耳朵上说了一会儿，说得方玮的眼睛亮了起来。方玮高兴地回家做准备去了。她先把自己家地道门锁的钥匙找到了，揣在兜里，就开始盼着黑夜的到来。

夜半时分，方玮从自己的屋里溜出来，坐在客厅的沙发上等乔念朝。果然，没多一会儿，地道口响起了有规律的敲击声，方玮迫不及待地走过去，打开了地道口上的锁。乔念朝钻了出来，两人都没有说话，方玮用手指了指母亲的房间。母亲已经和父亲分床而睡了，父亲有打鼾的毛病，母亲受不了就分开了。

方玮的母亲此时刚刚睡熟，她那个人造革手提包就放在床头柜上。借着窗外的月光，乔念朝很快把方玮母亲的手提包抓在了手里，接下来，就是往外掏户口本了。户口本是拿到手了，可在放回手提包时还是惊醒了方玮的母亲。一瞬间，她怔住了，以为自己是在做梦，乔念朝先反应过来，一下子就跑进了地道。乔念朝一跑，方玮的母亲才清醒过来，她惊呼着：不好了，老方，咱们家有小偷！

等方部长奔过来的时候，乔念朝早已跑得没了踪影。还是方部长首先镇定下来，忙跑去给保卫部打电话。不一会儿保卫部就来人了，先是把房前屋后检查了一遍，没有发现异常，又把方玮母亲手提包里的东西做了核对。受了惊吓的方玮母亲，这时唯独忘了少了户口本。虚惊一场后，保卫部又是拍照，又是留下哨兵站岗，折腾了大半夜才算安静下来。在这整个过程中，方玮已经重新锁好了地道门上的锁，溜回自己的房间睡觉去了。

第二天，乔念朝和方玮出现在家委会征兵办公室，方玮报名时，家委会的人还问：听说你们家来小偷了？都丢了啥没有？

方玮看一眼乔念朝，想笑又忍住了，这才答：没有的事儿，我妈睡迷糊了。

方玮很顺利地报上了名，两人走出家委会后笑成一团。

当天晚上，方玮又偷偷地把户口本放回到母亲的手提包里。接下来的事情就很顺利了，体检、政审，等等。其实政审、体检什么的，都是走过场。部队大院的孩子，部队在招兵时有个不成文的规定，有多少要多少，当的就是本军区的兵，自己的子女当兵，本应得到照顾。

当入伍通知书发下来的时候，方玮的母亲才知道。她立刻火冒三丈，摔盘子打碗的，饭也不做了，指着方玮的鼻子就训开了：你个小没良心的，你哥哥姐姐都不在我们身边，本想指你养老，你倒好，也想跑？不过你休想，只要我还有一口气，你就别想去当兵。

方玮无助地望着母亲。

母亲当过兵，打过仗，在阵地上背过死人，她什么都不怕，在地方当院长，全院的人都怵她，她像男人一样风风火火。在家里也是这样，什么事都是她做主，往小处说，吃什么不吃什么，都是她说了算。长得白白胖胖的方部长对家里的事不闻不问，每日里总是一副憨态可掬的样子，在他眼里什么事都不算个事，什么事都好说。看他的脾气和长相一点也不像个军人，更不像个打过仗的军人。在朝鲜战场上，他就负责后勤工作，为了把供给送到前线去，他带着人冒着敌机的轰炸，冲过了四道封锁线，上到了阵地最前沿。在一次战役的关键时刻，阵地上的人拼光了，他带后勤的人顶到了阵地上，一连坚持了三十多个小时，直到大部队发起反攻。打仗的时候，方部长是另外一种样子；不打仗的时候，就是眼前这种样子了。

母亲坚决不同意方玮去当兵，她要把方玮的入伍通知书给武装部送回去。她说到做到，她真的要拿着通知书去武装部，她的鞋都穿好了。

就在她把门打开一半时，方部长说话了，他只说了两个字：够了！声音不大，像一声喟叹。方玮母亲立在了那里，她有些吃惊地望着方部长。

方部长冲自己的女儿说：你真的愿意去当兵？

方玮对是否当兵并不感兴趣，有许多人当兵，是因为对部队不了解，冲着部队的神秘而来的。她从小就生活在部队大院里，部队对她来说早就没什么诱惑力了。她下决心当兵，完全是因为乔念朝也要去当兵，念朝是她的恋人。在她十八岁的情感里，这是她的初恋，也是生命中最重要的一部分，她此时无法割舍这份情感，不管念朝走到天涯海角，她都要跟着。父亲这么问她时，她冲父亲坚定不移地点了点头。

方部长这时才把目光投向了方玮母亲，父亲的目光一下子就透出了一种威仪，他不紧不慢地说：孩子想去参军，没啥错。你要把入伍通知书给人家还回去，你的觉悟哪儿去了。别忘了，你也是当过兵的人，也是出生入死过的。

方部长说到这儿，就不再看方玮母亲了，而是望着窗外。窗户外的树叶已经开始凋落了，此时正有几片树叶在方部长的视线里飘落下来。

方玮母亲就停在那里，一时不知如何是好的样子。她看一眼通知书，又看一眼在一旁抹泪的方玮。

方部长又说：你去退通知书，人家会咋看你？我看你到地方工作这么多年，觉悟都丢光了。

方玮母亲狠狠地把那张入伍通知书摔在地上，哭着把自己关在了房间里。

方部长从地上捡起入伍通知书，用手弹了弹沾在上面的灰土，冲女儿说：拿去，当兵去吧，没啥大不了的。

方玮接过通知书，感激地看了父亲一眼。

母亲在屋里说：去吧，你们都走吧，我就是老死，也用不着你们来照顾。

母亲的心情可以理解，其他孩子都不在身边，她想把方玮留在身边，这本身也没有什么错。

方玮含着眼泪冲父亲说：我当满三年兵就回来。

父亲挥挥手说：别听你妈的，我们离老还远呢。你想在部队干到啥时候就干到啥时候。

两天后，一列兵车把这些入伍的新兵拉走了。

方玮的母亲没有来送方玮，这些大院的孩子很少有家长来送。有的派去了秘书或警卫什么的，帮着提提行李。他们嘻嘻哈哈地说告别的话，部队对他们来说，就跟自己家一样，无非是从这里搬到了那里而已。

最后方部长出现了，他是代表军区首长来看望这些将出发的新战士的。他在火车站的月台上讲了几句话，队伍就上车了。

方部长在一个车窗口找到了方玮，那时她正和乔念朝坐在一起。方部长冲女儿招招手道：到部队来封信。

方玮冲父亲点点头。

这时一个干部走过来，在车上冲方部长又是敬礼，又是挥手，说道：请首长放心，请首长放心。

方部长又冲这些新兵招招手，转身就离开了。

那个年轻干部从方部长的身上收回目光，冲方玮笑笑，说：你是首长的女儿？

方玮没点头，也没摇头。

年轻干部就自我介绍道：我叫刘双林，是你们的新兵排长。说完还伸出了一只手，方玮没有伸出手，那只手却被乔念朝握住了。乔念朝掏出一盒“迎春”牌香烟说：排长同志，请抽烟。乔念朝做这一切时，显得老到而潇洒。

放马沟大队

章卫平来到放马沟大队可以说是如鱼得水，天高地阔。

放马沟是父亲的老家，父亲十三岁从这里参加了抗联，走上了革命的道路，最后九死一生，现在成了我党我军的高级干部。放马沟的人民引以为骄傲，小小的山村里，出了一个军区副司令，他们把这一切都归结为放马沟的风水。就是姑娘、小伙子找对象都沾了很多的光，其他村子里的姑娘很愿意嫁到放马沟来，因为这里曾经出了个军区副司令。

放马沟的山上还埋着章卫平的爷爷和奶奶，爷爷和奶奶就生养了章卫平的父亲这么一个儿子。如今，章卫平又到放马沟插队来了，放马沟的乡亲们对章卫平的父亲的热爱和尊重很快就转移到章卫平身上来了。

章卫平来到放马沟大队的第一年，便顺利地当上了民兵连长。在乡亲们的眼里，这个职务只能由章卫平来担任。不仅仅因为他是副司令的儿子，更重要的是，章卫平怎么看都像一个民兵连长。章卫平一年四季都穿着正宗的军装，笔挺、光鲜、干练。他满嘴都是世界、国内的一些大事，从美、苏的原子弹到如火如荼的越南战争，他都讲得头头是道。以前乡亲们也懵懵懂懂、多多少少地知道一些，可从没有听人讲得如此鲜活和具体。

以前的民兵连长是二柱子，他也曾穿过一套仿制的军服，可那套军服穿在二柱子身上，怎么看都像是偷来的。二柱子还有一个四岁的儿子，他天天把那个流着鼻涕的儿子抱在怀里，让儿子的鼻涕蹭满他的前襟和后背。二柱子领着民兵训练，有时也把弹药库里的枪拿出来，枪在二柱子手里就如同一根烧火棍。把这么一支武装力量交到二柱子手里，乡亲们是不放心的。

章卫平一来到放马沟，他身上流露出来的气质和光辉就把二柱子压倒了。在众乡亲的强烈呼吁下，由李支书找二柱子谈了一次话，支书说：二柱子，你看你，咋像个连长呀？你就别干了，让给章卫平干吧。

二柱子就梗着脖子说：那样我干啥呀？

李支书看了看二柱子浑身上下的鼻涕痕迹说：我看你还是回家抱孩子去吧。

二柱子就回家抱孩子去了，众望所归，章卫平当上了放马沟大队的民兵连长。章卫平当上民兵连长之后，果然与众不同。他先是让全体民兵活动，必须着军服。每周利用三个晚上进行训练。

章卫平把一百多号民兵组织起来，人人的肩上都扛着一杆钢枪，钢枪在章卫平的要求下被民兵们擦拭得锃光瓦亮。章卫平这样或那样地训练着民兵，他对兵的训练真是太熟悉了，军区大院里每天都有军人的训练。小时候，他就和一些孩子一起，模仿着军人的训练，他对军人的一切早就耳熟能详了。所以说，章卫平训练民兵时，都是按照部队上的一切要求着民兵们。在很短的时间内，一百多号人已经能走出很整齐的步伐了。不仅如此，章卫平还教民兵们喊那些洪亮的口号。例如“一、二、三、四——”，还有“提高警惕，保卫祖国；擦亮眼睛，准备打仗”等。这些响亮的口号，在放马沟宁静的夜晚，传得格外的远。

乡亲们躺在炕上，睡得空前绝后地踏实。因为有民兵保卫着，他们是放心的。

章卫平牛刀小试，就给民兵连带来了翻天覆地的变化，也给放马沟的业余生活增添了许多风景。自从章卫平当上民兵连长后，他要求民兵们每天下田劳动时，必须把枪带在身边。民兵们就一手拿锄头，一手拿钢枪。劳动时，民兵们就把枪架在一起，那些钢枪都是擦拭过的，又抹了一层枪油，那么多枪放在一起，在太阳的照射下，闪闪发光。章卫平望着那些枪，再望一眼生龙活虎的民兵们，有一种成就感便油然而生，他背着手，巡视着民兵的枪和他们的劳动，似乎找到了父辈们的感觉。

章卫平组织民兵，每年都要打上两次靶，一次在春天，一次在秋天。打靶前，按上级规定，民兵们是要脱产训练上十天八天的。这是民兵们的节日，也是放马沟大人小孩儿的节日。

打靶的日子终于来到了，靶场就设在放马沟的后山上，在警戒线外，站满了放马沟的男男女女，他们像过年一样兴奋。枪声响起，是那么悦耳清脆。不管打中多少环，围观的人们都要欢呼上一阵子。自从章卫平当上了民兵连长，人们看什么都顺眼了，以前二柱子每年也组织民兵打靶，那时也有许多人围观，可那时的枪声在乡亲们听来，都没有现在这么响，这么脆。

在章卫平当满了两年民兵连长的一年夏天，突然一连降了几天的暴雨，放马沟西的那条老河套突然洪水暴涨。在浑浊的水面上不时地漂浮下来一些农具，或者村民的柴火，它们顺流而下。在下暴雨的那几天时间里，章卫平组织民兵日夜在老河套的大堤上守护着，如果河水溢出河道冲向村庄，他们会鸣枪报警。那些日子，民兵们的工作是辛苦的，但也是兴奋的。

那天，章卫平领着民兵们在河堤上巡视，突然，他们看见一头牛被水冲了下来。这是一头刚出生不久的小牛，小牛本身是有些水性的，但它的力量还不足以和这滔滔的洪水抗衡，它只能随波逐流了。

章卫平看到那头小牛的瞬间，似乎想都没有想，把枪扔在一旁，纵身跃进水里。他很快就抱住了小牛，可水流太急，他和小牛一时无法上岸，便随着洪水顺流而下。岸上的民兵一边顺着河堤往下狂奔，一边在岸上呼喊着，同时鸣枪报警。一时间，全村的人都出来了，不仅全村人就连邻村人，也都蜂一般拥上河堤，他们共同目睹了章卫平救牛的风采。一直到下游，河水渐宽，水流也不那么急了，岸上的人向水中抛下绳子，章卫平把绳子系在小牛的身上，自己扯着牛的尾巴，在人们的帮助下上了岸。

章卫平做这一切时，完全是下意识的，当扑进洪水的瞬间，他已经把生死置之度外了，到了水里他才开始感到后怕，可一切已经晚了，他只能和那头小牛风险共担。上岸后，由于劳累和惊吓，他一下子就倒下了，倒下的时候像电影里的英雄一样说了一句：牛还活着吗？

章卫平英勇救牛的光辉事迹一下子就传开了，先是在公社里宣传，后来县里又来人，最后省报还派出了记者，表扬章卫平的文章很快就在省报上发表了。

县革委会主任都讲话了：这样的知识青年是我们值得培养的接班人。

很快章卫平便成了放马沟大队的革委会主任。那一年，他刚满十九岁。

章卫平这颗种子发芽出土了，他在放马沟找到了适合自己的土壤。人们也都说，放马沟是一片风水宝地，先是出了一名将军，后来又出了一个英雄，这个英雄才只有十九岁。接下来，又有了一个更大的新闻，本村青年刘双林在当满四年兵后，光荣地提干了，在部队当上了排长。

在那一年里，放马沟的喜事一桩接一桩，更加验证了放马沟出人才。在那年的秋天，有三位如花似玉的外村姑娘喜气洋洋、欢天喜地嫁到了放马沟大队，她们破除封建那一套，不向男方要一分钱的彩礼，带着自己的嫁妆，赶着马车来到放马沟安家落户了。

在章卫平眼里，放马沟人民的生活是红火的，是非常有意义的。当民兵连长那会儿，他只想着要把放马沟大队的民兵连建成一支铁军，招之即来，来之能战，战之能胜。现在，他是放马沟大队革命委员会主任了，他考虑的不仅是民兵连的问题了，而是整个放马沟人民群众的生计和革命干劲了。

十九岁的章卫平，在以后生活中经常眉头紧锁，手里夹着“迎春”牌香烟，他一边吸烟，一边思索着。

大队办公地点是一溜红砖瓦房，有大队办公室，还有卫生所，一部手摇电话连接着公社，公社革委会有什么最新指示，就是通过这部电话传达下来。电话线是裸露在外的，在大自然里风吹雨淋，电话信号很弱，打电话的人冲着话筒喊得地动山摇，在电话里听到的声音却如蚊子哼哼。放马沟和外面世界的联络是不通畅的。

章卫平为了改变这一现状，在大队部架设了一台扩音器，然后又接了几个高音喇叭，大队有什么最新指示，都可以通过高音喇叭传达出去，那声音比十个人的高声呼喊还要大上十几倍。章卫平在物色广播员时，看上了李支书的女儿李亚玲。

李亚玲年纪和章卫平相仿，高中毕业后在公社卫生院学习了半年，现在是放马沟大队的赤脚医生。有头疼脑热的村民经常光顾大队卫生所，留下五分钱，让李亚玲扎上一针，或者开点阿司匹林什么的，这是农村合作医疗的最大优越性。

李亚玲生得很健康，人也长得浓眉大眼，一条又粗又黑的辫子像李铁梅似的。章卫平自从当上大队革委会主任后，就开始留意起李亚玲来了。

李亚玲现在归他领导，整个放马沟大队都归他领导，对这一点他深信不疑。他把自己让李亚玲一边当赤脚医生一边做广播员的想法与李亚玲一谈，李亚玲就无条件地服从了。从此，章卫平就开始了自己在放马沟的初恋。

心惊肉跳的爱

从那以后，遍布在放马沟大队的房子上、树干上的高音喇叭里，会经常响起李亚玲年轻而又甜美的声音。

早晨播报的是国际、国内的新闻大事，这些新闻大事都是头一天晚上章卫平从报纸上摘抄下来的，然后把这些新闻汇集在一起，留给李亚玲早晨播出。自从章卫平当上放马沟大队的革委会主任后，就搬到大队部住了。大队部有火炕，屋子里还有一只炉子，日日夜夜地那么燃着，炉子上坐着一把水壶，水壶里的水不知烧开有多少遍了，蒸腾着白白的雾气。

早晨六点是章卫平起床的时间，他洗完脸，刷完牙，李亚玲就来了。她的肩上斜背着印有红十字的医药箱，这个医药箱随时随地跟着她，因为说不定什么时候，她就要出诊。医药箱里放着治头痛脑热的常用药。

早晨播完国际、国内的大事，李亚玲就算完成了任务，然后来到她的那间医务室。医务室里永远散发着淡淡的酒精和来苏水的混合气味，这种气味已经成了李亚玲身体里的一部分。

章卫平很喜欢这种气味，有时他真说不清这种气味是来自医务室，还是来自李亚玲的身体。

白天没事的时候，章卫平会晃悠到医务室里站一站，有就诊的病人时，他会立在一旁，看李亚玲给病人量体温或开药打针。没人的时候，他就坐在本应该就诊人坐的椅子上，有一搭无一搭地和李亚玲说上几句话。

他说：亚玲，你这工作真不错。

李亚玲这时就从《赤脚医生手册》上抬起头来，冲章卫平淡淡地笑一笑，说道：农村的赤脚医生，没什么前途。

两人经常就城乡差别争论不休。李亚玲高中毕业，她别无选择地回到了本村，她对章卫平在城里待得好好的反而来农村一直不解。她不明白，章卫平为什么喜欢农村。他们这些土生土长的农村孩子，对城市的向往和渴望就像鱼于水、鸟于森林那般迷恋和神往。他们抱怨父母没有把自己生在城市里，而是生在了农村。李亚玲作为高中毕业生，她对外面世界的渴望有着许多的理由和条件。现在她是名赤脚医生，这是一种无奈的选择，但她不甘于现状，她觉得自己一定有机会离开放马沟，去城市里生活。

城市是多么美好啊，有高楼、电影院，还有公园；城里人住的是床，农村人只能住火炕；城里人穿的永远是光鲜干净的，而农村人在城里人的眼里，只能是顶着高粱花子的土包子。李亚玲和所有农村有志青年一样，把有朝一日进城，当成他们永远的梦想。

她经常问章卫平：你为什么要来农村？农村有什么好？

章卫平每次都不假思索地回答：海阔凭鱼跃，天高任鸟飞。

这是章卫平真实的想法，城里是什么，他还没有吃透，但那个军区大院他是吃透了，他在军区大院感到压抑，不论做什么事，都有人在管束。支援越南战场的想法夭折后，他就开始转移自己的兴趣。那时他对农村并不了解，他本想去参军的，没想到的是，父亲章副司令让自己的秘书和警卫员把他押送到了农村。刚开始他是反感的，甚至做好了反抗的准备。因为他知道，父亲的秘书和警卫员是不可能在农村看着他的，只要他们一走，自己去哪儿还不是自己说了算。可他一来到农村，很快就改变了自己的想法，农村的广阔天地，真是大有作为。这是他的真实感受。在农村他很快就找到了自身价值，他当民兵连长，手下有一百多号民兵，他可以通过自己的意愿，让这些民兵展示作为民兵的价值。这在城里和军区大院里，是根本不可能实现的。

后来，他又做了放马沟大队的革委会主任，放马沟大队有两三千人，这些人都归他一个领导。章卫平在初级的权力欲望里找到了自己的价值。刚开始，他作为一个热血青年，单枪匹马地想去越南，参加那场激动人心的抗美援越的战争，如果当初的想法有些天真幼稚的话，几年的农村生活让章卫平成熟了，更实际了。现在他的理想由原来那可望而不可即、高高飘在空中的“风筝”，变成擎在他手里的一把“伞”，这把“伞”他看得见也摸得着，实实在在。二十岁的章卫平是踌躇满志的，他要带领放马沟大队的全体村民，改变一穷二白的落后面貌，早日实现共产主义。这种精神经常激励得章卫平热血满腔，他经常夜不能寐，理想在漆黑的夜里纵横驰骋。

他对李亚玲这些农村青年想离开农村，一心奔城里的想法很是不解，正如李亚玲不了解他的想法一样。

每天傍晚，放马沟大队的高音喇叭里也会响起李亚玲的声音。播报的不是国内、国外的大事，而是壮怀激烈的诗词。这些诗词也是章卫平精挑细选的，像“数风流人物，还看今朝”，等等。他把这些诗词选出来后，让李亚玲播出去。李亚玲不愧是高中毕业生，她的领悟能力很强，总会把这些诗词念得抑扬顿挫。李亚玲在念这些诗词时，章卫平总是在一旁一边吸烟，一边陶醉地望着她。

这天，李亚玲播完一遍，便关了扩音器，然后征询地望着章卫平，章卫平就挥挥手说：再来一遍。说完还把自己的水杯往李亚玲面前一推，他的意思是让李亚玲喝口水，润润嗓子，好让她的声音更加圆润。李亚玲不喝水，只咽了口唾沫，便又一次打开扩音器，声情并茂地朗读那些壮怀激烈的诗词。

做完这一切时，外面的天就已经黑了，李亚玲似乎不急于走，章卫平就搬了一张椅子放在火炉一旁，让李亚玲坐下，自己也坐下。炉火红红地映着两个人，他们都没有提出开灯，两人冲着炉火在想着各自的心事。

李亚玲说：你真的不想回城里，在农村扎根一辈子？

章卫平就认真想一想，肯定地点点头。

李亚玲就很失望的样子，伸出手在炉火上有一搭无一搭地烤着。

章卫平就说：你也安心在农村干吧，农村需要我们这些有知识的青年人。

李亚玲不说话，她在想着自己的心事，面前和自己年龄相仿的章卫平充满了激情和幻想，又有着城里青年敢说敢想又敢干的豪气，这一切，无疑都在深深地吸引着她。李亚玲已经是一个成熟的女性了，对异性的渴望和新奇让章卫平磁石般吸牢她的目光。经过这一段的接触，她已经开始暗暗喜欢章卫平了。

对章卫平来说，李亚玲也在吸引着他。她的声音，她的身体，还有她的笑声，都让他着迷和神往。在城里，在军区大院的时候，那时他对男女的事情还混沌未开，任何一个女性都不会让他产生好感。在农村这三年多的生活里，他成熟了，从一个男孩子成长为一个大小伙子。他开始对身边的异性产生兴趣，他第一个接触的就是李亚玲，李亚玲的健康，还有那天然、没有经过修饰的年轻女性的魅力，呼啦一下子把他心底里对异性的渴望点燃了。这些日子，他睁眼闭眼，眼前都是李亚玲的身影。于是，他便利用可以利用的机会走近李亚玲。

章卫平也能感觉到，李亚玲也有些喜欢他，每天晚上工作完，她都不急于离开，而是和他在火炉前坐一坐，哪怕什么都不说，两人在半明半暗中静默着。

过了许久，又过了许久，李亚玲站起身，说了句：我该回去了。然后转身，把医药箱斜挎在肩上。这时，章卫平也站起来，从办公桌上抓起手电说：我去送送你。

李亚玲不拒绝，也不应允，低着头向外走去，章卫平跟上。两人走在雪地里，手电的光束在他们面前的雪路上晃悠着。两人走得很近，中间就横着那只医药箱。他们都不说话，任凭着两双脚踩在雪地上发出吱吱嘎嘎的单调声响。

远远近近有狗的叫声悠远地传来，夹杂着牛哞驴叫，章卫平对这一切都充满了新奇。

李亚玲呢，乡间的每一声狗叫，都让她的心里难受，这些声音时时刻刻都在提醒她，她此时仍身处农村。

两人默然无声地向前走着，李亚玲不知为什么叹了口气，章卫平扭过头去看她。

她说：你就真想在这里扎根一辈子？

她不知这么问过多少次了，他的答案也是她所熟悉的。

两人的说话分散了一些注意力，他们的身体就碰在了一起，中间夹着那只医药箱，硬硬的，两人都感受到了。他们已经看到李亚玲家窗子里透出的灯光了，李亚玲紧走几步说：我到了。

章卫平就立住脚，用手电的光束送李亚玲往家里走去。李亚玲家里的狗蹿出来，冲章卫平响亮地叫了几声，被李亚玲喝住了。直到李亚玲推门进屋，章卫平才关掉手电，独自向大队部走去。他一个人就用不着手电了，手电是为李亚玲准备的。

成熟少女的芬芳

章卫平和李亚玲的初恋是在那一天晚上真正开始的。

那天晚上，章卫平和李亚玲又坐在炉火旁说话。不久前，刚有一个病人离开这里，那是一个感冒发烧的病人，李亚玲为病人打了退烧针，开了药。在这期间，章卫平一直陪着李亚玲。病人走后，章卫平就说：看你冷的，烤会儿火再走吧。

就这样，李亚玲跟着章卫平来到了卫生所隔壁的大队部。那天晚上的白炽灯很亮，炉火也很旺，章卫平拿着一根玉米棒子，不时地在玉米棒子上搓下几粒玉米放在炉子上爆玉米花，爆好几粒，他就仔细地捡起来，放到李亚玲的手上。炉火爆出的玉米很香，两人随意地说着话。就在这时停电了，突然陷入黑暗让两人一下子放松了下来，他们似乎在不经意间，把目光对在了一起，倏忽又分开了。这是有情有意的男女初次交往时很普遍的表现，但在他们各自的内心里却宛如惊涛骇浪。

章卫平又一次伸出手往李亚玲手上递玉米花时，他不知哪里来的一股勇气，一下子就伸手捉住了李亚玲的手，那双手滚烫而又湿润。她用一种异样的声音说：天、天不早了，我该回去了。

她这么说了，可身子却没有动。

他的手上就用了些力气，李亚玲顺势就倒在了他的怀里。几乎同时，他们拥抱住了对方，这时突然而至的灯光，让他们又闪电般地离开了对方。她红着脸，低着头，目光迷离，支支吾吾、含混不清地说：我该回去了。

这回她真的站起身，习惯地把医药箱背在肩上。章卫平没有说话，默默地拿起手电，随在她的身后去送她。一路上，两人都没有说话。一直走到李亚玲家门前，她立住脚，回过头，望了他一眼，他看见她的目光仍然有些迷离，然后她头也不回地向自家走去。

直到李亚玲走进房门，他才清醒过来，迈开大步往回走。今天晚上对他来说真是非同凡响，那层窗户纸终于捅破了。他坚信，李亚玲也是喜欢他的。二十多岁的章卫平对农村这片广阔的天地充满了革命的浪漫情怀，此时此刻，他在浪漫的革命中找到了他所向往的幸福。他奔跑在雪地里，他想唱，想跳，于是他吹起了口哨。不知为什么，他居然吹响了一曲《游击队之歌》，惹来几只狗在黑暗里没完没了地吠叫。

从那以后，他们的约会地点避开了大队部，因为大队部里并不安全。说不定什么时候就会来人，或者沉寂了一两天的电话铃声会突然响起。爱情毕竟是私密的。他们的约会地点，今天是大河旁那棵老柳树下，明天就可能是水渠桥洞下，他们约会时，身体的交流多于语言上的交流。他们拥抱在一起，不管不顾地亲吻，入夜的寒冷让他们在冷风中打着战，但他们依然乐此不疲。

此时，他们的想法也南辕北辙。章卫平想的是，以后在放马沟的生活会很幸福，也一定会很温暖，要是李亚玲真的能嫁给他，他会在农村生根、开花、结果。他会把所有的理想都投入到革命的事业中，让他的梦想在农村茁壮成长。

李亚玲却不这么想，因为她知道章卫平是城里人，又是军区章副司令的儿子，有一天他会离开这偏远的农村的，如果自己真的嫁给章卫平，章卫平离开农村的日子，也就是她进城的时候。她此时对章卫平的爱，有一半是对城市的热爱，又转化成了对章卫平更猛烈的爱。说心里话，章卫平是吸引她的，章卫平身上具有的东西，在农村青年身上是找不到的，比如章卫平的果敢，还有城里人的见多识广、为人处世的那种思维方式，而章卫平身上的那种浪漫气质，更是任何一个农村青年都不具备的。

李亚玲在这种痴迷中，就又想起了刘双林。刘双林是五年前离开放马沟大队参军入伍的，刘双林上学时比李亚玲高两个年级。那时候，李亚玲骨子里很骄傲，她的父亲还当着放马沟大队的支书，她在农村那差不多就是高干子弟了。李亚玲骄傲的不仅是这些，她骄傲的是自己的美丽和学习优秀。那会儿，她心高气傲，根本不理睬任何人。

刘双林家里还有一个哥哥和一个弟弟，他高中毕业后一心一意要去当兵。农村青年的第一梦想就是招工进城，在那个年代，城里对农村的招工指标少之又少，就是有一个半个指标，没门路的想都甭想。于是，就只剩下当兵这唯一的出路了。当兵就有希望入党、提干，就是入不上党、提不了干，在部队锻炼上几年，回到农村也是资本，起码眼界宽了，说话办事的，别人就会另眼相看，就连搞对象也有了挑挑选选的资本。刘双林和所有农村青年一样，多么热切地盼望着跳入龙门啊。可刘双林的家境却让他无法去当兵。那是征兵前几天的一个傍晚，刘双林和他爹找到了李亚玲的家，提了两瓶散装酒，就跪在了当着支书的李亚玲的爹的面前。那天晚上，刘双林泪流满面。李亚玲放学回家，正好被眼前这一幕震惊了。她当时震惊地跨过跪着的那爷俩，走进了里屋。也许是那爷俩的真诚感动了李支书，最后刘双林还是如愿地走了。

两年后，刘双林回家探亲，那时的李亚玲已经高中毕业，正在公社卫生院学赤脚医生。他们在村街上不期而遇。那一刻，刘双林正站在一棵大柳树下给村民们散烟，一边散烟，一边滔滔不绝地说着部队里的见闻。刘双林故意操着南腔北调的口音，脸上放着红光。这时，他的目光和李亚玲投过来的目光相遇了。现在的李亚玲已经出落得比两年前更加漂亮，她在刘双林的眼里，已经是个大姑娘了。这时的她又想起了两年前刘双林和他爹给爹下跪的那一幕，她一想起那一幕，脸上就感到发烧。她别过脸去，刘双林似乎早就忘了两年前的那份尴尬，他亲切、热乎又显得见多识广地和李亚玲打着招呼：亚玲，听说你去当赤脚医生了，真不错，有空咱们聊聊。

李亚玲对刘双林这种问候和邀请不知如何回答，脸一阵红一阵白地就走了过去。

刘双林似乎很有心计，一副不达目的不罢休的样子。在刘双林探亲的那十几天里，他每天傍晚都要去公社卫生院接李亚玲。从公社所在地到放马沟大队约有五里路，快走也得半个多小时。刚开始的时候，李亚玲不领刘双林这份情，她自顾自地走着，刘双林则屁颠屁颠儿地跟在后面。

他说：亚玲，干啥那么急？我陪你说说话吧。

李亚玲不理他，自顾自往前走。

他跟在后面，不管李亚玲爱听不爱听，一味地说着当兵两年间的见闻。

他说：我们团有一千多号人，我们团长是打珍宝岛的英雄。

他还说：我们的团部在城里，可热闹了。

他又说：从咱们这儿坐火车，到我们部队要换两次车，加起来十好几个小时。

……

几天之后，李亚玲就不再那么排斥刘双林了，两个人也能并排着走一走，说上一些话。

刘双林说：亚玲，我都写入党申请书了，我当兵半年就入了团。

李亚玲看了他一眼。

他说：真的，我不骗你。

李亚玲就又看了他一眼。

刘双林又说：要是今年能入上党，下一步我就开始努力提干。

李亚玲说：提干那么容易吗？

他说：当然不容易，得努力呀。

两人又往前走，这时夕阳西下，染得半边天红彤彤一片。

刘双林又说：我要是能提干，以后就可以带家属了。

他说这话时，李亚玲的心嗵嗵地跳了两下。离开农村，是她梦寐以求的。想到这儿，她红了脸。他看到了，见时机成熟，就说：其实这次我探亲，还有一个想法，就是想把自己的个人问题解决了。

李亚玲红着脸看了他一眼，马上就把头转了过去。

刘双林有这种想法不奇怪，当时的服役制度是陆军三年，满两年时就可以探亲。那么多士兵，想入党、提干真是比登天还难，有许多人穿着军装体面地回家探亲，就是想把亲事定下来，如果等复员回来再找对象，可就难多了。刘双林这次回来也有这方面的想法，那天在村街上看到李亚玲的第一眼，他突然间就有了接近李亚玲的冲动。

李亚玲的漂亮就不用多说了，重要的是李亚玲的爹是大队支书，是“社教”时期的村干部，资历很老。如果能和李亚玲成为一家人，就是他入不了党，提不了干，等回乡那一天，以后在大队、公社里的前途也是有的。他这么想过后，就更加坚定了接近李亚玲的决心。

三十年河东，三十年河西。两年前的事他已经淡忘了，他已经是堂堂的人民解放军战士了，一颗红星头上戴，革命红旗挂两边。他认为自己完全可以和李亚玲平起平坐了。

刘双林每天傍晚都要到公社医院去接李亚玲，几天之后，李亚玲被刘双林的行为感动了，她对刘双林的态度有意无意地发生了改变。两年的部队生活，让刘双林浑身上下也发生了天翻地覆的变化。以前的刘双林永远穿着他哥穿过的旧衣服，那些衣服上补丁摞补丁，尤其是屁股上的两块补丁，像长了两只眼睛，走起路来一上一下的，当年李亚玲她们经常嘲笑刘双林屁股上长了“眼睛”。此时的刘双林，军装是崭新的，浑身上下散发着兵营的气味，脸也红扑扑的，像田野里一枝独秀的高粱。

李亚玲渐渐地就接受了刘双林这份殷勤，两人走在斜阳下的沙土路上。一抹夕阳照在他们的脸上，脸孔热热的，有细密的汗渗出来，很滋润地挂在脸颊上。

刘双林说：这次回部队我就该入党了，申请书都写过三份了。

刘双林说这话时，其实心里一点底也没有，全连一百多号人，每年的入党指标就那么一两个，别说他才当满两年兵，有好些兵都超期服役三五年了，他们都在为入党全力以赴地努力着。那些老兵同样和新兵一起抢扫把、帮厨，能想到的好人好事，他们早就想到了，刘双林刚刚写过三份入党申请书，而那些老兵都写过十几份了，有的还咬破中指用鲜血写下入党誓言。刘双林虽然心里一点底也没有，但他冲李亚玲说这些话时，声音是洪亮的，语气也是坚定的。

李亚玲问：日后你真的能提干？

刘双林说：等入了党，离提干的日子就不远了。

那年月，一个农村孩子能在部队提上干，哪怕就是当名副排职的干部，也算是跳了龙门了。即便以后转业离开部队，那也是国家干部，由国家统一安排。也就是说，只要提干，就能永远离开脸朝黄土背朝天的农村。

对李亚玲来讲，能嫁给一个军官，自己也就是堂堂的军属了，再熬上几年后随军，户口也就变成了城镇户口。那样的日子，是那个年代每个农村青年所向往的。刘双林描绘的未来场景，深深地打动了李亚玲。她的双脚不知不觉地就向刘双林靠近了一些，有意无意间，刘双林的肩膀就挨到了李亚玲的肩膀上，他嗅到了从李亚玲身上散发出来的少女的芬芳。他有些迷醉，于是梦呓般地说：提干那是早晚的事，我刘双林在部队也是个人物。

当满两年兵探亲，对任何一个士兵来说都是件隆重的事情，因为他们肩负着回家办大事的重任。这个大事就是要搞对象，穿着一身军装回家，那情景是不一样的。有的跟排长借一双皮鞋，或借块手表，和排长感情好一些的，还能借来排长的干部服穿一穿，探亲的战士努力把自己武装着，成败也就这一锤子了。如果能在探亲的十几天里，把自己的婚事搞定，那就是他们的胜利，如果在复员前能让自己的未婚妻来趟部队，住上个三五天，而在这三五天里，如果能生米做成熟饭则最好。按老兵的说法叫把未婚妻拿下，成了自己名副其实的妻子，这件事就是板上钉钉了。当然生米做不成熟饭也没什么，人们都知道你以未婚妻的名义去人家部队了，又住了那么三五日，又有谁能说清那几天里发生了什么呢？农村人自然有农村人的看法，就是当兵的复员回来了，女方后悔了，但自己的名分已经这样了，也不好意思跟人家提出分手，不管情愿还是不情愿，最后就是为人妻、为人母了。跳龙门的想法从此也就夭折了，只能为美丽的梦想唱一曲哀歌。

刘双林是深得老兵的真传，这次他回乡的第一件事就是想找一个对象。他当兵走的那会儿，李亚玲年龄还小，没想到两年后，她就出落成漂亮的大姑娘了。那天在村街上看到李亚玲的第一眼，他就决心把李亚玲拿下。

几天的努力终于没有白费，他自信李亚玲已经开始动心了，这大大激发了他的雄心和斗志。他暗下决心，在自己离开放马沟时，和李亚玲的事一定得定下来。

那天傍晚，在如血的晚霞中，刘双林大着胆子，伸出手替李亚玲拢了拢散落下来的头发。让他没想到的是，李亚玲居然没有阻拦，而是无声地接受了。得到鼓励的刘双林就双手一用力，抱住了李亚玲的肩头，他要吻李亚玲。这时的李亚玲似乎清醒了过来，她用了些力气，拿双臂抵着刘双林的脸，使自己的身体不至于完全贴过去。她仰起脸来，异常清晰地说：你真的能提干？

这时的刘双林已经着魔了，他脸热心跳，喘着粗气道：没问题，这次回去，领导就会给我打报告。

在刘双林信誓旦旦的蛊惑下，李亚玲终于放弃了抵抗，把自己软软的身子投入到刘双林的怀抱中。那一刻，刘双林心花怒放，他认为万里长征最艰难的第一步已经迈出来了。

那个朦胧而又迷人的晚上，刘双林气喘吁吁地说：亚玲，你看我啥时候去你家提亲？

农村人的恋爱，双方愿意是不被承认的，只有双方的家长认可了，那才会被人认可。李亚玲没有说话，她很冷静地望着刘双林，她吃不准爹的态度，在放马沟大队，爹是领导，爹的心很高，虽然刘双林当满两年兵了，又是穿着一身军装回来的，但爹是否能看上他，她也无法确定。

刘双林见李亚玲没有反应，便说：明天我就去你家，你看成不？

李亚玲仍没有说什么，这时她已经完全冷静下来了。那天晚上她心事重重地回到了家。

第二天，刘双林提早来到了公社，在商店里买了两瓶酒，又买了两盒糕点，然后等来了李亚玲。刘双林兴冲冲地往回走着，他一边走，一边说：今天晚上我就找你爹提亲去。

李亚玲经过一天一夜的思考，这时她已经考虑成熟了，冷静地说：

你要跟我爹保证，你一准能留在部队提干。

刘双林笑着说：那是自然，一回到部队，领导就该给我打提干的报告了。

李亚玲又说：你好好跟我爹说，不许急。

刘双林说：我不急，我要好好说。

太阳还没有落山时，他们来到了李亚玲的家门前。李支书披着件衣服，正站在院子里吸烟，他的样子很严肃，举手投足都非常像个干部。

他一眼就看到了刘双林，以及刘双林手上提着的东西，接下来，他又看到了自己的闺女亚玲，他差不多在最短的时间内，就把问题分析清楚了。他当了几十年的支书了，在放马沟别人一张嘴，想说什么话，他一清二楚。此时的李支书，脸色就有些不好看，阴阴的。

刘双林把手里的东西放在窗台上，转回身就冲李支书敬了个军礼，然后一边伸出手，一边说：支书，我双林来看你来了。

他的意思是要和李支书握握手，他现在已经是光荣的解放军战士了，从辈分上说，也可以和支书称同志了，同志之间握手是一种礼节。

没想到的是，李支书不但没有伸出手来，还把手背在了身后，只是用鼻子哼了哼，看也没看刘双林放在窗台上的礼品。

刘双林受了打击，但他并不气馁，又从兜里拿出一盒烟，递一支给李支书，李支书沉吟一下，还是接了过来。他并没有叼在嘴上，而是把烟夹在了耳朵上。刘双林点燃的火柴一直燃到尽头，才扔掉。从心理上，刘双林就短了半截。刚进门时，他的腰是挺直的，此时他的腰弯了下来，先前想好的话，也不知从何说起了。

他瞅着支书一遍遍地说：我就要入党了，离提干的日子也不远了。

他一连说了好几遍，这时他觉得自己口干舌燥。

李支书现出很不耐烦的样子，他背着手，耳朵上夹着刘双林的烟，在院子里踱来踱去。刘双林不知如何是好，他的眼睛随着李支书转来转去。李支书终于说话了：黄鼠狼给鸡拜年，有事说事，你要干啥就说吧。

让刘双林没有想到的是，两年的部队生活仍没改变李支书对自己的看法。李支书是很威严的，他对放马沟大队的所有人说话口气都是这样，虽然刘双林暂时不是放马沟的人了，而是一名解放军，可李支书仍然像对待村民一样对待他。刘双林把所有的困难都想到了，就是没有想到李支书还会这么对待他。

站在一旁的李亚玲受不住了，她叫了一声爹，说：双林今天来是有正经事跟你说。

刘双林腿一弯，不知怎么就跪下了，他颤着声说：叔，我想和亚玲定亲。

这回李支书立住了，他弯下腰瞅着刘双林说：和我家闺女定亲，笑话！你是啥人?!

刘双林就说：我马上就入党了，离提干也不远了。

李亚玲也说：双林真的能提干，爹你就信他一次吧。

李支书乐了，他又直起腰说：好啊，那就等你提了干，再和我家闺女订婚吧，到时候我举双手赞成。

话说到这个份儿上，刘双林只能从地上爬起来了，他嗫嚅着说：叔，我过两天就要走了，你看能不能让我和亚玲把婚事先定下来？

李支书就挥挥手说：这话等你提了干再说吧。

说完就回屋去了，把刘双林撇在了一边。

刘双林僵僵硬硬地又站了一会儿，看了李亚玲一眼，转身就往外走。李支书忽然大喝一声：站住——

刘双林就站住了。

李支书风一样地从屋里出来，提起那些礼品掼在刘双林的怀里，说：东西你拿回去，孝敬你妈去吧。

刘双林接也不是，不接也不是，最后还是委屈地接住了，耸着身子，灰溜溜地走进了夜色中。

李亚玲也感到了委屈，她含泪说：爹，你不该这样对他。

李支书说：这样的人我见得多了，胡吹瞎侃的。我敢说，过不了两年，他还得回到咱放马沟来，你就甘心嫁给这样没出息的人？

李支书已经给刘双林盖棺定论了，李亚玲也就没有了主意。

时来运转

那一阵子，李亚玲的心情是困惑和茫然的，她一面想接近刘双林，在她的内心里一直希望刘双林真的能提干，那样他也就能拯救自已了；同时，她也担心万一刘双林提不成干，就不得不回来当农民，她无论如何是不能找个种庄稼地的。凭李亚玲现在的条件，如果在农村找的话，也能找到吃公家饭的，比如公社中学的老师，或者公社机关的办事员什么的。李亚玲是大队支书的女儿，当着赤脚医生，年轻貌美，在农村能有这样的条件也算是人上人了。刘双林如果回到农村，那就太普通了，家里穷得叮当响，他哥都二十大几的人了还没找到对象，弟弟初中毕业在家务农，老妈又是个药罐子，整天不是这不舒服，就是那不得劲儿。

爹毅然拒绝刘双林的求亲，也终于让李亚玲冷静下来，她相信爹的判断力，爹经常说：闺女，我吃的盐比你吃的饭还多，我走过的桥比你走过的路都长，相信你爹，不会把你往火坑里推。

李支书的态度表明之后，李亚玲对刘双林的态度也发生了变化。她开始冷淡刘双林。刘双林再去找李亚玲时，不管刘双林怎么对她热乎，她都无动于衷了。

刘双林受到了挫折，他说话的口气就虚了起来，他说：亚玲，你爹不同意，我不怪他。只要你对我好，咱们迟早都能走到一起。

他还说：亚玲，我这次回去一准能入党。

他又说：等入党了，下一个目标就是提干。

他说这些时，李亚玲一声不吭，低着头匆匆地往前走。

刘双林就追问：亚玲，咱俩的关系到底咋整，你给我一个痛快话。

李亚玲立住脚，冲刘双林认真地道：刘双林同志，以后我们就当是普通朋友吧。

刘双林的样子像要哭出来，他抹了一把干涩的眼睛说：那我以后给你写信，行不？

李亚玲不说话，仍低着头往前走去。

他紧跟两步，说：我给你写信，你可得回信呀。要不然，我剃头挑子一头热，那还有啥意思。

李亚玲便委婉地说：我要是有时间就给你回信。

刘双林也只好这样草草收场了，他明天就要归队了，他把李亚玲拿下的想法就这样落空了。但他心里还残存着一线希望，只要自己能超期服役，入党是有希望的，一超期服役就有希望把李亚玲拿下，到那时，就是他仍回放马沟也不怕了。这辈子能娶上李亚玲这样的媳妇，死都值了。

有时命运真是让人难以捉摸，刘双林做梦也想不到，自己真的能时来运转。

就在他归队的路上，一件意想不到的事情发生了。他到了部队所在地，下车的时候已经是半夜了，火车站离军营还有十几公里。如果他天亮之前无法归队，那他就超假了，他知道探亲超假意味着什么，也就是说，他会受到部队的处分，以后所有进步的道路也就被堵死了。他连想都没想，提起随身的包就向暗夜里走去。结果事件就发生了，在一片树林里，他听见两个女人的呼救声，那声音听起来，一个年龄大些，一个年轻一些，两个人在暗夜里喊得撕心裂肺的。当时，刘双林知道有不好的事情发生了，是迎上去还是跑开，在短短的时间里，他还是思考了一下。他知道，如果这时挺身而出，他就会成为英雄，英雄的结果可想而知；他如果跑掉将会很安全，但注定是一种平淡。对于努力改变命运的刘双林来说，这机会来得太及时了！想到这儿，他放下包，在路边抓起两块石头，英勇地冲进小树林。他看见两个男人正按着地上的两个女人，那两个女人无疑是受害者，她们在挣扎着，嘶喊着。

那两个恶人发现了冲过来的刘双林，其中一个放开地上的女人，亮出一把尖刀，冲他喊：滚远点，这里没你啥事。

刘双林已经不能多想了，把手上的一块石头狠命地朝那人砸去，接着大叫一声扑了过去。他一边和那两人撕打一边说：我是解放军！我是解放军！

刀子还是扎了过来，不疼，先是凉凉的，后来就觉出热了。刘双林在那天晚上的搏斗中英勇无比，他又喊又叫，弄出很大的动静。那两个家伙毕竟做贼心虚，不敢恋战，慌张地逃跑了。

刘双林趔趄着身子往回走，他终于看清了那两个女人，一老一少，她们的衣服被撕破了，一副惊魂未定的样子。

刘双林说了一句：老乡，别怕，我是解放军，坏人跑了。

那两个女人见到亲人似的，突然蹲在路边哭泣起来。好人做到底，刘双林决定把这娘儿俩送回去，便说：你们住哪儿，我送你们回去。

年长的女人并不说去哪儿，只是说：我们和你一路。

他几乎是在搀着这娘儿俩往前走了。这时，他才感受到伤口的疼痛，腿上、胳膊上扎了好几刀，血热乎乎地往外淌着。他们没走出几步，突然身后驶来了一辆车，那辆车在他们身边停了下来。车上下来一个解放军，那个司机亲热地叫着：嫂子，我可接到你们了。

接下来的事情又戏剧又简单，直到车开到师长家门前，刘双林才弄明白，他救的不是别人，而是师长的夫人和女儿。原来，师长夫人趁女儿放暑假，带着女儿回了一趟老家，火车进站的时候天就黑了。师长的专车去接她们，不想坏在路上。她们没等来车，想走路迎车，结果就发生了意外。如果不碰上刘双林，她们肯定就被坏人强暴了。当师长得知这一切时，他热烈地伸出那双温暖的大手，把刘双林从车上拉到灯影里，此时的刘双林已经成了血人。刘双林还想给师长敬礼，师长一声惊呼，他就软软地倒进师长的怀里。

刘双林的命运从此就奇迹般地发生了变化。刘双林还没有出院，便被评为全师的见义勇为标兵，然后就是入党。他是在医院的病床上颤抖着双手填完入党申请表的。那一刻，有泪水滴在那张表格上，这是他做梦都在想的一刻。

他出院不久，就给李亚玲写出了第一封信，把自己的英雄事迹很是渲染了一番。那时候，他还没想到自己会提干，他要抓住这样的机会好好表现，来赢得李亚玲对自己的好感。其实，李亚玲已经知道刘双林的事了，在刘双林住院时，当地武装部的人就把刘双林立功的喜报送上了门，刘双林的母亲，那个没有见过任何世面的农村妇女，手拿儿子的喜报比过年还高兴。过年每年都是要过的，儿子的功可不是年年能得到。刘双林的母亲手捧喜报，喜极而泣，她跪在来人面前，哽咽着说：谢谢党，谢谢部队。她只会重复着这一句话。

李亚玲很快给刘双林回了信，信里的情绪也不怎么热乎，称刘双林为同志，从这一点上就可以看出，刘双林离李亚玲的要求还相差甚远。内容也都是一些勉励的话，什么争取早日提干了、为部队再立新功了等套话。这就足以让刘双林高兴一阵子了。

刘双林在那一年的时间里，几乎成了全师的红人，他不停地到各团去做见义勇为的报告，同时，师长的专车还接过他去师长家做客。师长是为了感谢他救了自己的夫人和女儿，师长在饭桌上还陪他喝了几杯酒。最后，刘双林一脚高一脚低地从师长家走了出来。几天之后，刘双林就把这次到师长家做客的事，添枝加叶地写进了给李亚玲的信里。他在信里还一次次要求李亚玲在百忙中抽出时间，到部队光临指导。他每封信里几乎都诚恳地提出同样的要求。许多老兵探亲后，都陆续地有女朋友来队了，他们要把生米做成熟饭。只是李亚玲毫无动静，刘双林只能一次次地在信里这么热切地期盼了。

李亚玲心明眼亮，不上刘双林的当。她只在信里和刘双林谈理想，谈提干的事，就是不谈来队。刘双林就只能努力，在努力中又显得很无奈。

事情的转机是在年底，那天指导员突然找刘双林谈了一次话，当然是关于提干的话题。结果没两天，刘双林就填了一份士兵转干表。据说，刘双林的提干问题师长亲自过问了，于是，全团仅有的两个指标中的一个就给了刘双林。这一连串的事情，让刘双林简直不敢相信这是真的。

当填完士兵转干表时，他第一个想到的就是李亚玲，他又一如既往、热情洋溢地给李亚玲写了一封报喜的信。信都装在信封里了，他才冷静下来，他想：自己马上就是军官了，慌什么？好日子在后头呢。想到这儿，他把那封信撕了，扔到了厕所里。

他觉得自己离放马沟大队一下子遥远了起来。

李亚玲的意外

刘双林认为自己终于咸鱼翻身了，他再也不是以前的农村兵刘双林了。他提干了，就是解放军部队中的军官了，即便以后不在部队干了，转业到地方，那他也是国家干部的身份。此时的刘双林是幸福的、自豪的。他下意识地就想到了放马沟大队的李支书，从严格意义上讲，李支书不属于国家干部，他的户口在农村，挣的也是农民式的工分，他算老几？他为自己以前在李支书面前唯唯诺诺的样子感到后悔。现在的刘双林已经出人头地了，他比李支书强千倍万倍。

刘双林想起了李支书，他就不能不想到李亚玲，现在想起李亚玲他还有一点点心疼。她娇好的体态和美丽，无疑会时时地走进他的梦里，他真心爱慕过李亚玲，不过那是以前的事情了，刘双林现在的身份否定了从前的看法，就连人生观、审美观也产生了飞跃。

部队里有许多农村出来的干部，就是没处理好自己的私人问题，仍然在农村找老婆，结果生了孩子，还没熬到随军的年头就转业了，最后也只能回到农村。刘双林现在不能再走那些人的老路了，现在的他干干净净，一身轻松，他要过一种彻底的城里人的生活，也就是说，昔日李亚玲留给他的美好，已经成为过眼烟云。他从内心里感谢李支书，如果李支书那次真的收下了他的东西，同意他和李亚玲的婚事，现在他身上就是长满嘴，怕是也说不清了。

刘双林这么想过之后，开始理所当然地冷淡李亚玲，他不再给她写信。按李亚玲的话说，他们现在的关系是普通的同志关系，通几封信那是在正常范围之内。现在刘双林为以前在给李亚玲信上说过的话感到后悔了，那是一些鼠目寸光的话，胸无大志的话。此时的刘双林决心痛改前非，他要重新做人，一切都还来得及。他现在已经是军官了，还愁找不到对象吗？答案是否定的。他这么想过后，脸上就露出了幸福的微笑。

李亚玲的心态和刘双林的想法都是有大转折的，有关刘双林在部队上进步的消息，点点滴滴地传到了她耳朵里。她为刘双林也为自己兴奋，她终于把宝押准了，她最大的愿望就是刘双林能提干，这是她嫁给刘双林唯一的条件。如果刘双林提不了干，回到农村，她说什么也是不能答应这门婚事的。现在刘双林真的提干了，她要抓住这个机会，奋不顾身地投入到刘双林的怀抱中，成为他的妻子，那样她离开农村的日子就指日可待了。

她开始热情洋溢地给刘双林写信，以前在称谓上总是称“刘双林同志”，现在变成“双林”了，然后就是“一别近一年，很是想念”一类的话顺理成章地跃然纸上。这样一封热情洋溢的信寄出后，犹如石沉大海，无声无息。这在以前是不可想象的，以前刘双林要写上三五封信，她才只回一封；现在自己的几封信都发出去了，还没收到刘双林的一封信。

刘双林接到李亚玲这些热情洋溢的信，不再像以前那么激动了。他很平静，有时把那些信撕开看看，有的干脆连看都不看了，几把撕碎扔到了下水道里。

李亚玲左等右等，一直没有等来刘双林的消息，聪明又敏感的李亚玲知道自己和刘双林之间发生了不可调和的问题，但她要迎着困难上，不能退缩。以前，刘双林在给她的每封信里都急赤白脸地希望她能到部队去看他，她应都没应，权当刘双林没有说过这样的话。说走就走，李亚玲没有和任何人打招呼，便坐汽车、火车辗转来到部队。以前刘双林在信里详细地给她写了部队的地址，所以，李亚玲没费吹灰之力就找到了刘双林的部队。

李亚玲在来部队前，从心理到生理上是经过精心准备的，她甚至做好了“牺牲”的设想，她过去也听说过有未婚妻到部队后，让人家生米做成熟饭的事。她在公社卫生院学习的半年时间里就碰上了姑娘家去打胎，就是在部队探亲时怀上了孩子，想结婚人家战士又回不来；去部队结婚，部队又不允许，只能把孩子做掉。李亚玲是赤脚医生，兼管着全大队的计划生育工作，那些计生用品她都有。这次来部队时，她就在随身带的包里装了那些东西。她把什么结果都想到了，总之，她迫切地希望自己能做成刘双林的媳妇。

然而她的想象和实际却有着天壤之别，她走进部队大院时，刘双林正在操场上带领着战士们热火朝天地训练。当哨兵把李亚玲带到刘双林面前时，刘双林做梦也没有想到在这个节骨眼上李亚玲会来。他从心里已经把李亚玲彻底遗忘了。他见到李亚玲的第一句话竟是：是你，你怎么来了？

李亚玲在一路上也无数次地设想过她和刘双林相见的情景，但她却没有想到会是这样。她也惊怔在那里，脸红一阵白一阵的，半晌才说：这阵子工作不忙，来看看你。

刘双林就很为难的样子，抓抓头，又抹一把脸上的汗，才说：我这阵子忙，真的没时间陪你。按理说咱们是老同学，家乡来人了，应该陪陪你，可你看这——

说完，用手指了指正在操场上等他训练的战士，那些战士也都在朝这边看着。

李亚玲什么都明白了，她是个聪明人，这阵子刘双林一直没有给她去信，她已经意识到出了问题，但她没想到会是这种结果。当即，她也冷下脸来道：那我就不打扰了，我现在就走。

刘双林这才松了口气，情绪也活跃了一些，便说：我送送你。

说完便陪着李亚玲向部队大门口走去。

这时有人从他们身边路过，有一个老兵和刘双林打招呼道：排长，这是咱嫂子吧？咋不领到招待所去，这是往哪儿走啊？

刘双林就脸红一阵白一阵地说：哪里，哪里，这是老家的同学，出差路过顺便来看看。

两人往前走，刘双林觉得过意不去，就说：亚玲，要不你在城里找个招待所，好不容易来一趟，玩儿两天再走。

李亚玲冷冷地说：不用了。

这时部队院外正好开来一辆通往城里的公共汽车，李亚玲一下子就跳了上去。一直到车开出了很远，她连头都没有回一下。屈辱、怨恨，让她悄然流下复杂的泪水。

那一次，她从部队回来后就病倒了，一连躺了十几天。从那以后，李亚玲就像变了一个人，她对城市的向往更加迫切了，她暗下决心，一定要活出个人样来，让刘双林看一看，她不嫁给他照样能过城里人的日子。

在李亚玲眼里，章卫平和刘双林两人简直不可同日而语。章卫平如果是一棵大树，那刘双林连一根小草都不如。章卫平本身就是城里人，父亲还是军区的副司令，人家不在城里待着，才来到农村。他刘双林算什么，简直就是个小丑，拼命地向上爬，不就是当了个排长吗？

但李亚玲最担心的还是章卫平扎根农村一辈子的想法。那时候，有许多怀揣理想的青年人，响应毛主席老人家的号召，来到农村，在农村娶妻生子，扎根农村一辈子。如果真是那样的话，李亚玲是不愿意的，她知道，同是男人，章卫平和刘双林是不一样的。刘双林吸引她的是能把她带出农村，这个人是不值得她喜欢的，更谈不上爱了；章卫平却不一样，她从骨子里喜欢他，因为章卫平在她眼里是个全新的人，他身上有许多东西是农村人身上不具备的，正是这种陌生与新鲜，让李亚玲产生了审美。

自从和章卫平有了恋情，李亚玲从刘双林的阴影中彻底地走了出来。她真心实意、全力以赴地爱着章卫平，她现在最大的不安，仍是章卫平扎根农村的决心。

世上没有不透风的墙，心明眼亮的李支书还是发现了章卫平和女儿不寻常的关系，他对待章卫平的态度和刘双林的态度可以说是天壤之别。

章卫平是谁，那是革命的后代，父亲是部队首长、高干，章卫平根红苗正，自从章卫平来到放马沟大队落户，他就从心眼里喜欢上了这个年轻人。章卫平的每一点进步，他都欢欣鼓舞，如今章卫平顺利地当上放马沟大队的革委会主任，这和他的力荐以及甘愿从支书的位置退下来是分不开的。他一直认为，龙王爷的儿子会凫水，章卫平的父亲是军区副司令，那章卫平以后肯定也错不了。他已经从这个年轻人身上看到了女儿的幸福和未来。

从那以后，他经常把章卫平叫到家里，让李亚玲给他们炒上几个菜，然后一老一少坐在炕上喝两口。李支书一边喝酒一边说：孩子，你的决定太对了，扎根农村我举双手赞成，城里有啥好的，当年毛主席还主张农村包围城市呢。咱们以后也来个农村包围城市，农村的天地大呀，不像城里那么憋屈得闹心。

章卫平就点头称是。

李支书就用一双醉眼欣赏地注视着章卫平。

李支书的话让李亚玲的心里好一阵哆嗦。

刘双林的“新大陆”

刘双林在新兵队伍中，一眼就看出了方玮的与众不同。方玮的与众不同不是装出来的，那是她骨子里的一种气质。不仅是她，还有乔念朝这批从大院里应征入伍的新兵，浑身上下都透着那股劲儿。他们把这次当兵当成了一次喜剧式的远行，他们从小到大一直在部队大院里，最大的首长和最小的士兵他们都见过，他们从出生到现在一直是按照部队的作息制度来执行的。他们从军区大院去某个团或某个连队当兵，他们是在往下走，就如同从一个大城市里来到一个小城镇，他们什么没见过，什么没经历过？小城镇上的一切是不会让他们惊讶的。因此，他们的神情举止是从容不迫的，有种见怪不怪的那份从容。

方玮、乔念朝这些人的从容和那些刚穿上新军装的工农子弟形成了强烈的反差。那些工农子弟从穿上新军装那一刻起，手脚都不知道怎么放了，浑身僵硬不自在。登上新兵专列后，他们的眼睛就更不够用了，这摸摸那看看，脸色是激动潮红的，他们不停地说话，部队上所有的事情他们都感到新鲜和好奇。方玮和乔念朝他们，是穿着父母穿旧的军装长大的，军装穿在他们的身上都是那么自然合体，举手投足间俨然是老兵的样子。

乔念朝潇洒地递给刘双林第一支烟时，刘双林的心里就咯噔一下，他知道在这批新兵中藏龙卧虎。他想起自己刚当新兵那会儿，半年之后和排长说话还紧张得结结巴巴。这就是人与人的不同，刘双林承认这种差别。如果不是戏剧性地救了师长的夫人和女儿，此时的他早就回到放马沟了。他要把握命运，靠自己的努力是不够的，师长的一句话让他什么都拥有了。他从新兵的花名册中粗浅地了解到，这批新兵中有好几个是军区大院首长的子弟。花名册中有一栏填着每位新兵的家庭住址，文艺路 28 号就是军区大院的所在地，作为当了排长的刘双林来说，军区的地址他是知道的。接这批新兵时，他去过军区大院门口，他只在院外的甬道上走了走，军区门岗的士兵都显得那么与众不同，他们气度不凡，他还没有接近他们，就觉得浑身开始发紧了。他知道自己没法走进军区大院，那里要实行严格的登记，办事先向里面打电话，对方让进去了，这面才可填会客的条子，有了条子才能进去。军区大院里的人他一个也不认识，他无法走进军区大院，他只在门口远远地站着，往很深的院里张望了一会儿，就算自己来过军区大院了。那天，他怀着畏惧而又满足的心理离开了文艺路 28 号。

此时，眼前的几个新兵都来自文艺路 28 号，他们平时就住在那里，出入军区大院如履平地，就这一点，他就感受到了自己和这些兵之间的距离。

刘双林不仅认清了这些，他还一眼就看上了方玮。方玮呈现在刘双林眼前的不仅是年轻漂亮，更重要的是，她也是文艺路 28 号的，文艺路 28 号的这些新兵，就像脑门上贴了标签似的，走到哪里都显得与众不同。

刘双林下意识地想到了李亚玲，只是一闪念，他就把李亚玲和眼前的方玮进行了一次对比，然后比出了李亚玲和方玮的不同。如果把方玮比喻成一枝雪莲的话，李亚玲充其量也就是山脚下一朵毫不起眼的小黄花。想到这儿，刘双林心里咯噔咯噔的。提干后的刘双林择偶的标准已经发生了显著的变化，没提干的时候，李亚玲在他眼里宛若天仙，提干后的他觉得李亚玲也就是个普通的农村姑娘而已。那时他就暗下决心，找对象一定找个城里有工作的姑娘，那样他的后半生和孩子才算真正脱离开农村。刘双林一想到农村，他就从骨子里感到自卑和压抑，他想喊想叫，甚至想大哭。

方玮的亮相，让刘双林眼前一亮，心里的什么地方快速地咯噔了几下，血管里的血流明显加快了，他显得兴奋而又紧张。从那一刻起，他决定想方设法要接近方玮。他觉得世上不论什么事，都是有可能发生的，比如他的提干。在新兵的列车上，他无数次地走到方玮的身边，张开双手，让自己干部服上的两兜呈现在众人眼前，可是她连一眼都没有看。

那个年代，士兵与军官的唯一区别就是上衣多了两个口袋，不管是军区司令，还是边防哨所的一个小排长，他们的着装都是一样的，军官只比士兵多两个口袋而已。刘双林的意思是想让方玮注意到自己是名真正的干部，可惜他的目的没有达到。

刘双林可以说是个很有心计的人，他从看到方玮的第一眼起，就有了接近她的愿望，甚至想到了以后。如果他和方玮真的有点什么，那么他的一切就可以说天上人间了。此时的刘双林已经把自己未来的生活主题先行了一步，具体的过程那得随行就市了。正如他当年刚当兵时，唯一的目标就是提干，结果他的目的达到了，至于过程他说不准，但他知道了自己该努力的方向。

刘双林是接这批新兵的排长，在未来的三个月时间里，他也将是新兵排长。这是每个刚提干的军官的必修课。那些资历老一些的排长，对训练新兵已经没有什么兴趣了，训练新兵与带那些老兵相比会吃许多苦头，费力也未必讨好。刘双林在新兵分班、分排时，有意把文艺路那几个兵分到自己的排里。

这批兵是师里报的名，女兵很少，才八个人，只能编成一个班。这个班只能混编在男兵排里，刘双林就是这个混编排的排长，这个排还有乔念朝这些来自文艺路的兵。

新兵开始训练的时候，刘双林才意识到，这些兵真的不那么好带。其他排的新兵都是工农子弟，对部队很敬畏，对排长更是敬畏，这是他们来到部队后第一次近距离接近部队的首长。他们听话，又表现良好，他们要在部队里踢好头三脚。而那些文艺路的兵呢，因为没有这种感受，他们从骨子里不把眼前的小排长当回事，他们不是不尊重领导，而是提不起兴趣；他们不是不执行排长的命令，而是少许多热情。这样一来，这个排和其他排就有了差距。其实每位排长都在暗中较劲对比，自己的排训练拔尖了，领导自然对带这个排的排长有一个好印象，认为这个排长有工作能力，虽然新兵连是临时单位，新兵训练结束，不管是排长还是班长都要回到各自的工作岗上去，但他们的鉴定是由新兵连临时党支部来写的。无形中，新兵连的各位排长也都在暗中较劲。

全连集合的时候，文艺路那几个兵总是不能雷厉风行，他们睡眼惺忪，一边系着扣子一边向外走，这就比奔跑出来的其他新兵慢了半拍。刘双林这才意识到，自己三个月的新兵连生活的代价将是惨痛的，但咬定青山不放松，塞翁失马，谁知道是福还是祸呢。

在这三个月的时间里，他要想尽一切办法给方玮留下深刻的印象，他知道，师里的女兵不是话务班的，就是师医院的，他是基层连队的排长，平时是很少和话务班、师医院那些女兵打交道的。如果在这三个月的时间里，仍没能给方玮留下印象，未来的日子里再想接近方玮就难了。刘双林在这三个月里，一定不能放过这个机会。

如金岁月

刘双林接近方玮的办法很古朴，也很通俗。

在每日的训练中，文艺路这些兵似乎都不把刘双林这个小排长放在眼里。新兵训练最基本的无外乎就是列队跑步、左右转，或者是看齐、稍息这些东西，军区大院的子女们，从小学一年级一直到高中毕业，上的是“八一”子弟学校，就是军区大院子弟学校，这所学校与别的学校相比，最大的不同就是军事化管理，时不时地还要军训一两个月，新兵连这些最基本的训练，他们小学时就已经完成了。因此，这些老掉牙的课目对他们来说不足挂齿。他们不像那些工农子弟，对这一切正新鲜着，他们利用训练休息的时间都在虚心地请教着刘双林。这些大院的孩子，休息的时候就在操场上打闹成一团，这种集体生活，仿佛又让他们回到了学生时代。

刘双林无法在他们的心目中树立起自己的权威。方玮在队列里，似乎从来也没有正眼瞧过刘双林，刘双林长得又黑又瘦，他在他们的眼里，也就是个摆设而已。

大院里的这些新兵，尤其是方玮对待刘双林的态度，让他觉得自尊心大受伤害。他明白，这些兵跟自己是完全不一样的，他们想在部队干就干几年，不想干了，回到地方照样有好工作等着他们。也就是说，他们不用努力，照样比自己强。他现在是排长了，不敢说自己以后转业准能找到工作，如果找不到工作，他就会被安排到县里的复转军人安置办，说不定就回到公社，公社的干部过的仍然是农村人的生活。刘双林一想起那样的生活就感到害怕，从小到大，他简直过够了那种人下人的日子。他现在已经是排长了，他要抓住这样的机会，成为名副其实的城里人。他一边向往着城里人的生活，一边仇视着城里人。他仇视城里人一出生就比自己优越，不用努力，也不用受苦，就什么都有了。尤其是文艺路那帮新兵，他们看他的眼神，让他感到既自卑又难受。

刘双林在这种煎熬中暗自发誓，一定要过得比他们强。这样想时通常都是在进入梦乡之前，他的意识空前地活跃。当太阳初升，他站在那些人面前时，他就又是平时的刘双林了，对待这些人的态度有讨好、巴结，还有些小心翼翼。总之，刘双林在文艺路那些新兵中活得极不自信。

那天中午吃过午饭后，他终于找到了单独和方玮说话的机会。他清清嗓子，声音有些抖颤地说：方玮同志，一会儿我在操场上等你，有话对你说。

直到这时，方玮才认真地看了他一眼，那目光中充满了问询和不解。她似乎要问他什么，他没有勇气回答，就赶紧甩开大步走了。

刘双林在太阳很好的中午站在操场的一个单杠下，他焦灼不安，来回地踱着步子。这时所有的新兵都午休了，只有炊事班的人零星地在操场上活动着。他们只有这个时间才是自由的，过不了一会儿，他们又开始为几百号新兵准备晚饭了。

方玮一步步向操场走来，她走路的姿势很好看，风摆杨柳，却又坚定不移。离刘双林还有三两步距离的时候，她站住了，她似乎在微喘着，胸前不易觉察地起伏着。

她说：排长，你找我？

他平静了一下呼吸，不知为什么，他一见到文艺路这些新兵就有些紧张。他清清嗓子说：我找你谈谈。

她说：我没做错什么呀？

他听了她的话怔了一下，待反应过来，就笑笑说：不，你做得很好，所以我才找你谈谈。

她仍不解地问：那还谈什么呀？

她不明白，自己做得很好了，排长为什么还找自己谈话。她茫然无措地望着刘双林。

刘双林在单杠下兜着圈子，背着手，似乎琢磨着如何开口。半晌之后，刘双林终于说：你知道我叫什么名字吗？

方玮吃惊地睁大了眼睛，他的名字她是知道的，她不明白，排长为什么要问这个。她望着刘双林好一会儿，才答：刘排长，刘双林，怎么了？

刘双林听了方玮的回答心里好受了一些，在他看来，方玮这些心高气傲的兵，也许都叫不出他的名字。在这三个月的时间里，他要把自己深刻地印在方玮的心里，只有这样，以后才有可能接近方玮。刘双林为方玮能叫出自己的名字感到了几分满足。然后他又说：咱们以后就是一个战壕里的战友了。

方玮越听越糊涂了，刘双林大中午的把她叫出来，就是来说这些废话的？不是战友，难道还是敌人吗？她想到这儿忍不住乐了。方玮的笑让刘双林彻底放松了下来，他就又说道：我现在是你们的排长，新兵连一结束就不是了，希望我们在各自的工作岗位上还能相互关照。

说到这儿，刘双林停住了，他像个士兵似的立正站好，然后背诵似的说：我刘双林，1972 年春天入伍，今年二十四岁，农村兵，探过一次家……

方玮看着刘双林的样子，可笑又好笑，忍了半天，最后终于绷不住捂嘴笑了起来。

刘双林一口气说完，才如释重负地放松了下来，他对方玮这样的兵心里没底，他不知道该怎样和这些高干子女打交道。

等方玮笑够了，刘双林才又说：方玮同志，你对自己的前途是怎么考虑的？

刘双林问到方玮的前途，说心里话，方玮自己也没有认真想过，母亲想让她参加工作，因为她和乔念朝相恋，乔念朝要来当兵，她也就不顾一切地来了。以后究竟怎么样，她根本没有考虑过。方玮和那些无忧无虑的小女孩一样，真的没设计过自己的前途。

刘双林这么问她，她感茫然无措，不知如何回答，就那么空洞地望着刘双林。

刘双林似乎看出了方玮的茫然，便说：我知道你父亲是高干，以后你不管干什么都错不了。

停了一下，他又说：我要是你呀，就在部队干下去，以后提干啥的，不就是你父亲一句话的事儿。

方玮就怕来部队别人说她高干子弟，她当兵临走的前一天，父亲把她叫到书房里和她认真地谈过一次话。在她的印象里，这是父亲第一次如此严肃地和她谈话。

那天晚上父亲说：小玮，你要去当兵，我不拦你。

她冲父亲点点头。

父亲又说：不过，你记住了，这条路是你自己选择的，你可别后悔。

她当时想也没想就说：爸，我不后悔。

父亲沉吟了一下，说道：到了部队上，你就和别人一样，不要以为父亲是军区的领导，就提出过分的要求。

她说：我知道了。

父亲还说：路要靠自己走，这样心里才踏实。父亲能帮你一时，可帮不了你一世，你明白吗？

她似懂非懂地点了点头，那时她只想和念朝在一起。父亲的这些话，她听不明白，也不想听明白，从小到大无忧无虑的生活，让她变得简单起来。

当刘双林提到她的父亲时，她忙说：我爸说了，他是他，我是我，以后的路要靠我自己走。

刘双林就又笑一笑，笑容有些复杂，他才不相信方玮的话呢。他又说：三个月训练结束后，我会记着你的。

方玮不明白刘双林为什么要这么说，她睁大眼睛望着刘双林。

刘双林自顾自地说下去：方玮同志，以后有什么需要我帮忙的，你尽管说，我保证赴汤蹈火。

方玮点了点头，又摇了摇头，她真的不明白刘双林干吗要说这些。

刘双林说完这些后，似乎就没有留方玮待下去的理由了，他不再说话，方玮就一遍遍地向宿舍张望。刘双林看出了方玮的意思，就说：你回去休息吧。

方玮就走了。

刘双林坐在单杠上，他点燃了一支烟，心里有些兴奋。这是他第一次和方玮单独接触，没想到方玮一点也不复杂，虽然她说得不多，但从她的眼神中看得出来。方玮不像李亚玲，李亚玲是复杂的，最后不还是败在他手下了。他在李亚玲的事情上自尊得到了极大的满足，自己在李支书面前丢的颜面总算又给找了回来。

单纯就好，他怕的就是复杂。在那个阳光明媚的中午，刘双林决定找对象就要找方玮这种家庭出身的。他从救师长夫人和女儿的事件中尝到了甜头。

晚上散步的时候，方玮把刘双林找自己谈话的事跟乔念朝说了。两人来到部队后，才感受到了约束，他们虽然天天见面，训练吃饭也都在一起，可这么多人，根本没有两人活动的空间。他们只能利用晚饭后的这段时间，在操场上走一走。那时候，有许多兵也都在操场上活动，他们只能平平淡淡地说说话，连拉手的机会都没有。

方玮讲了刘双林谈话的内容，乔念朝半晌没有说话。

方玮就说：哑巴了，怎么不说话？

半晌，乔念朝才说：我看出来了，这小子没安什么好心。

方玮不解，仍天真地问：谁没安好心？

乔念朝说：这么多人，他不找别人谈话，为什么单单找你？

方玮立住脚，认真地看了一会儿乔念朝，说：他也没说什么呀。

乔念朝就又说：我这是给你提个醒，以后你要对他注意点。

方玮在黑暗中冲他点了点头。

乔念朝的第一次宣战

刘双林对方玮无所谓喜欢，也无所谓不喜欢，他挖空心思接近方玮，就因为方玮是高干子弟。对于农民出身的刘双林来说，方玮的身份让他嫉妒又让他着迷。方玮身上的所有东西都在深深地吸引着他。

出乎意料的提干，让刘双林很快否定了以前的自己，包括他对爱情的追求。在提干毫无希望的时候，他多么想得到李亚玲的爱情呀！李亚玲的爱情可以换来许多他想得到而得不到的。现在他提干了，他现在看自己和李亚玲那份爱情时，才发现原来的爱情是那么的贫瘠。他不想生活在贫瘠中。他要找到一片沃土，只有在这片沃土才能让他根深叶茂，而眼前的方玮就可以给他提供这片沃土。

方玮和李亚玲比较的话，在刘双林的心里简直是天上地下。方玮就是方玮，身上具有典型城市女孩的洋气和对什么事情都那么不屑一顾的样子，这反而衬出了她的从容大度，这不是装出来的。刘双林在把李亚玲与方玮比较后，发现李亚玲根本就一无是处。刘双林觉得自己可以理直气壮、放心大胆地去追求方玮了，因为自己现在已经是部队的排级干部，况且还有师长做自己的靠山。他一直认为自己是师长一家的救命恩人，师长理应是自己的后台了。有师长做自己的后台，他就该理直气壮起来。

刘双林通过几次和方玮的单独接触，发现方玮是个很单纯的姑娘。她的想法远不如李亚玲那么复杂，甚至都远不如李亚玲那么难对付，李亚玲在答应和他好时，是有条件的，也就是说目的性很强。他们之间的交往，都有各自不同的目的，双方都想借助对方实现自己的目标。然而最终的结果却是背道而驰，只能是越走越远了。

刘双林认为，自己是完全有可能追求到方玮的，如果那样的话，自己的靠山一下子就是军区后勤部长了，方玮的父亲是自己未来的岳父，自己的前途和未来还会差吗？于是刘双林抖擞起精神，准备谈一场旷日持久的恋爱。

后来，刘双林终于发现了接触方玮最好的机会。那就是晚上方玮上夜班岗的时候。他是在一次查夜岗的时候发现的。男兵每天夜里的时候，都是一个人，每人两个小时一班岗，轮到女兵的时候，考虑到女兵胆子小，就变成了两个人一班岗。

那天刘双林查岗的时候，就发现了方玮。方玮站在门口的灯下，很害怕的样子。另外一个女兵，可能这两天有特殊“情况”，老是去厕所。方玮一个人的时候，抱着枪，心里很没底地站在灯影里。刘双林夜里起来很困顿，他想查一遍岗后就回去睡觉，没想到的是，让他意外地碰上了方玮。他的大脑立马清醒了过来，他有些急不可耐地走近了方玮。

方玮终于有人相伴了，她似乎才从惊恐中慢慢回过神来，神态开始变得自然起来。她说：排长，你查岗啊。

刘双林就说：方玮，你穿得太少了，夜里凉，小心感冒了。

说完很利索地脱下自己的衣服，顺理成章地披在了方玮的身上。

方玮在那一刻感到了一股温暖顺着前胸和后背流进了全身。其实她并不冷，因为同伴的离开，她一个人站在哨位就有些紧张，因为紧张她就觉出了冷。现在她浑身放松了，于是就感觉到了暖意。

那个女兵是跑步而来的，她见到刘双林有些紧张，解释着：排长，我肚子疼，去厕所了。

刘双林就说：身体不舒服啊，回去休息吧，你这班岗我给你站了。

那个女兵有些犹豫，她不知道排长替自己站岗合适不合适，就在那儿踌躇着。

刘双林就说：回去休息吧，是我批准的。

女兵忙感激地冲刘双林笑笑，就回宿舍了。

寂静的哨位上就只剩下刘双林和方玮两个人了。静下来的时候，他们似乎都不知道该说些什么。半晌，刘双林才说：你以前没受过这样的锻炼吧？

方玮在灯影里摇了摇头，很快又说：现在不同了，我是一名军人，应该锻炼。

她说这话时，想到了父亲在她参军前对她说过的话。

刘双林又说：你们高干子弟能吃这样的苦？

方玮看了看刘双林，她不知道刘双林怎么知道她是高干子弟。他们这些大院里的孩子，在填写入伍申请表时，在父母职业一栏里都填写的是军人，父母的真实职务并没有写在表格上。她有些惊诧地看着刘双林。

刘双林顺着自己的思路说下去：以后你们提干一定很容易，还不是你们父母一句话的事。

方玮真的没有想过提干或者将来会是什么样，只因为乔念朝要来当兵，她才跟来的。提干不提干的，她真的没有想过。她见刘双林这么说，就回答道：排长，我还没想过提干的事。

刘双林说：你应该提干，你这么好的条件，有父亲这样的靠山，在部队干一定错不了。

刘双林希望以后方玮能留在部队，这样他才能有更多的机会接触方玮。他知道自己没法和城市兵比，城市兵不管干好干坏，就是复员回去，也会有一份不错的工作，而自己就不行了，他只能干好，一直干到实在不能留在部队了，才能离开。如果方玮当上两三年兵就复员的话，他就没有机会继续和方玮交往下去，他知道环境对一个人的改变是多么的重要。在那天的晚上，他清醒地意识到只要方玮能在部队提干，他把她追求到手就多了几分把握。

刘双林不是一个浪漫的人，在那个静静的夜晚，并没有什么浪漫的言辞和举动，他只一味地说一些在方玮听来很乏味的话。

就在这时，乔念朝发现刘双林在陪着方玮站岗。乔念朝知道方玮今晚的夜班岗，因为他们每个班排岗，事先都会张贴出来。乔念朝不放心方玮，他借上厕所的机会，特意转到哨位上看一眼方玮，结果他就看到了刘双林在陪着方玮站岗的一幕。他在暗影里已经待了有一会儿了，刘双林和方玮说的话，他也听到了。另外一个女兵是怎么离开的，他不知道，见哨位上就刘双林和方玮两个人，他觉出味道有些不对了。他就在这时走出暗影。

他还没等刘双林说话，就先开口了，话里面明显带着刺，他说：是排长啊，怎么也来站岗了？

刘双林忙说：苏亚芹身体不好，我替她一会儿，乔念朝你这是上厕所呀？

他想三言两语把乔念朝打发走，好留下更多的时间单独和方玮相处。只要和方玮在一起，哪怕什么都不说，都会觉得离幸福近了一些。

让刘双林没想到的是，乔念朝竟说：排长，你回去休息吧，我替苏亚芹站这班岗吧。

刘双林在黑暗中突然有些脸红，心虚让他一时乱了方寸，他竟从哨位走下来，下意识地把枪递到了乔念朝的手里。他向回走了两步后，才反应过来，但他已经不好再回到哨位上去了。他停下来，冲乔念朝说：你辛苦了。

乔念朝挥挥手道：没事，这是我们战士应该做的。

他说这话时，有些玩世不恭的味道。

刘双林没有再留下来的理由了，他向回走去，乔念朝看见方玮身上还披着刘双林的衣服，把刘双林的衣服拿过来，追上刘双林说：排长，穿上衣服，小心别感冒了。

刘双林接过衣服，在暗影里他的脸红到了耳根，似乎自己的企图已被暴露在光天化日之下，浑身上下也似乎被乔念朝剥得精光。

回到宿舍的刘双林久久没有睡着，他没想到自己会败在一个新兵的手上，而这个新兵还是乔念朝。不知为什么，他在文艺路这些兵当中，一直找不准自己的位置。按理说，他是他们的排长，他们是他的兵，这种优势是明显的，可他也说不清楚，在文艺路这些兵面前，尤其是在乔念朝面前，他就是找不到这样的优势，无形中就有了相形见绌的心理。

就是这种心理，让他失去了许多自信。

在工农子弟的新兵当中，刘双林很容易就能找到自己的位置，他就是排长，他们就是新兵。

乔念朝在他面前那种玩世不恭的样子，事后想起来让刘双林感到羞辱，甚至无地自容。

就在刘双林躺在床上辗转反侧、久久不能入睡时，乔念朝和方玮正站在哨位上眺望远方的星空。

乔念朝指着天上的星光说：那就是北斗星，像把勺子。

方玮则在一边惊喜地寻找着织女星、牛郎星。有关牛郎和织女的故事，方玮从小就知道，一看到那两颗奇亮的星星，她的心里总会涌动着一种激动的情绪。

乔念朝从天空中收回目光，看着方玮说：他刘双林没安什么好心，我看他一定是在打你的主意。

方玮就说：我看刘排长这人不坏，知冷知热的，还把他的衣服借我穿呢。

乔念朝说：他这是糖衣炮弹。

方玮刚想说什么，马上又被乔念朝的话岔开了。

乔念朝说：他对别人怎么不这样，为什么只对你这样，这里面难道没有问题？

方玮说：那我怎么知道。

乔念朝对方玮的麻木有些气愤，在初恋的日子里，他希望方玮是自己的，只能接受他的关怀和情感，他不希望有人在其中染指。爱情在这一阶段成了乔念朝生活中的头等大事。

男人的较量

在三个月的新兵连生活中，乔念朝和刘双林成了一对冤家对头。乔念朝自从发现刘双林对方玮有了那种想法后，他就一直敌视刘双林，也就是从那时起，他没有叫过他一次排长，人前人后的，他只叫他刘双林或“刘双林那小子”。

他私下里对方玮无数次地说：刘双林那小子，我看他不是个好东西。

方玮就一脸的清纯和不解：我看刘排长挺好的。

乔念朝又说：那小子给你喝迷魂汤呢，你还不知道?!

方玮说：我不管，反正刘排长对我还不错。

方玮越是这么说，越激起了乔念朝对刘双林的憎恨。他认为如果事情这么发展下去的话，迟早有一天，刘双林会从他的手里把方玮夺走。

乔念朝如愿以偿地和方玮双双来到了部队，到了部队他才意识到，虽然他和方玮天天见面，两人都在新兵连，可留给他们单独见面的机会并不多。新兵连的生活是紧张而忙碌的，他们在一起说会儿话的空当都没有，更别说谈情说爱了。在队列里，乔念朝只能用目光和方玮交流。

乔念朝用目光说：方玮我爱你。

方玮的目光只要和乔念朝的目光一碰上，马上就躲闪开了。不知是害羞，还是别的什么原因，总之，她在躲避乔念朝这种火辣辣的目光，弄得乔念朝心里火烧火燎的。

每天晚上有一个小时的自由活动时间。那天晚上吃完饭，在洗碗的时候，乔念朝冲方玮说：一会儿我在操场上等你。

乔念朝径直去了操场，他并没有马上见到方玮，时间过去了很久，他才看见方玮不急不慢地向操场走来。乔念朝迎了上去，不无抱怨地说道：怎么这么长时间，你去哪儿了？

方玮说：刚才刘排长找我谈话了。

真是哪壶不开提哪壶，乔念朝的脸拉长了，他冲方玮没好气地说：是那家伙重要，还是我重要？

方玮睁大眼睛，很天真地说：排长让我写入团申请书，是正事。

乔念朝就说：狗屁正事，他是想泡你呢。

方玮听了这话，便急赤白脸地说：你怎么这么说刘排长，他是在关心我。

乔念朝把脚下一颗石子踢飞了，气呼呼地看着方玮，冷冷地说：方玮，我发现你变了。

方玮低下头，半晌嗫嚅着说：部队有规定，战士不能谈恋爱。

乔念朝道：谁说的？

方玮说：是刘排长说的。

方玮这种张口刘排长闭口刘排长的，大大刺伤了乔念朝的自尊心，他没好气地说：你来部队时间不长，规定倒学了不少。

方玮说：本来就是嘛，战士服役条例上写的，刘排长还让我看了呢。

乔念朝简直是忍无可忍了，他丢下方玮就走，走了两步又站住了，走回来，指着方玮的鼻子说：那你说咱们的事怎么办？

方玮抬起头，眼里闪着泪光。她一副无助的样子，委屈地说：念朝，我是喜欢你的。

乔念朝一下子没了脾气，他最看不得女孩子在自己面前这种样子，他长吁了口气，缓和下语气道：以后你别在我面前提那家伙，行不行？

方玮又低下了头，用脚踢着石子，点了点头，又似乎摇了摇头。

乔念朝又说：什么狗屁规定，兴他们干部谈恋爱，就不许战士谈，不行咱就不当这兵，咱们回家。

这回轮到方玮吃惊地看着他了。

方玮在刘双林和乔念朝两人中间无形之中系了一个扣，这是两个男人间你死我活的扣，起码在乔念朝心里是这样想的。

刘双林发现了乔念朝对自己的敌视，他也意识到乔念朝喜欢方玮，从他的角度看，乔念朝和方玮是再合适不过的一对，他们年龄相当，家庭背景相同，就是举止和做派也是惊人地相似。他心里一阵隐隐地疼，他说不清这种疼痛来自何处。他自卑地意识到，虽然他提干了，但他仍然是个农村兵，和高干子弟有着巨大的差距。他嫉妒这些高干子弟，同时也有些憎恨。他从骨子里看不惯乔念朝他们的做派，但又羡慕得要命。

在训练的时候，无形中他对乔念朝这个班的人就多了一些狠劲。乔念朝是三班，三班十几个人当中，有四五个是高干子弟，他们领悟动作要领很快，经常取笑那些农村入伍的新兵，因为，只要刘双林把动作要领演示一遍后，他们马上就能做得有模有样，而那些农村兵则不行。刚开始的时候，刘双林会当场让这些高干子弟站在一旁休息，自己专门给农村兵开“小灶”。后来他让这些高干子弟一同吃“小灶”，因为他忍受不了这些高干子弟那种玩世不恭的目光。他的这种做法得到了以乔念朝为代表的高干子弟的抗拒。乔念朝站在队列里，背着手梗着脖子说：刘双林你不一视同仁，我们哪点做得不好了，给我们开“小灶”？

刘双林对乔念朝这种称谓已经忍无可忍了，因为这几个高干子弟对他的态度，已经大大地影响他在新兵排的威信了，有许多农村兵也开始看碟下菜了。他要树立自己的威信，就要杀一杀这几个高干子弟的威风。这一次，他把乔念朝从队列里叫了出来，不冷不热地说：你说自己做得很好了，那你给示范示范。

刚开始乔念朝还没有意识到自己中了刘双林的圈套，严肃认真地踢了一遍正步。

刘双林又说：大家没看清，你再示范一遍。

就这样，他一口气做了三遍。刘双林还让他做，他意识到刘双林是故意的，便停了下来。

刘双林就说：乔念朝，你怎么不做了？我看你做得也不怎么样嘛。

乔念朝这时一字一顿地说：告诉你刘双林，我不做了。

说完乔念朝解开腰中的武装带，大摇大摆地走到操场的一块石头上坐了下来，冷冷地看着刘双林，并从兜里掏出一盒烟，潇洒地抽了起来。他来当兵完全是一时冲动，因为他很羡慕章卫平成熟的举止和做派，他把章卫平身上的一切全部归结为社会锻炼的结果。因为章卫平经风雨见世面了，所以呈现在他眼前的是一个成熟男人的形象，他想早日成为章卫平那样的男人。他选择了部队，他希望在部队的几年生活，使自己成熟起来，潇洒起来，然后有资格去恋爱，去享受生活。让他没想到的是，部队的枯燥生活又让他回到学生时代，他开始厌倦，甚至开始憎恨。方玮对待他的变化也更加激发了他的这种态度，他把眼前的刘双林当成敌人。只有把眼前这个敌人推倒，他才能获得自由和翻身，于是他不参加训练了。

这一结果，大大出乎刘双林的意料，在部队这么长时间了，他还没有见识过乔念朝这样的兵。以前，他也接触过许多城市兵，虽然城市兵没有农村兵那么努力要求上进和刻苦，但也没有人太出格。毕竟部队是有纪律的，况且要求进步是生活在集体中每个人的天性。今天，乔念朝的举动，大大让刘双林开了一次眼界。他冲着乔念朝运了半天气，竟不知说什么好，队列里那几个高干子弟还冲乔念朝竖起了大拇指。

方玮那个班的几个女兵在一旁训练，此时不知发生了什么事情，不停地向这边张望。

刘双林冲着乔念朝道：你、你、你……

他气得竟说不出一句完整的话来了。

最后，刘双林也没想出用什么办法让乔念朝就范，如果换成别的兵，刘双林会有一千个办法，比如给这个不听话的兵一个处分，然后召开全排大会让这个兵做检讨。如果一个兵在新兵阶段就受到处分，在部队生涯中进步的路无疑就被堵死了。现在眼前这个不听话的兵恰恰不是那些兵，那些兵怎么敢做出这样过火的事情来呢。

刘双林一时没想好怎么对待乔念朝，他只能把火发到那些听话的农村兵身上。他冲这些农村兵大声地命令，让他们在操场上一遍遍地踢正步，或一遍遍地奔跑。

乔念朝坐在石头上讥笑地看着眼前发生的一切，仿佛他是个局外人，一边悠闲地抽着烟，一边晃着二郎腿。

私下里，刘双林冲着那些农村兵带着哭腔说：你们能不能给我争口气呀，啊？

那些农村兵困惑地望着眼前的刘排长。

乔念朝这件事发生之后，刘双林向连里做了汇报，他冲新兵连长说：乔念朝这个兵我没法带了，把他调到别的排去吧。

新兵连长当然不会采纳刘双林的建议，在全连军人大会上，连长还是点名批评了乔念朝。乔念朝站在队伍里，梗着脖子，望着刘双林的背影，心里想：小子，咱们的事没完。

新兵连的早餐是定量的，每人两个馒头，馒头不大，一个不足一两的样子。新兵连刚开始训练的时候还可以，随着训练强度的加大，两个馒头显然不够吃了。每个新兵的细粮又是定量的，没办法，不够的那部分，就用高粱米粥代替了，为了能让每个新兵吃饱，粥熬得很稠，接近于干饭和稀粥之间的那种。

乔念朝一直没有学会狼吞虎咽，别的新兵为了抢饭早已学会了三五口就把大半碗粥送到肚子里去，乔念朝不行，他只会细嚼慢咽。每天早晨从新兵列队到进入食堂，到又一次集合训练，中间只隔半个小时的时间，其实真正的吃饭时间也就十几分钟的样子。

这天早晨，乔念朝吃完馒头，刚盛了碗稀饭，还没有吃上几口，外面的集合哨声已经响了。在这期间，吃饭快的已经出门了，稍慢一些的，也在吃最后一口了，唯有乔念朝那半碗稀饭还在碗里。外面的哨声一响，整个食堂一下子就空了，乔念朝吃也不是，不吃也不是。乔念朝想把饭倒进泔水桶里，可泔水桶旁站了一个老兵，他是专门监督那些倒剩饭的战士的。这时候乔念朝把剩饭倒了，无疑会成为浪费粮食的罪人。他在犹豫间，果断地把剩饭倒在了洒了汤汤水水的桌子上，这样一来，别人就说不清这饭是谁倒掉的了。一张桌子上有八个人吃饭，这么多的嫌疑人，怎么说也比把罪名落在一个人身上强。

果然，乔念朝刚在队伍里站定，那个炊事班的老兵就找到了值班的排长耳语了几句，只有乔念朝知道那老兵在说什么。值班排长和炊事班老兵两人回到食堂，很快就又出来了。值班排长径直找到刘双林说：刘排长，是你们排的。

刘双林的脸白了一下，他别扭地在众人的注视下走进了食堂，出来时脸阴得能拧出水来。值班排长有些幸灾乐祸地把其他排的新兵带到训练场上去训练了，食堂门口只剩下刘双林的这个三班了。刘双林只让乔念朝所在的三班排着队走进了食堂，人们一走到吃饭桌前，就什么都明白了，你看我、我看你地低下头去。只有乔念朝不低头，也不看桌子，他盯着食堂一角，心里想的是：我就不说是自己倒的，看你刘双林能怎么着？

刘双林背着手绕着桌子走了两步，用目光依次在每个新兵脸上扫了一遍，他盯着乔念朝时，乔念朝也在看他，他便把目光移开了。最后他把目光定格在几个农村兵脸上，他怀疑是农村兵所为，因为农村兵食量大，多盛了饭吃不完是常有的事。于是，刘双林恨铁不成钢地说：净往我眼睛里上眼药，说吧，你们谁干的？

那几个农村兵把头埋得更低，虽然不是他们干的，但在排长目光的逼视下，神情就跟自己干的一样，惭愧得无地自容，有两个兵还红了脸。可静默了一阵后，并没有人承认是自己干的。

刘双林就提高嗓门，大声地又说了一遍：谁干的？说——要是我查出来，哼……

那意思是不言自明的，坦白从宽，抗拒从严。刘双林把话都说到这个份儿上了，那些农村兵慢慢地抬起头来，你看我一眼，我看你一眼，最后都把目光落在乔念朝的身上。当发现乔念朝正用坦然的目光望着他们时，他们又倏然把目光移开，低下头去。

刘双林在这一过程中，彻底绝望了，看来没有人肯站出来承认这件事了。别的排已在操场上热火朝天地训练起来了，他不能落后于别的排，他没有时间了，他要用最快的速度把这件事摆平。他沉稳地走到桌边，用筷子把那摊在桌上的半碗粥分成八份，想了想，又分成九份，然后自己先捧起一份放到了嘴里，边吃边说：浪费粮食是极大的犯罪，你们不承认，那就是你们全班的责任，大家一起吃了吧。

那些低眉顺眼的农村兵见排长亲自在吃剩粥，心里受到了极大震撼。他们争先恐后地把属于自己那份粥送到了嘴里，唯有乔念朝没有动。他的目光不望吃饭的人，也不看桌面，而是望着窗外，窗外一班和女兵班站在那里交头接耳地议论着。

乔念朝别过头，看了刘双林一眼说：我不吃。

刘双林说：别人都吃了，你为什么不吃？

乔念朝说：恶心。

乔念朝说完转身就走了出去。他没想到刘双林会想出这种办法来对付那碗剩粥，剩粥流淌在桌子上，很容易让人产生不雅的联想。乔念朝如不及时地走出来，他就会吐了。

乔念朝的拂袖而去又一次让刘双林的脸色难看起来，他的脸红一阵白一阵的。他一时竟不知如何是好。有一个聪明的农村兵忙走过来，捧起桌上的剩粥，一边说，一边放到嘴里：我来，我替乔念朝吃。

这件事暂时就算平息过去了。

在白天的训练间隙，刘双林分别找到三班的人谈了一次话，关于倒剩饭的事情已经水落石出了。这事情调查起来并不复杂，其实三班的兵当时心里就清楚饭是谁倒的，只不过他们没有勇气说出来。

晚上排务会的时候，刘双林把三班的兵挨个表扬了一番，尤其是那个吃了两份剩饭的农村兵，唯独没有表扬乔念朝。对刘双林是否表扬自己，乔念朝从没做过更多的奢望，他才不稀罕刘双林的表扬呢。

最后刘双林话锋一转，提高声音说：早晨倒剩饭的人我已经调查出来了，我不说，他自己心里清楚，哼——

众人就都用目光望着乔念朝，别的班的人也不明真相地把目光投向了乔念朝。乔念朝的目光和方玮的目光碰到了一起，方玮的表情是惊讶的，还夹杂着一种指责的意味。乔念朝可以坦然地面对任何人的目光，但他无法面对方玮的目光，他的脸在灯影下红一阵白一阵，表情极不自然。

刘双林在这一战役中可以说是大获全胜，他虽然不点名地批评了乔念朝，避免了正面冲突，却让全排的人都在心里谴责了乔念朝。

从那以后，心情很好的刘双林经常在中午太阳很好的时候，把方玮约出来谈心。有时为了避嫌，刘双林还叫上另外一个女兵陪着。他们的身影在安静的操场上徘徊，刘双林说了什么，乔念朝不得而知，但方玮的表情是愉快的。乔念朝看到刘双林和方玮如此大张旗鼓地在一起，他的心如油煎刀割般难受。

那天中午，方玮在回宿舍的时候，让乔念朝叫住了。她刚和刘双林谈完话回来，脸上的喜色还没有褪净，脸孔红扑扑的。

乔念朝把方玮叫住后，不由分说地把她拉到一边，有些气急败坏地说：以后不许你再理那家伙。

方玮不明就里地歪着头问：他怎么了？

乔念朝气呼呼地说道：不许就是不许。

方玮面对乔念朝蛮不讲理的样子说：我看刘排长挺好，他说的都是为我们好。

乔念朝气愤地“呸”了一口，说：好个屁，他是黄鼠狼给鸡拜年，你就看不出来？

方玮突然说了一句：我要入团了，我不想当落后的兵。

说完，方玮转身就走了。

乔念朝愣怔在那里，望着远去的方玮的背影，一时没有回过神来。他觉得方玮变了，变得陌生起来，这一切都缘于刘双林那家伙。他把这笔账又记到了刘双林的头上。

幸福从天而降

刘双林的情断义绝，使李亚玲和章卫平的关系从最初的朦胧不清到渐渐地明晰了起来。

章卫平知道以前李亚玲和刘双林的关系，那时他还不是革委会主任，只是民兵连长。那时的李亚玲还没有走进章卫平的心里，说白了，两年前的章卫平还是一个没有长大的孩子。包括李亚玲单身一人去了刘双林的部队，当然她去的时候，谁也没有告诉，包括自己的父亲李支书。李亚玲回到家之后，便大病了一场，躺在炕上不吃不喝的，她的自尊心受到了空前绝后的创伤。她的伤还没有治愈，刘双林从部队上来的信便揭开了这个谜底。刘双林在给父母的信中骄傲又自豪地叙述了李亚玲来部队的过程，他是在寻找一种心理平衡，他在李支书面前可以说丢尽了颜面，现在他找补回来了。那几日，刘双林父母也从来没有这么扬眉吐气过，他们举着儿子从部队上的来信逢人便讲，那些识字的，会津津有味地把信翻看上两遍，总之，刘双林和他的父母一起在向人们昭示一个真理，那就是，李支书的闺女李亚玲要上赶着嫁给刘双林，可刘双林不要，李亚玲只能灰头土脸地回来了。

这样的消息一阵风似的在放马沟大队每个人的耳旁刮过。李支书受到了莫大的羞辱，又不好说什么，毕竟不争气的女儿做出了这样丢人的事情，他只能把火气吞到肚子里，然后又从嘴上冒出。

那些日子，李支书的嘴上长满了火疱，躺在炕上的李亚玲也是一嘴的火疱，她和父亲一样心里憋气。李支书无法冲外人发火，回到家里只能把火撒到李亚玲的身上。

李支书盘腿坐在自家的炕上，一边喝酒，一边说：妈了个巴子，丢人呢，你想嫁给谁不好，偏偏要嫁给那个姓刘的。他是个啥东西？不就是天上掉下个馅饼让他叼着了吗，一个小破排长有啥了不起的，我“社教”时就是支书了，那姓刘的小子算个啥东西。

李支书差不多就在这件事情发生的前后，提出辞去支书职务的，章卫平就走马上任当上了大队的革委会主任。

支书和革委会主任只是名称的改变，其实行使的权力是一样的，章卫平在这种时候脱颖而出，取代了当了几十年支书的李支书。

伤口总有愈合的时候，李亚玲不久又回到了赤脚医生岗位。她似乎一下子就变了，以前爱说爱笑、开朗活泼的李亚玲，现在变得满腹心事了，对人对事比以前冷了，她把心思藏了起来，表面上看来，就显得很孤傲。

李亚玲就是这时走进了章卫平的心里。章卫平自从当上革委会主任之后，人一下子就变得成熟了，开始偷偷留意起身边的女性来了，他一眼就看中了变化后的李亚玲。李亚玲在农村女孩子中鹤立鸡群，走进章卫平的内心也纯属正常。关于李亚玲和刘双林在村里的谣传，章卫平根本没往心里去，只是一段小插曲而已。

随着时间的流逝，章卫平也在一点点走进李亚玲的心里，她唯一不能释怀的就是章卫平一直信誓旦旦地要在农村扎根一辈子。刘双林情断义绝抽身离开，这是她万万没有想到的。事实毕竟是残酷的，她在这种打击面前，很快就清醒了，她暗自发誓，以后一定要超过刘双林，靠自己的努力去城里生活，而且要比刘双林生活得更好，只有这样，憋闷在心里的那口恶气才能释放出来。眼前的章卫平无疑比刘双林要优秀，如果章卫平能回城里，要什么样的工作都能够找到，夫贵妻荣，那时，她将会扬眉吐气。让李亚玲无法理解的是，章卫平铁了心，要在农村扎根一辈子，这是李亚玲无论如何也百思不得其解的。

现在李支书已经把章卫平当成家里的座上宾了，李支书年纪是大了，现在喝上几口酒之后，便开始怀旧了。李支书和章卫平喝了几杯酒后，就说：你爹章副司令，我们小时候可是光腚的朋友，你爹参加抗联那年才十三岁，那天我和你爹在山上放牛，山下过部队，你爹把放牛鞭一扔，说走就走了，连头都没回过一次。

章卫平就说：老支书，咱不说他了，喝酒。

李支书还说：你爹真是个人物，有一年冬天我上老林子里给抗联送吃的，看见你爹光着脚在雪里跟着队伍跑步，真不容易。

章卫平又说：过去的事了，就别再提了。

李支书已经双眼蒙眬了，说：咋能不提呢，你爹这人命大，抗联牺牲了那么多人，你爹都挺过来了，应了那句老话，大难不死必有后福哇，咋样？他现在是副司令了吧？那叫一人之下，万人之上，没错吧……等你下次回家，给你爹捎两袋高粱米，就说我送给他的，你爹一准还记得我，我们打小是光腚的朋友。

李支书说了半晌，看到了一旁的李亚玲，话题就转了，他说：闺女，你和卫平好，爹举双手赞成。龙生龙凤生凤，老鼠的儿子会打洞，咱们全公社各大队的干部，卫平你最年轻，你扎根不走，以后准能上个县里、省里啥的，没跑！你信我的。

章卫平听了前支书的话，心里顿生豪情，但他嘴上却不说，他只是说：老支书，咱不说这些。

在章卫平的心里早把未来的蓝图描绘好了，广阔天地大有作为，他要一直作为下去，十六岁的时候没能去越南参战，现在他二十岁却阴差阳错地成了放马沟大队的党政一把手，他此时有了一种胸怀全球的境界，他要把自己的理想扎根在这片沃土中，让它生根、开花、结果。他不希望父亲小瞧自己，没有父亲的帮助他照样可以实现自己的理想，如果有一天，他当上了县委书记，走到父亲身边，那将是怎样的一番情景啊。他为自己的远大抱负激动不已。章卫平一直在寻找着努力上进的机会，他不甘于在放马沟大队永远这么干下去。

他想着机会的时候，机会真的就来了。县里给公社两个上大学的指标，这两个大学生是去省里的中医学院，到那里进修，毕业后就可以名正言顺地当一名医生了，救死扶伤是一件多么光荣的工作呀。

公社研究来研究去，决定把这个名额给章卫平，章卫平是扎根青年，早已经是全公社的典型了，另外，他年轻又有文化，况且，父亲又是军区副司令员。虽然章副司令在章卫平回老家插队时没有和地方父母官打过任何招呼，但章卫平的存在，所有人是有目共睹的。章副司令不仅是军区副司令，他还兼着省委常委。这是一棵无形的大树，虽然看不见摸不着，但他的的确确真实地存在着。

当公社的领导找到章卫平谈话时，章卫平连想都没想就说：这个指标给我们大队吧，但我自己不能去，还是让有理想的知识青年去吧，医生是给咱们自己公社培养的，不管怎么说，我是个外乡人，我去了怕影响不好。

章卫平现在已经很成熟了，他知道如何艺术地表现自己心中的想法了。他说这些话一半是真的，另一半是给人听的。他对这种工农兵大学生是不感兴趣的，如果他想回城，随时随地都可以回去，用不着上什么学。况且他也不想上学，如果这时候把名额让给别人，在他的年轻的政治生涯中，无疑是一件贴金的事情。他已经想好了，这个名额到手后，他要让李亚玲去上这个学。

公社领导见章卫平说得这么情真意切的，很快就同意了他的想法。在那年的七月份，章卫平怀揣着大学生推荐表，意气风发地走在乡间的大道上。这时的太阳西斜，火热地照耀在章卫平的身上，此时他的心情如同乡间的庄稼地，正在茁壮地成长着。他看到了自己的前途，也看到了李亚玲的未来。他坚信自己以后的生活随时都可能发生变化，他也希望自己的恋人发生变化。李亚玲不可能当一辈子赤脚医生，她要发展，这样的恋人才能比翼齐飞。不仅自己要进步，李亚玲也要同时进步，这样的日子才是幸福的。

章卫平回到大队的时候已经是傍晚了，他一眼看见准备下班的李亚玲。李亚玲也看见了他，两人对视着，章卫平无法掩饰自己的喜悦，他挥挥手说：亚玲，告诉你一个好消息。

两人前后进了大队办公室，他有些迫不及待地从怀里掏出了那份入学推荐表，放在了李亚玲的面前，嘴里说着：你看，这是什么？

李亚玲起初没有反应过来，她惊愕地望一眼推荐表，又看一眼章卫平。章卫平才说：这是给你的。

给我的？李亚玲简直不敢相信自己的耳朵。她知道上学对自己意味着什么，工农兵大学生已经招过好几届了，刚开始上学前，都在说为工农兵各单位培养大学生，可毕业的时候，这些学生几乎没有一个人回到农村来，他们在城里成了国家干部，可以说大学生活能让一个人一步登天。她做梦都不敢奢望这样的机会会属于自己。她一下子抱住了章卫平，压低声音说：卫平，这个表真的是给我的？她的眼里闪着激动的光芒。

章卫平就势把她抱在了怀里，一边亲着她，一边说：真的，嗯嗯，真的是给你的。

章卫平在那天傍晚嗅到了从李亚玲身体里散发出来的女人体香，这样的味道一阵阵让他着迷，他太爱眼前这个女人了，如果这时李亚玲提出什么样的条件，他都会满足她。李亚玲是哪一点在吸引着他，他说不清道不明，反正就是为李亚玲着迷。爱情可以让人失去理智。那天晚上，两个人相拥了许久，他们都忘记了时间和地点。

李亚玲一遍遍地说：我真的要上大学了，我要上大学了。

章卫平就说：大学毕业后，你就是个真正的医生了，坐在医院里给人看病。

李亚玲如梦呓般呢喃说：我就要进城了。

章卫平说：全公社就两个名额，不容易，咱们公社需要医生。

李亚玲说：我要进城了。

此时李亚玲脑海里只有一个想法，那就是进城。

在接下来的日子里，李亚玲简直是换了一个人，她见人就笑，性格也变得像以前那么开朗了。她在用一种愉悦的心情向放马沟这里的一切告别，当然包括章卫平。

她到公社去交入学推荐表时才知道，她上学这个名额本来应该属于章卫平的，章卫平扎根农村的想法没有变，把这个名额给了她。此时的她从心底里感激章卫平，也就是说，没有章卫平就没有她的今天。由感谢，便生发出了爱的冲动。

在即将离开放马沟大队的那些日子，李亚玲和章卫平在夜晚的山坡上、小河边还有大桥下，频繁地幽会。两人尽情地畅谈着人生的理想。

他们坐在河边的草地上，眼前是淙淙流过的河水，天上的星星倒映在水中，周边草丛里不知名的虫儿发出一阵阵轻吟般的鸣叫。两人的目光或远或近地望着。

她这时仍在问他：你真的想在农村待一辈子？

他答：好男儿志在四方，我不想待在城里，上个班，每天就那点事，又有什么意思。

她说：你来农村时间还短，长了就没有意思了。

他说：不，我的理想是在广阔天地，我喜欢这种无拘无束的生活。我不能成为英雄，那么就要自由，能体现出自我价值的自由。

她说：你回到城里也可以找到自由和价值。

他说：那不一样，我喜欢这广阔天地，农村需要我这样的青年。

两个人不说话了，当时他们没有意识到，从一开始，他们就是两股道上跑的车，一个想进城，一个想在农村扎根一辈子。在即将分别的日子里，他们被一种即将分离的情绪笼罩着，谁也没有意识到他们之间那道深不见底的裂缝。

他想：她虽然上学了，可根还在农村，公社需要医生，她毕业后会成为一名真正的医生，穿着白大褂，坐在医院里，为农民救死扶伤。那是多么美好的场面呀。然而他们的爱情呢，也注定是浪漫的。章卫平向往保尔和冬妮亚那种爱情，朦胧的、唯美的。

她想：身边坐着的章卫平她是喜欢的，唯一不能让她忍受的就是，他要在农村扎根下去。不过这一切想法都是暂时的，有一天章卫平会改变想法的，微笑着挥着手向农村告别，然后去城里找她。那时，她说不定已经是城里医院的医生了，她和章卫平结合在一起，那将是章卫平的生活。她不仅喜欢章卫平，还喜欢章卫平那样的家庭，如果她以后真的嫁给章卫平了，那她将是高干家庭中的一员，出出进进的，那将是多么风光的一件事呀。

两人的这种想法，一时间让他们产生了错觉，他们想象着对方是自己最合适的人，他们没有理由不在那些美妙夜晚里相亲相爱。他们拥抱接吻，他们恨不能融为一体。即将分离的情绪在影响着他们，他们都怀着一种告别的情绪在爱着对方。

那天晚上，已经很晚了，他们不得不分别了。他送她回家，他没有用手电筒，那天晚上的夜色很好，整个村街都静静的，劳累了一天的村民已经睡下了，狗也睡下了。赶到她家门前的时候，他立住脚，冲她说：你回去吧。她不动，立在那里，水汪汪地望着他。

她说：我走后，会想你的。

他说：我也是。

两人就立在那里，他们很近地对望着。

李支书家的狗听到了动静，听到了主人回来的声音，睡眼惺忪地出来迎接，它对章卫平已经很熟悉了，差不多已经把他当成自家人了。它不叫不吵地站在那里，静静地望着它的两位主人。

他说：进去吧，早点睡，明天准备准备，后天你就要走了。

说完他做出了走的姿势，却没有走。她也没动，仍那么水汪汪地望着他。

半晌，她说：我送送你。

两人却没说话，她陪着他又走上了通往大队部那条路，两人都觉得脚下的路比平时短了不少。

他推开大队部的门，立在门口，她立在门外，两人又那么不舍地相望着。

他说：我到了，你一个人回去我不放心，还是我送你吧。

这时的她已经不说话了，上牙咬着下唇。突然，她一把抱住了他，她浑身颤抖着，两人进了屋里，她怕冷似的说：卫平，今晚就让我留在这儿吧。

两人又热烈地吻在了一起。两人就那么相拥着，不知过了多久，他们的身体轰然倒在了身边的炕上。

她气喘着说：卫平，今夜我不走了，我是你的人，你就要了我吧。

她开始脱衣服，他坐在那里张大了嘴巴，惴惴地望着她。

她脱光了衣服，顺手拉过被子，躺在那里。

她说：今晚我是你的人了。

他坐在那里，一时间竟不知自己身在何处。

她真心实意地想把自己的第一次献给她的爱人，作为爱的回报，她觉得为他付出自己的第一次很幸福。

他爱她，爱她农村姑娘的纯朴与洁净，还有她的火热。他的爱是怀着许多梦幻和理想的，他注定要为自己的爱付出。此时，他觉得自己的行为很圣洁，有一种摸不到却看得见的光环在他的前方闪着神圣的光芒。此时，他对她的爱已超越了肉体，进入到灵魂的境地。

他隔着被子抱住了她。

他说：亚玲，我爱你，真的爱你。让我们就这样坐到天亮吧。

她在他的怀里渐渐地冷静下来，她推开他开始穿衣服。同时她的泪水汹涌而出，她不知道为什么会流泪。此时，她的心里很平静也很温柔，她真正地被章卫平这种爱所感动了。

她穿好衣服后，又和他拥抱在了一起。他们没有语言，只有默默的凝视。在这种恒久的凝视中，他们迎来了黎明。天亮了，太阳从东方冉冉升了起来。直到这时，他们才离开了对方。

她理理头发说：明天我就要走了。

他说：到时，我会去送你。

第二天早晨，她背着行李提着包来向他告别了。大队部门口就有长途汽车的停靠站，他们站在路口等早班车到来，然后，她还要到县里坐火车，去省城。

她此时的心情已经平静下来了，她就要告别生她养她的农村去城里生活学习去了。最初的几天，她是兴奋和激动的，这是她梦寐以求的。她进城的愿望终于实现了，她不仅进城了，还是省中医学院的一名大学生。她庆幸自己和刘双林是以那样一种方式结束的，如果不和刘双林结束，也许就不会有今天这种结果。在短短的几个月时间里，一切竟发生了天翻地覆的变化。此刻，她相信了命运，还有别的，也就在这短短几个月时间里，她似乎明白了许多事理，这些事理被一句话概括了，那就是——一切都要朝前看。

长途车满身灰土地来了，几分钟后，她就要真正离开这片土地了。

他说：到学校后，就来信。

她说：我会每天都给你写信的。

他说：我会去学校看你。

她说：我会在学校等着你。

长途车停下来，她上了车招了招手，车就开了。他望着车子扬起一路灰尘远去，直到长途车看不见踪影，灰尘散尽，他才向回走去。

分别是伤感的，也是甜蜜的。他怀着这样一种心情在等待着李亚玲进城后的消息。

就在李亚玲走后不久，章卫平又一次被县里树为扎根农村的典型。他放着大学不上，把名额让给了别人，自己真的要在农村扎根一辈子了。

表彰大会在县里隆重开过了，他回到放马沟不久，县委便做出了决定，任命章卫平为公社革委会副主任。全县都轰动了，章卫平是有史以来公社一级最年轻的干部。

章卫平在那一瞬间似乎看到了埋藏在心底的那一簇理想之光，腾的一下被点燃了。

命运的又一次安排

李亚玲开始了新鲜、浪漫的大学生活。当时大学校园里流行着这样一句顺口溜：一年土，二年洋，三年不认爹和娘。这句顺口溜形象生动地反映了那个年代工农兵大学生情感和心态的变化。

刚刚入学的李亚玲还没有被城市和大学的生活所融合，她还保持着乡村赤脚医生的本色。这时，她的生活可以说是单调的，除了每天的学习，就是给章卫平写信，字字句句浸满了思念。傍晚的时候，李亚玲徘徊在大学校园的甬道上，望着太阳一点点地落山，这时的她有一种忧郁的气质，她怀里抱着的一本书不时地被风吹起一角，她一遍遍地走着，脑海里不时地闪现出她与章卫平约会时的场景。她与章卫平是真正的初恋，如果说她和刘双林有点什么的话，那是因为刘双林有提干的希望，她希望通过刘双林能进城。爱是谈不上的，更多的是功利。然而章卫平却不一样，章卫平把她的爱情之火点燃了——她的初恋，不论是生理还是心理，她异常地思念远在放马沟的章卫平。

她独自一人走在校园的甬道上，身后留下的是她单调的鞋跟叩击水泥路面的声音，此时，她学会了思念，学会了守望。有时因思念她也学会了孤独，在孤独中她就遗憾地想，如果这时章卫平能在自己的身边该多好哇。有他陪伴在身边，生活将是浪漫的、美好的。可惜的是，章卫平不在身边，而在远离她的乡下。

她在学生宿舍里，趴在被窝用手电筒燃着一方温暖的世界，她在这方世界里给章卫平写信，信的内容便可想而知了。

此时，身为公社革委会副主任的章卫平在读着李亚玲情真意切的信，他时时被李亚玲那些字句所打动。白天他的工作是忙乱的，只有晚上独自一人的时候，他才能品味李亚玲的爱情。

台灯下，他在给李亚玲回信，也把自己的思念写进信中，有时一写就是几页，很多时候东方都发白了，他才放下笔，把那写满字的几页纸放进信封里，又压平了，贴好邮票，在甜蜜相伴下安然入眠。

初恋的相思都是甜蜜的，当然，两个人也经常会为一些问题在信上发生争执，李亚玲希望他回城里工作，他希望她学成归来把所学的知识用于乡村的医疗事业。两个人都在回避这种分歧，他们没有意识到这种分歧正是潜伏在他们中间的一条鸿沟。

那一年的初秋，中国发生了一件大事，形势发生了天翻地覆的变化。

先是插队知青大批地返城，而且马上又恢复了高考。也就是说，李亚玲成为工农兵大学生的最后一届，她将和恢复高考后的学生共处一个校园。一股学习的浪潮席卷大江南北，再也没有人说知识无用了。

在那个月份，田间地头，公共汽车上，公园一角，很容易看到捧着书本苦读的身影。有人在背诵外语单词，有的人在大声朗诵普希金的爱情诗句。人们都在和时间赛跑，要把失去的时间抢回来。

从全国到地方，各个机关领导的称谓也在悄悄发生着变化。以前中央有“中央文革领导小组”，下面政府自然地也叫“革委会”。现在“革委会”不再叫了，恢复了党的领导，改成党委了。章卫平也由原来的革委会副主任变成了公社党委副书记。他仍然是全县最年轻的公社一级干部。

发生变化最大的是大学校园里的李亚玲。接收信息最快的历来是大学校园，李亚玲所处的中医学院也不例外。他们除了拼命地学习之外，还不断地参加这样那样的活动，他们经常走出校园。短短的一年时间里，让李亚玲从内到外发生了惊人的变化。

从外表上看，她已经脱掉了当赤脚医生的花格子衣服，而变成了紧身装，直筒裤变成了喇叭裤，以前的平底鞋变成了半高跟鞋。白底红字的大学校徽别在胸前，无论是走在街上还是校园里，都会成为众人瞩目的对象。那时的大学生被称为时代的骄子。

她本打算放寒假回家的，她在信里已经和章卫平说好了，章卫平也来信说要去县城火车站接她。那年的寒假，最后李亚玲没能成行，原因是，许多学生都报名参加了中医的实习，学习生活是火热的，积极性也空前高涨。李亚玲最后也改变了最初回家的打算，她毅然决然地报名参加了实习小组。

李亚玲从心里不愿意回到家里，一年多的大学生活，差不多让她变成了城里人，她已经习惯了城里人的一切，农村有什么好的呢，单调的景色，单调的人，远没有城市这么文明、这么热闹。她回去唯一的理由就是见一见久未谋面的章卫平。此时，她的思念已经不像当初那么强烈了，写在信上思念的话语也变成了千篇一律的套话。最后的结果是，这封信和上封信没有太大的变化。于是，由原来的几页纸，变成了现在的一两页纸。

在这一年多的时间里，李亚玲还发现她和章卫平的共同语言越来越少了。当初章卫平吸引她的是城里人身上具有的那种独特气质。现在她的身边生活的都是城里人，包括她自己，身上也已经具有城市人的气质了。她对章卫平的思念便停滞不前了，也有些麻木了。她发现自己和许多女生一样，开始爱议论他们的班主任老师“四眼”了。“四眼”是外号，原名叫张颂。张颂老师是前几届留校的学生，年龄并不比这届学生大多少。张颂生得很文气，脸很白，又架着一副眼镜，穿着打扮很有“五四”时期知识分子的派头。冬天时，他的脖子上经常围一条白围巾，一半在前一半在后，读过郁达夫文章的人都说，张颂很像郁达夫，包括他身上的气质，很有知识，也很有文人模样。仿佛张颂从一生下来就是做学问的料，因为他弱不禁风的样子，很难让人想出除了教书之外，还可以干点别的什么。

张颂似乎成了女生心目中知识的化身，人前人后，宿舍里，校园外，张颂成了她们议论最多的话题。

在宿舍里，有时躺在床上，黑了灯，在睡觉前，有人就说：“四眼”一定读过很多书，要不然他怎么是近视呢。

有人接话说：那当然，要不然怎么能给咱们当老师，他讲课真有风度，那么厚一本《中医学理论》似乎他全都能背出来。

又有人说：那当然，听说他家是中医世家，他父亲就是老中医，老有名了，许多看病的人都去找他。

话说到这里沉默了一会儿，半晌又有一个女生侧过身来，冲下铺的女伴说：小燕你说“四眼”是戴眼镜好看，还是不戴眼镜好看？

小燕就说：当然戴眼镜有风度。

一个宿舍八个女生，偶尔在私下里议论几句某个异性老师或同学纯属一种正常现象，可长时间话题都集中在一个男老师的身上，这里面就出现了问题。她们集体进入了一种单相思状态，她们一起恋爱了。

起初的时候，李亚玲并没有加入这种议论当中，别人议论张颂老师的时候，她都在默默地想着章卫平，甚至暗自将章卫平和张颂比较。比较来比较去，她还是认为章卫平更优秀，也更可爱，所以，她没有加入这种集体恋爱中去。

前一阵子，她的心里开始发生了外人不易察觉的变化。张颂给他们上中医理论课的时候，站在讲台上经常用目光望着她，也许那目光是有意的，也许是无意的。刚开始的时候，她并没在意，以为这是张颂的一种习惯。她为了验证自己的想法，上课的时候，有意和别人调换了一次座位，结果她仍吸引着他的目光。不仅这些，张颂老师还经常提问她，提问的时候，语调是轻柔的，表情是微笑的。那时她的心里曾怦怦乱跳过，就像她第一次和章卫平站在桥洞下约会一样。

这时的李亚玲还没有意识到，一年多的大学生活，已经让她发生了天翻地覆的变化。她已经出落成“校花”了。以前她的头发是笔直的，梳一个马尾辫在脑后，后来她学着城里同学的样子，把头发烫成了波浪式。这种与时俱进让李亚玲和刚入学时比，已经是判若两人了。

张颂老师的目光，在她的心里溅起了一层又一层难以平复的波浪。有时她正在神情专注地望着台上的张颂老师时，正碰上张颂望她的目光，她就慌乱得不行，忙把视线移开，眼神无助地去望窗外，窗外枝头上落了两只鸟在啁啾地鸣唱着。

李亚玲寒假时报名参加了课外实习小组，完全是因为张颂老师。因为这次实习活动就是张颂老师组织的。班里的许多女生都放弃了寒假，她们做出的这种牺牲，当然也和张颂老师有关。

开始的时候，其他女生在宿舍里议论张颂老师的时候，李亚玲是沉默的，因为她在思念着章卫平。不知为什么，章卫平这些日子在她心里变轻了，她对他不像以前那么思念了。也许是因为时间，或者是距离，还有其他什么原因，李亚玲说不清楚，总之，她的心情不再那么迫切了。

有时晚上躺在床上的时候，她突然想起，已经有许多天没有给章卫平回信了，这么想过了，也就想过了，她并没有动，只在心里说：明天吧。要是在以前，她接到章卫平的来信后回信从来都不会过夜的，就是在被窝里打着手电筒也要把那封缠绵悱恻的信写下去。现在她似乎麻木了，没有激情了。就是偶尔给章卫平回信，也不像以前有那么多话要说了，现在的每封信都千篇一律地写着“卫平你好，我现在学习很忙，信迟复了，请原谅”诸如此类的话。有时一页纸还没有写满便没有话说了，于是只好就此打住，然后就此致敬礼了。

章卫平的信仍然那么火热，他在信里显得大度从容，他鼓励她学习，将来毕业后当一名合格的乡村女医生。没有时间少写两封信也没有关系，但一定要注意休息，千万别把身体累坏了，等等，然后是革命的握手、想你的卫平，等等。

李亚玲也说不清楚自己怎么就变了。以前她盼着章卫平的来信，现在她有些怕章卫平的信了。每次来信，都放在宿舍走廊的一张桌子上，所有学生的信件都散放在那里。以前，每天下课后，她差不多第一个扑到那张桌子前，在众多的信件中寻找自己的那一封，她很容易就能看到她熟悉的章卫平的字迹，章卫平每次来信都用那种白底蓝边的航空信封，她一眼就能看出来。现在，她不那么迫切地想见到他的信了，有时那封信要经过好几个人的手才落到她的手上。有时她看到章卫平那封信的落款便感到有一种羞辱感，那封信的落款清晰地写着某县某公社的字样，她为某县某公社这样的字样而感到脸红。

以前她似乎没有这种心理，那时她想的是，自己的男朋友是公社干部，他的父亲是副司令。别的同学的信大都寄自工厂、部队或某个街道，而自己的来信不是某某公社，就是某某大队，让人一眼就可以分辨出她是来自农村的。

现在的李亚玲，经过一年多城市和大学的熏陶，已经彻底变成城里人了，头发是烫过的，脸上也是化过妆的，穿着打扮也是城里人的样子。她还学会了和其他同学一样，溜到电影院里去看电影，在夕阳西下的时候，和女生一起手拉着手在校园的路上散步，嘴里哼着流行歌曲。城里的生活是多么幸福啊。

也许这一切，都是她和章卫平的距离，就是这种距离，让她接到章卫平的信时有了一种屈辱感。

李亚玲的情商是不低的，她意识到张颂老师的目光望着自己时的那份内容，她能够领会那份来自异性的目光里所包含的情意。

以前，也包括现在，许多班里的女生，在业余时间里，总愿意夹着那本厚厚的中医理论书，去张颂老师那里请教这样或那样的问题。张颂老师住在校职员工的筒子楼里，一间十几平方米的房子，又当宿舍又当书房，做饭就在走廊里，那时的学生们很愿意走进筒子楼里，那里有着一股人间烟火的气味。那时大部分人都是这么生活过来的，还有许多学生甚至想到了自己的未来，自己毕业留校，或去其他单位，也将这么生活。因此，筒子楼成为她们未来的梦想。

张颂老师家门庭若市，他回到宿舍后很少关门，门框上就挂一块碎花门帘，因为不管他关门还是不关门总是有漂亮或不漂亮的女生随时走进或走出。张颂老师对学生们，尤其是对女生们态度一律都很好，他坐在床沿上，女生们有的坐有的站，七嘴八舌地问这问那，有时还带来一些菜，扬言晚上要在张老师这里开火，张颂一律微笑着答应。

只有李亚玲很少走进张颂老师的筒子楼，那时，她觉得张颂老师离自己很远，像天上的一颗星星，只在那里远远地挂着，清冷而又遥远。自从她意识到张颂老师很有内容的目光开始留意自己时，才鼓起勇气走进了张颂老师的宿舍。

那是一天的晚自习，学生们都去教室或图书馆了。刚开始的时候，她也和别的女生一起走进了图书馆，没多一会儿，她就悄悄溜了出来，做贼似的。她来张颂老师宿舍时，也和其他女生一样，怀里抱着一本书，不过她的胸口竟慌乱得不行。上到三楼的时候，她的心脏已经乱跳成一气了，她手抚着胸口，口干舌燥地喘了一会儿，才蹑手蹑脚地走近张颂老师的宿舍门口。

张颂老师的门是虚掩着的，里面透出一道光，她轻敲了两下门，里面的张颂老师就说：谁呀？进来。

她就推门进去了，张颂老师正伏在桌前写教案，扭过头看清是她时，显然也有些意外，他忙站了起来，又是倒水又是让座。最后，她坐在了张颂老师的床沿上。床上铺了一条白被单，可能是刚刚换洗过，上面还散发着淡淡的肥皂气味，还有一股说不清道不明的太阳味。李亚玲迷醉于这样的气味。

张颂老师一边搓着手，一边说：原来是你呀，真没有想到。

她打量着张颂老师这间宿舍，一张单人床的旁边加了一块木板，木板上码的全是关于中医方面的书，一张桌子上也是书，台灯发出朦胧的光亮，墙上贴着一张今年的年历。年历印的是一张香港明星的脸，那个明星正妩媚地冲屋子里的人笑着。床头旁，还有一个小巧的闹钟，此时的闹钟正嘀嗒有声地走着。时间就分分秒秒地过去了。

李亚玲坐在那里，回头望进来的那扇门时，不知什么时候已经被张颂老师顺手关上了。此时，张颂老师的宿舍里就他们两个人，这种独立起来的空间让她感到一下子和张颂老师的关系特殊起来，不由得又一阵脸红心跳。

张颂老师先回过神来，他指着给她倒满水的水杯说：喝水吧。

她也想找点话说，来之前想好的问题一股脑儿都忘光了。她想不起来该说点什么，于是就掩饰地端起水杯，刚喝了一口，她发现水还是热的，便又慌忙放下了。

张颂老师似乎比她沉稳了许多，没话找话地说：最近的学习还好吧？

她点点头，脸一下子红到了耳根。好在她坐在灯影里，不易被人察觉。

两人有一句没一句地说了几句话。

她突然站起身来说：张老师不打扰了，你忙吧。

张颂也站了起来，对她说：你这是第一次来我这儿吧？

她点点头，又摇了摇头。她以前也曾来过一次，那次全班有好多女生都来了，屋子里装不下，她只在门口站了一会儿就离开了。

张颂老师就说：别的同学经常来，希望你以后也能经常光顾。

张颂说话时，她一直在盯着他的眼睛，她相信他的话是真诚的。他望着她的目光是专注的，比在课堂上望着她的目光要大胆火热许多。她怀抱着书，低着头，无声地点了点头。张颂老师一直把她送到楼梯口，看着她走下楼去，才回过身去。

李亚玲一直走出筒子楼，才长吁一口气，她的手心已经汗湿了，后背也有了一层细细的汗。那一刻，她觉得自己是天底下最幸福的人。

那天晚上她失眠了，躺在床上，她一会儿想起张颂老师望着自己的目光，一会儿又想起章卫平。她想起张颂老师时，心情涌动着不易察觉的兴奋和冲动，而想起章卫平呢，有的只是一丝苦涩还有一种说不清的羞辱。她又在心里不自觉地把张颂和章卫平进行了一番比较，她这才意识到，张颂身上的一切——他的书卷气，他的学识，以及他身上城里人的那种气质，她更加喜欢。然而章卫平呢，几年的农村生活让他已经完全农村化了，他心里的激情和理想常常让她感动，然而和她的理想却是大相径庭的。章卫平要在农村扎根一辈子，而张颂老师不用想不用问，他就是在大学校园里。大学的老师是多么神圣呀，胸前红底金字的大学校徽，别说走在大街上，就是走在校园里，也会吸引许多同学注目。每年全国那么多考生，能考上大学的，只有百分之一二，大学生被称为天之骄子，大学老师就更不用说了。况且，张颂又是那么年轻，才二十几岁，和他们走在一起，不知道的人，还以为张颂是他们的同学呢。班里有三分之一的学生年龄都比张颂老师大。在那个失眠的夜晚，张颂老师的形象在李亚玲的心里变得完美起来。而章卫平呢，则远了、淡了。偶尔她也会想到章卫平对自己的好处，可以说没有章卫平就没有自己的今天，在她的心里只剩下了感激，而不是爱了。

章卫平的信，她有时已经懒得看了，不仅懒得看，而且还有些厌恶他在信里说的那些情呀爱呀的话了。以前，她是喜欢读这样的话的，她感到脸红心跳，有一种发自心底的幸福涌满全身。那时这样的信，她不仅读一遍，有时要读上几遍，每一遍都会有一种幸福感。现在不知为什么，她再读这样的信时，感到浑身发冷，她有些害怕、恐惧。有时她托着腮在那里发呆，直到这时她才意识到，一年多的大学校园生活，自己已经变了，变得已经不是以前的自己了。

她清醒过来后才意识到，自己和章卫平已经有了距离。

她再接到章卫平的信时，总是偷偷地跑到洗手间，把门关上，很快地浏览一眼，然后又很快地撕掉，扔到下水道里顺着水流冲走了，只有这时，她才觉得干净。但这样的情绪还会影响她大半天的时间，直到晚上走近张颂的宿舍，远远地看见张颂老师窗口的灯，她才彻底把章卫平信里的内容忘掉。

章卫平要来学校看望李亚玲的消息，还是如约地通过信件传达到了李亚玲的手上。那天，在卫生间里，她匆匆浏览了一遍章卫平的来信。章卫平在信中说，她不能回家里来过寒假，没法见面很遗憾，他下定决心，春节前要回家一趟，顺便到大学里来看她。她一目十行地把这封信看完了，心里一时竟说不清是个什么滋味，如果半年前她接到这样的来信，会高兴得雀跃欢呼，因为那时，她是真心实意地在思念着他。在她的业余生活里，思念远方的恋人，成为她一项很重要的事情。此时，不论从心理还是从生理上，她已经不需要他了，关于章卫平只有在每次接到他的来信时，她才会想起。那份感情又是很复杂的。她现在却怕见到他，她不知如何去面对他，见了他之后说些什么，都将成为她的一道难题。

那几日，她心事重重，就是与张颂老师独处的时候，她也开心不起来。现在大学放假了，校园里有些空空荡荡的，只有各系少数留在大学里实习的学生，偶尔在校园里出没。因为这样，无形中就给李亚玲和张颂留出了许多单独相处的机会。

飘满落叶的甬道上，或者是张颂的单身宿舍里，都留下过两个人的身影。两个人独处的时间很有限，因为班里还有其他留校的学生，他们也不时地来打扰着张颂老师，那时大家就在一起集体活动。

大学食堂里还贴出了通知，春节这几天，食堂放假。张颂老师已经做出决定，过节这几天，将和同学们一起过。原打算回家看望父亲的张颂，决定这个春节一直住在校园里，陪伴他的学生。学生们高兴的样子，溢于言表。他们早早就为过年做准备了，他们集资到外面采购了一次，什么鱼呀、蛋呀，买回来一大堆，就等着隆重地过一个集体春节了。

正当李亚玲和同学们欢天喜地地准备过春节时，一天下午，负责女生宿舍看门的大妈，来到了李亚玲的宿舍，此时她正歪在床上看书，看门大妈探进头来就说：李亚玲，楼下有人找。

李亚玲手里的书一下子就落到了地上，同宿舍的女生就问：谁呀，谁来看你来了？

李亚玲知道一定是章卫平来了，她心里慌乱得不知如何是好，但她嘴上却不那么说。她知道躲避不是办法，便硬着头皮走卜楼去。等在楼门前的果然是章卫平，他似乎来了有一阵子了，脚下扔了好几个烟头。他正在吸一支烟，很冷的样子，不住地在门前的雪地上跺着脚。章卫平还是在农村时的装束，一套洗得有些发白的军装，一顶剪绒棉帽，那只标志性的口罩仍明显地挂在胸前。这身装扮在两年前的城乡中很容易看到，也很流行。现在城里人早就不再这么打扮自己了，只有农村人才这样穿戴。

李亚玲出现在章卫平的面前，章卫平眼里闪过一丝惊喜，他亲热地叫着：亚玲，咱们终于见面了。

看门的大妈审视地望着两个人。

说完这话，章卫平把手送到嘴前，用热气哈着手。

章卫平原以为李亚玲会热情地把他带到宿舍里去坐一坐，没想到李亚玲回身看了一眼看门的大妈，便冲他说：咱们在校园里走一走吧。说完径直朝前走去，章卫平只好跟上。这时的李亚玲知道同宿舍的同学一定在扒着窗子向外看，于是，她有意和章卫平拉开了一点距离。

章卫平仍热情地说：没想到你们大学这么大，我找了好几个楼，才找到你们宿舍。

李亚玲说：回家过年来了？

章卫平说：主要是来看看你，我都好几年没在家过年了。

李亚玲不说话，低着头，赶路似的往前走，她想尽快远离同学们的视线。

章卫平说：大年三十晚上，去我家吧，我都跟爸妈说好了，他们也想见见你。

如果半年前，章卫平说这样的话，她一定会感动得热泪盈眶，那毕竟是军区副司令的家呀，听人说，章副司令一家人住在一个小楼里，那是什么样的房子呀。可现在，她只希望章卫平早点离开这里。她听到这便说：我跟同学们说好了，今年集体过春节。

章卫平说：就三十这一天，初一你再回来和同学们一起过呗。

她说：算了吧，那样不好。

李亚玲的冷漠让章卫平一点准备也没有，他一时不知说什么好，半晌才说：公社工作忙，这么长时间了，也没抽空来看你，都是我不好。

章卫平这么说话时，李亚玲看见了迎面走过来的张颂老师，张颂刚从外面回来，腋下夹着写好的春联，手里还提着一挂鞭炮。李亚玲看见张颂忙迎上去，叫道：张老师，采购去了。

张颂就说：咱们集体过春节，应该有个过节的样子，咱们也热热闹闹的。说完还举了举手里那挂鞭炮。

张颂看见了章卫平。章卫平还站在那冲张颂友好地微笑，他知道接下来李亚玲该介绍自己了。

李亚玲本来不想介绍章卫平的，但看见张颂那问询的目光，便小声地说：这是我乡下表哥，进城来看我。

张颂就热情地说：那让你表哥晚上一起过来吧。

说完便礼节性地冲章卫平点了点头，走了。

章卫平怔在那里，他没想到李亚玲当着老师的面会这么介绍他。他怔怔地望着李亚玲。李亚玲见张颂走远了，小声冲章卫平解释着：我们学校有规定，学生不允许谈恋爱。

章卫平的脸就红一阵白一阵的，他这才清醒地意识到，眼前的李亚玲已经不是一年多前的李亚玲了。他不再随着李亚玲这么毫无目的地乱走一气了，而是盯着李亚玲说：你变了，你这是看不起我。

李亚玲不置可否地低下头，用脚去揉搓着地面的雪。

章卫平又说：是不是你觉得我配不上你了？

李亚玲不说话，仍是一副难受的样子。

章卫平又说：你觉得我这个从农村来的公社副书记给你丢人了？

章卫平因吃惊和气愤而把他自己感受到的全盘托出了。

李亚玲还能说什么呢，章卫平已经把她心里话都说出来了。半晌，她抬起脸来，眼里已噙满了眼泪，她哽咽着说：卫平，你调回城里来吧。

章卫平不想听她再说下去了，一甩袖子走了。她立在那里，呆呆地望着章卫平远去，直到章卫平的背影完全消失在她的视线里，她才在心里叫了一声：章卫平，我对不起你。此时，她已经是泪流满面了。

她独自一人在校园里走了好久，直到擦干了泪痕，心态平静下来，才回到宿舍。女生们好奇地围过来，七嘴八舌地问：刚才来的那男的是谁呀？

她平静地答道：是乡下来的表哥，来看看我。

同学们不信，有人说：不是吧，是那个吧？

还有人说：长得够帅，就是土了点。

又有人说：乡下的嘛，别太苛求了。

……

她一扭身上床了，上床前冲同学们说了句话：信不信由你们，以后你们就知道了。

她所说的以后，是指章卫平将从她的生活中彻底消失，消失了的章卫平怎么可能还会和她有什么以后呢？

她躺在床上又在翻看刚才看过的那本书，可怎么也看不进去，她仍然做出看书的样子，眼前却闪现出一幕幕和章卫平曾经有过的一切。后来，她拉过被子，严严实实地把自己盖上了。这时的眼泪却不可遏止地流了出来，静静地悄悄地，从心里涌出的泪水，这泪水在向过去告别。

不知过了多久，她停止了流泪。她此时已经是满心轻松了，她知道过去的一切将不复存在了。她知道，章卫平不会再给她来信，也不会再来看她了。她和章卫平的关系将就此结束，画上一个句号。一切都将重新开始，她的眼前又闪现出张颂老师的身影，此时的张颂老师灯塔一样占据了她心里的深处。

她要为这份崭新的爱情奋不顾身了。

又一个学期开学时，系里面流传着一条消息，据说这消息是从男生中间传出来的，男生们经过投票选举，李亚玲排在系花的第一名，据说张颂老师也参加了男生们的评比。从此，李亚玲又多了一个别名叫“系花”。

从那天开始，李亚玲身上承载着系花的荣誉开始了新的生活。

爱情与事业的幻灭

章卫平在没来校园看望李亚玲之前，已经意识到李亚玲的变化，刚开始，他把自己和李亚玲之间的关系，还没有想得多么绝望。他一直站在自己的立场上为李亚玲开脱着。他想，她现在学习很忙，没有时间给他回信，或者回信时，也没有更多的时间讨论情呀爱呀什么的。因为李亚玲给他的回信，已经由原来的几页纸变成一页纸了，有时一页纸也写不满了。他仍然一如既往、热情洋溢地给她写信，信里面充满了思念和爱情。

在爱情的问题上，章卫平旷日持久的坚持，换来的是对方渐渐的冷漠，他不相信这一切会是真的。他一直认为这是暂时的，等有朝一日两人见面后，一切都会好起来的。

那天当爱情被现实彻底粉碎之后，他含着泪水，不知是怎么走出中医学院那个大门的。一切都结束了，从理想到现实，从火热到冰冷。在没有见到李亚玲之前，他想象过多种和她重逢时的情景，可这样的情景都没有实现。眼前的现实是他做梦也没有想到过的。

直到他见到了她，他的梦终于醒来了，从梦想到理智有时是需要很远的距离的，有时只是一层纸那么薄，说破也就破了。章卫平知道自己该从梦中醒过来了，现实中的章卫平开始一点点地梳理他和李亚玲之间以前似梦似幻的关系。他觉得一点也不真实，以前的一切就如同发生在昨天。

那年春节后，他从城里回到农村。他没有直接回到公社，而是来到放马沟大队，晚上就借宿大队部。这是他以前的办公室兼宿舍。灯是燃亮的，办公桌上那部手摇电话还在，那个扩音器也在，一切都和以前一样。可是眼前的一切已经物是人非了。

章卫平身处现实之中，竟有了一种不真实的感觉。李亚玲说过的话还在耳畔回响，似乎还能感受到她的气味，以及她实实在在的身体。放马沟曾留下过他们相亲相爱的身影，也是他们相亲相爱的见证。

那天晚上，章卫平就一个人呆呆地一直坐到了深夜，他思前想后，这一切让他明白，李亚玲变了，她已经不是以前的李亚玲了。现在的李亚玲是城里人了，是大学生李亚玲了，而自己，仍然是以前的章卫平。不仅人在变，时代也在变。

章卫平所在的公社也和全国的形势一样，发生着日新月异的变化。先是所有的下乡知青一股脑儿地回城了，他们蜂拥着来，又一股脑儿地去了。就像他们从来没有来过一样，说走就走了，干干净净的，不留一点痕迹。墙上路边的标语“广阔天地大有作为”已经淡去了。以前这些热血青年是为了响应党的号召来到了农村，如今，他们同样也是为了响应号召，又离开了农村。扎根不扎根的话已经没人再提了，也就是说，你扎根了，也不一定是件光荣的事情。

章卫平已经从别人的命运里看到了自己的变化。以前，他是全县最年轻、最有培养前途的知识干部。他是全县扎根农村的典型，那些日子，他是戴着红花的英雄，在那个充满了梦幻般理想的日子里，他的灵魂升华了。他的内心是强大的，他在梦幻中有了扎根农村一辈子的想法，也在那一时刻，他毅然决然地爱上了农村知识青年李亚玲。

现在的一切都水落石出了，他仍一如既往地爱着李亚玲，可是李亚玲已经不爱他了。他现在所处的位置也开始变得不尴不尬起来。在公社一级干部中，他由以前的典型变成现在的无足轻重了。那些以前靠边站的干部又重新回到了工作岗位上，老干部新干部加在一起，小小的一个公社，竟有二三十人。章卫平淹没在这众人当中，他变得毫无生气了。

以前频繁召开的“树典型”或“立功庆典”大会现在变成了“平反”“拨乱反正”的大会；以前章卫平是主角儿，现在只是个配角儿了。没有人再请他上台了，他只能在台下坐着。在一次县里的会议上，知青办公室主任见到了他，两人在知青办的办公室里，有了如下对话。

主任说：小章，全县就差你一个人没办回城的手续了。我现在这个知青办差不多就为你一个人留守了。

章卫平望着知青办主任，以前主任对他是热情的，望着他时，两眼充满了期望和憧憬，现在呢，多了一种无奈和回避。主任已经明确告诉他了，这个知青办之所以还保留着，完全是为了他。

以前门庭若市的知青办早就是门可罗雀了。章卫平思念过去的那些充满理想和梦幻的时光，那时的"知青办"就是他们这些插队知识青年的家。现在的家已不复存在，只剩下一个空空的壳了，主任在这个壳里已经没有用武之地了。

就是知青办主任不跟他说这些话，他也已经意识到自己所处的位置了，他为这种大起大落的形势感到无奈，三十年河东，三十年河西。

但他还是说：如果我不走呢？

主任苦笑一下说：不管你走不走，我这个主任都当到头了。这次县委会议之后，也许你就找不到原来的知青办了。

章卫平也苦笑了一下。

主任就很无奈地说：小章，眼前的形势你也看到了，还是回城吧，趁着老子还没有退，找个好工作，从头再来，你年轻，一切还都来得及。

章卫平低下头，又露出一丝苦笑。主任已经把话说到家了，他在农村的路已经走到头了，他是否坚持下去已经不重要了。当初他来到农村时，是想实现自己远大理想的，他的理想就是：天高任鸟飞，海阔凭鱼跃。那时农村的天空在他的眼里是湛蓝的，大地是广阔的。现在的一切已经发生了变化。天还是那个天，地还是那个地，人却不是那个人了。

果然，在那次县委会议之后，从县里到公社的领导班子发生了变化。县委以前靠边站的老书记又回到了工作岗位，公社也做出了调整。章卫平被调整成为一般干部，暂时没有明确的职务，上面要求他配合妇女主任抓全公社的计划生育工作，比如，发放"避孕套"，组织"上环""下环""结扎"等等。

现实中的一切与章卫平的理想已经大相径庭了。农村再也没有他的用武之地了。同时，章卫平也在农村八年多的生活中变得成熟起来了，他不再是八年前那个一心想去越南参战的小男孩了，他是个大人了。怀里仍然揣着理想，可他要比以前务实多了。现实中成长起来的章卫平，意识到自己在农村以后的生活中，不会有出路了。别说理想，就是他眼下负责的计划生育的工作能不能保住，他都不能肯定。

昔日的扎根标兵章卫平决定返城了，正如他悄悄地来，这次返城他又悄悄地去了。他在办理返城手续时，没有遇到任何阻力，该开信的开信，该交接的交接，一切都结束了。

临离开农村时，章卫平又回到了放马沟，这里是父亲的老家，也是他的第二故乡。八年的农村生活，他大部分时间都是在这里过的，这里留着他青春和爱情的印迹。他站在西大河边，看着河里缓缓经过的流水，流下了两行无声的眼泪。

一辆通往城里的公共汽车驶了过来，章卫平挥了挥手，长途车停了一下。他头也不回地坐上了公共汽车，公共汽车一溜烟地驶去了。章卫平来农村时，穿着一件崭新的军装，现在他穿着一件洗得发白的旧军装就这么走了。

到了县城又到了省城，章卫平的身影又一次融入到城市的人海之中。他的举止和穿着已经与城里的氛围很不和谐了。

章卫平走进军区大院时，被卫兵拦住了。

他对卫兵说：我要回家，这是我的家。

卫兵咋看章卫平都觉得陌生，章卫平又拿不出任何可以证明他身份的东西。但他报出了自己家的电话号码。

卫兵尽职尽责地拨通了章副司令家里的电话。

卫兵说：首长，门口有一个叫章卫平的人，是您家人吗？

答案是肯定的，章卫平这才顺利通过门岗，向自己的家里走去。在这八年的时间里，他回来过几次，那时的心态是不一样的，他只是个过客，匆匆地来，又匆匆地走。此时却不同了，他回来就不再走了，这里又是他的家了。儿时的记忆又依稀地回到了眼前，房子还是那些房子，包括那些长高长大的树，还有路上被车压过的坑，还是以前的样子。这就是生他养他的家了。他的眼睛潮湿了，背着自己的行李，如长年在外的游子，逛了一圈又回来了。

章副司令一家正在吃晚饭，章卫平回来，母亲在桌边给他多添了一副碗筷。章副司令雷打不动地喝每晚二两的“小烧酒”。

章副司令对儿子的走和回来都很平淡，当年是他让自己的秘书把儿子押回老家的，这次儿子是自己回来的。他默默地把自己杯子里的酒推给了儿子，儿子一仰头把酒喝干了，然后说：爸，我回来了。

父亲没有说话，看着儿子，端详、打量。儿子走时嘴巴上光光的，现在的儿子嘴上都长出了胡子。父亲似乎很满意，又一次把酒杯倒满了。儿子也不多说什么，倒了就喝，一口气连喝了三杯。

父亲最后收回杯子，才说：卫平，你小子长大了，不用我管了，你知道未来的路该怎么走。你在农村这八年没白待。

一提起农村章卫平的眼睛又潮湿了，他怕父亲、母亲看到自己的眼睛，忙低下头把脸埋在了碗里。

父亲还说：小子，以后的路就靠你自己走了，如果你是个窝囊废，我养着你；如果你是个男人，以后你养我。

章卫平抬起头来的时候，看见父亲的鬓边已满是白发了。

人算不如天算

乔念朝做梦也没有想到，新兵连结束后，他被分到了刘双林那个连队，确切地说，是五团三营的机枪连。

在新兵连快要结束的时候，乔念朝的最大愿望就是尽快尽早地离开刘双林，离他越远越好。乔念朝知道自己和刘双林是两种类型的人，最好是井水不犯河水，如果实在不行，真要在一起共事的话，那将是一件悲哀的事情。想必刘双林也意识到了这种悲哀，当新兵连长宣布完新兵分配名单时，刘双林的脸色也不好看。这次新兵分到机枪连的共有三人，只有乔念朝是城市兵，另外两个都是农村兵。新兵名单公布之后，他们站在操场上等待着老连队的车来接他们。

新兵连结束了，刘双林自然地也结束了新兵排长的使命，他也背着自己的行李和新兵一样，等待着自己连队的车把他接回去。他带着乔念朝等几个新兵站在一起。乔念朝非常不愿意和刘双林这么站在一起。乔念朝听见了方玮那几个分到师医院的女兵，叽叽喳喳地在议论着师医院。

在这之前，乔念朝和方玮的感情已经冷淡下来了。环境是改变人的，他们的感情变得冷淡就是因为环境对他们的改变。乔念朝甚至后悔来当兵了，如果不当兵的话，方玮也不会来当兵，她肯定就会到地方上班去了。那样的话，他们的感情也许不会像现在这么糟。归其原因，乔念朝把责任推到了刘双林身上。在他的眼里，刘双林对方玮的好是有阴谋的，方玮却没有看清这个阴谋，一味地觉得刘双林这人还不错。因为他们感受生活的角度不一样，他们在看人看事时，就是截然相反的两种结果。正是因为这样，乔念朝和方玮两人在一起时，总会为一个问题的看法不同而不欢而散。他们在新兵连这三个月的时间里，总共也没有几次单独相处的机会。更多的时候，他们只能隔着人群相望。表面上他们很近，都在一个新兵排里，真实的生活却让他们的情感远了。

乔念朝向方玮那几个女兵走去，此时他已经心灰意冷了，他的想法就是尽快结束这几年的部队生活，然后让自己换一种活法。此时，他叼着一支烟，军帽也有些歪斜。新兵连是不允许战士吸烟的，以前他羡慕章卫平吸烟的样子，觉得那是一个成熟的男人与生俱来的，也是因为章卫平那份成熟的潇洒，使他产生了离开军区大院出门闯荡的想法，没想到，头三脚的第一脚就让他受挫了，更没想到的是，他遇到了刘双林这样的排长，他现在觉得什么都无所谓了，不仅当着众人吸烟，还歪戴着帽子，他的样子竟像一个流里流气的痞子兵。

方玮也看见了他，她一看见他脸色就不怎么好看。

方玮说：你怎么又抽烟了？

乔念朝说：刘双林那小子看不惯我，你也看不惯我？

方玮有些生气：你看你像个什么，你不想当兵，当初不来多好。

乔念朝摆出一副一不做二不休、死猪不怕开水烫的架势说：你现在眼光高了，看不起我了，是不是？

他把卷烟斜叼在嘴上，伸出手把帽子反戴在了头上。

方玮的脸红了，又白了。她站在那里一时竟不知说什么好，干瞪着眼前样子不三不四的乔念朝，她觉得短短三个月的部队生活竟让乔念朝变了一个人。

乔念朝故意说：你是嫌我给你丢人了是不是，要是你觉得我给你丢人了，你可以装作不认识我。

乔念朝把压抑了三个月的不满和不快，想一口气都说出来。就在这时，有人喊方玮，师医院的车来接她们了。师医院派来的竟是一辆救护车，很显眼地停在新兵连的门口，方玮听见有人喊她，提起自己的东西，头也不回地走了。一直到她上车，头再也没有回一次。

乔念朝把烟头弹到了地上，这时候的他更加心灰意冷了，他想尽早结束这段不堪回首的部队生活。直到这时，他才意识到，自己当初下决心到外面独自闯荡，又选择了从军这条路，是错误的决定。

乔念朝到了机枪连之后，刘双林以前带过的那个排，已经有两个老兵转业了。乔念朝就顺理成章地被分到了刘双林那个排。乔念朝的天空便完全黑了下来。

那天夜里，他躺在床上翻来覆去地折腾到大半夜，他想到了自己的前途和命运，也想到了自己和方玮的关系，看来，他和方玮的关系也就这样了，无法挽回了。他有生以来第一次感受到了失败的痛苦。思前想后的，天快亮时，他才迷迷糊糊睡去。

第二天早晨出操的时候，乔念朝听到了起床号声。班里的战友动作麻利地起来了，有许多做好人好事的兵，天不亮就已经起床了，帮厨的帮厨，打扫卫生的打扫卫生。没有几个人躺在那里睡懒觉了。新的一天早在起床号吹响前就已经开始了。

乔念朝在号声中挣扎着坐了起来，可他一双沉重的眼皮实在不争气，他睁了几次，眼睛都没有睁开，索性又躺下了，还蒙上了被子，心安理得地又睡了过去。

直到全排的人出操回来，乔念朝还没有睡醒的意思，刘双林气呼呼地站在了他的床前，他还在睡觉。刘双林一把掀开了他的被子，乔念朝一惊，这回醒了。这才发现，他的床前不仅站着刘双林，还站着班长和其他几个老兵。

他坐了起来，忙扯过被子盖在自己的身上。

刘双林说：乔念朝，为什么不出操？

乔念朝心想，自己不会有什么好结果了，有刘双林这个克星在，他以后就不会有好日子过。其实，在他的心里早就有了这样一种情绪，只不过，那时他还没有想明白，现在他一下子想清楚了。想清楚了，也就什么都无所谓了，他只想尽早结束这种噩梦般的生活。想到这，他就梗起脖子说：我病了，咋的？

刘双林在乔念朝面前显得没有了主张，乔念朝不仅是他新兵连带过的兵，现在还是自己排里的兵，这个刺头兵他调教不好，无疑会影响他这个排的工作，他这个排长是有责任的，接下来的事情毫无疑问地会影响到他的进步。事情变得严重起来了，他意识到，他的麻烦开始了。

平心而论，刘双林涉世不深，他还真的没有见过乔念朝这样的刺头兵。他自己当兵时，别说想坏，哪怕比别人落后一点，都会感到未来没有了光明。他们这些农村兵，把所有的梦想，都寄托在了当兵这几年的时间里，就是提干不成，能入个党，那也算没白在部队里走一趟，回到家乡这也是一种资本。就是城市兵，没有农村兵这么能吃苦，也是不甘人后的，即便不在部队，他们还希望自己的档案里多写一些表扬的话，为以后找份好工作打下一个好的基础。刘双林还真是第一次看见乔念朝这样的兵、一开始就不要求上进的兵。

刘双林伸出手要摸一摸乔念朝的头，被乔念朝粗暴地推了回来。乔念朝现在已经无所谓了，什么样的人在他的眼里都不是个人物了。他在心里想，不就是个复员吗，大不了就离开这里，回到城里找份工作，开始他顺心如意的新生活。

刘双林在乔念朝面前一连转了好几圈，也没有想出一个好主意，最后，他想出了一招，他知道，乔念朝这样的兵是见过世面的，父亲是军区副参谋长，乔念朝怕谁呀，他只能用软的，用情感去感化乔念朝。

于是，刘双林冷静下来，换了一种体贴的口气说：念朝，身体不舒服你就休息吧。又冲身边的班长说：你去告诉炊事班做一份病号饭。

班长一副不情愿的样子，但还是去了。

乔念朝想，自己一不做二不休，装病就装到底，他索性又躺了下去。刘双林背着手在乔念朝的床前站了一会儿，最后也走了。

那天早晨，刘双林亲自把病号饭端到了乔念朝的床前，那是一碗鸡蛋面，他眼看着乔念朝狼吞虎咽地把那碗面吃完了。乔念朝这时仍没有下床的意思，而是把身子倚在床头上，点了一支烟，眯着眼睛很舒服的样子。他喜欢看刘双林这种低三下四的样子，他觉得自己有一种翻身做主人的快感。

刘双林坐在对面床边上，身体向前倾着，样子就显得很谦恭。刘双林用一种诚恳的语气说：念朝啊，咱们在新兵连里相处三个月了，总的来说还算不错的，有啥意见你就提，总之呢，我希望你能够成长为一名合格的战士。

刘双林打心里往外，真的不希望乔念朝这么刺头下去，影响全排的大好局面，这样的情况他是不愿意看到的。

乔念朝不领他这个情，歪在那里吐烟圈。

在以后的日子里，乔念朝的表现便可想而知了，想出操就出操，想训练就训练，他不用找别的借口，只说一句“我病了”，便掉头离开队列回宿舍了。很快，乔念朝便成了机枪连最难缠的兵。

机枪连的全体干部对乔念朝的问题很重视，他们集中在连部里，烟熏火燎，挖空心思地研究乔念朝这个兵，他们还没有遇到过乔念朝这种什么都无所谓的兵。他们要对症下药、治病救人，只要还有一点点希望，他们就能想出拯救落后战士的办法。可他们想来想去，一直没有找到乔念朝有所谓的地方。

在部队，农村兵历来是最好管理的，他们生活在最底层，入伍前没有见过什么世面，连队的生活甚至好于家里，吃点苦受点累，对农村兵来说是司空见惯的事情，他们怀揣着对前途的梦想，他们离开农村来到部队，就是在寻找出人头地的机会，他们不放过任何可以表现自己的机会。他们的理想有许多种，最好的结果便是提干，如真的没有提干希望，入个党也可以，党要是入不上的话，立个功受个奖什么的，他们也没有白来部队走一遭。因此，农村兵在部队里是最好领导的兵，听话、肯干，这就足够了。

一般的城市兵呢，他们也想进步，提干对他们来说是求之不得的事情，当然他们的吃苦精神远不如农村兵，在这方面他们抢不到这种先机，只好把目标降格以求，那就是入党、立功受奖，回家后有了这种资本找工作容易一些。因此，城市兵也算好领导，他们跟农村兵比起来，见多识广，领悟能力强，从某些方面的表现来看，他们是最活跃的一群。连队文化中吹拉弹唱什么的，都少不了城市兵的身影。

总之，一个人融在一个集体中，在他身上被找出一部分这种群体的象征，然后才有了前进的动力。在乔念朝身上，所有的动力他似乎都无所谓了，他似乎只等待着复员了。他日常的表现，完全是一副死猪不怕开水烫的样子，爱谁谁了，又没有出大格，要处分，又抓不着把柄，平时的日常训练，他就说自己生病了。病总是要生的，谁能没病呢？你明知道那病是假的，也是没有办法的事情，你只能在心里对他印象不好，暗自知道他泡病号，其余的，真的无能为力了。

对乔念朝来说，这种表现也不是他本来想看到的。高中毕业，他急于要走向社会，他刚开始并没有远走他乡的想法，是章卫平那次偶然回到军区大院，一下子把他震慑住了。他在章卫平的身上看到了一个成熟男人的身影，章卫平刚离开军区大院时，并不比他强到哪里去，他还记得章卫平被押走时那副样子，一边哭一边喊，鼻涕泡都流出来了，双手死死抠着车门就是不上车。可几年过去了，章卫平已经是人模人样的了，手指缝里夹着烟卷，见人就微笑打招呼，还伸出手去和人家握手，跟所有的人都平起平坐。这一切都深深地打动了乔念朝。也就是从那一刻起，乔念朝有了离开军区大院，远走他乡去闯荡的念头。在他的青春期里，心里还有着许多的梦想。

梦想和现实总是相距得很远，生活让他遇上了刘双林，然而，他最信得过的朋友方玮，也离他越来越远了。他没想到自己的命运这么不好，现实生活和他的想象相差十万八千里。在一个星期天，他请假离开连队去了一趟师医院。师医院在城里，他们的部队在郊区，来往一趟得一个多小时的时间。

那个星期天，方玮和别的女兵一样，在上午的时间里处理个人卫生，洗澡，然后洗床单，在宿舍前的空地上，树与树之间，拉起了背包带，那些被洗得雪白的床单就搭在背包带上，像一面面扬起的帆。女兵们因为刚洗过澡，头发蓬松着，脸是红润的，此时，她们已经闲了下来，手里捧着一本书，有的在看《护理知识手册》，有的在看小说，那些没事的，也坐在太阳底下说笑话、聊天，一幅共产主义即将到来的景象。

乔念朝就是在这种场合里找到方玮的，方玮正站在一棵树下看书，她婀娜的身姿，也像一棵摇曳的柳树。她看到乔念朝那一刻，没有惊讶，仿佛早就知道这时乔念朝就应该来似的。

乔念朝就嬉皮笑脸地说：好久不见，一切都好？

方玮从书上抬起头来，不冷不热地说：你不好好待在连队里，到这里来干什么？

乔念朝说：看看你呀。

她说：我有什么好看的。

乔念朝在距方玮还有一步远的地方立住了脚，他很近地望着她。他知道她不是以前的方玮了，她在疏远他。他真的开始后悔同方玮一起到部队来了。

眼前青春气息浓郁的方玮在吸引着他，他嗅到了她浑身上下那股特有的少女的气息，他心底里有了一阵冲动。他欲伸手去拥抱方玮，方玮似乎早有准备，一晃头便躲开了。她说：乔念朝，别动手动脚的，也不看看这是什么地方。说完白了他一眼。

乔念朝这才发现周围不时地闪现出女兵的身影，但他嘴里仍说：装什么呀？以前又不是没有过。

方玮压低声音说：以前是以前，现在是现在。

他马上问：那以后呢？

她马上答：以后？就你这个样子……

她的话让他感到了脸红。

他一时不知用什么态度来对待方玮，没当兵那会儿，她完全是他的，他让她干什么就干什么，他是她的皇帝。可现在呢，她远了，她变得他都不敢认了。他感到了一种前所未有的悲哀，心里残存的那一点点梦想也烟消云散了。他看不到自己的未来，也看不到和方玮之间的未来，和方玮曾经有过的一切，只是一个初恋的梦。

他想逃离这里，离这里越远越好。这时，他看见了刘双林，此时的刘双林比在连队时精神了许多，头发理了，胡子刮了，一身军装绿汪汪地穿在身上，笑眯眯地走来。

方玮也发现了刘双林，她惊呼一声：刘排长，你怎么来了？便奔过去。她的脸孔更红了，有一种见到久别亲人的那种样子。那会儿他们年轻，刘双林是他们有生以来遇到的第一个部队领导，三个月的新兵连生活不管多苦、多单调，毕竟是一种鲜活的记忆。有许多女兵离开新兵连时，都流下了泪水，挥手向她们生活过三个月的人和环境告别。

在新兵连以外的又一个环境里，他们重逢了，尤其是方玮，更是激动不已。她的眼里还蒙上了一层晶莹的液体，如果溢满流出来的话，那就叫眼泪了。

刘双林比方玮冷静得多，他看了一眼乔念朝说：念朝也在呀。我到城里办事，顺便来看看你们分到医院的女兵。

其他几个一同分来的女兵，听见了刘双林的声音也惊讶地奔过来，她们团团将刘双林围住了，刘排长短刘排长长的。似乎他们早就是一家人了。

乔念朝一步步远离人群，最后走出医院大院，踏上了回连队的公共汽车。乔念朝在连队的种种表现和眼前的环境有着很大的关系，青春时期的乔念朝还没有把整个人生局势看透的能力，他只能被自己的心情和情绪所左右。此时，他的心情是灰暗的，没有一点缝隙，他的情绪是委顿的，这就导致了他现实中的样子。他不思进取，失去了前进的动力和方向，他连自己的初恋都保护不了，那岌岌可危的初恋，像一只断了线的风筝无着无落的。这种情绪导致的结果便可想而知了。乔念朝开始仇视身边的每一个人，他觉得所有的人都对不住他，他被生活遗弃了。有时，他整日躺在床上，望着天棚发呆，发呆乏味之后，便捧着一本书读，只有小说里那些虚幻的人物才能走进他的内心世界，和他成为朋友。

机枪连的干部们又为乔念朝的这种表现召开了一次紧急会议。这回他们还把乔念朝的档案找了出来，希望从那里能找到一点可以下手的做思想工作的缝隙。他的档案和所有部队大院里出来的子女一样，家庭住址那一栏写着：文艺路。父亲职务：军人。

在这之前，刘双林在新兵连时已经把大院里这些子女的背景都摸清了，他知道乔念朝的父亲是军区司令部的副参谋长，正军级干部，就凭正军级这一职级，会让刘双林嫉妒得三天三夜睡不着觉。

在这次连干部会议上，刘双林的建议起到了至关重要的作用。他说：我看，还是给首长写封信，把乔念朝的表现告诉首长，首长不可能不管。

刘双林的建议得到了大多数干部的认可，于是连长把给首长写信的任务就交给了刘双林，理由是，一方面从新兵连到现在刘双林一直是乔念朝的排长，对乔念朝很了解；另一方面这主意又是他出的。这份光荣的任务就落在了刘双林的身上。刘双林挑灯夜战，熬了三个晚上，终于把那封信写完了，又经连长、指导员审阅后，签上全体干部的名字，以机枪连支部的名义发出去了。他们心里很忐忑，不知下面将发生什么。给军区首长写信，这是他们有生以来的第一次，要不是乔念朝的问题，就是再给他们一个胆子，他们也没有勇气给军区首长写信。

信发走一个月之后的一天，连里突然接到营里的通知，通知中说：军区乔副参谋长要来本师检查工作，要求各单位做好准备。

一般领导来检查是分部门的，军区有司令部、政治部和后勤部三大部门。每年都会有各部门的工作组到部队检查工作，每个部门的检查是不一样的，司令部来检查工作，当然包括武器弹药、训练情况，等等，主要是军事方面的。只有机枪连的领导明白，乔副参谋长早不来，晚不来，为什么偏偏这个时候来。表面上的准备还是要进行的，机枪连的干部心里也没底，他们不知道乔副参谋长会以何种身份在这种场合下出现，是高兴还是发脾气，因此心里是忐忑的。

乔念朝当然也知道父亲要来部队的消息了，那两天他的心里很紧张，不知道是福还是祸。在家里他是怕父亲的，他是最小的孩子，家里的两个哥哥一个姐姐，姐姐已经工作了，一个哥哥在新疆当兵，已经是部队的副营长了，另一个哥哥在云南当兵，也是副连长了。他当初提出当兵时，父亲没说同意，也没说不同意，他在家里很顺利地拿出了户口本，报了名，很快地通过体检，又很快地来到了部队，一路上没有遇到什么阻力，也就是说，在当兵这件事情上，父亲是支持的，否则也不会有这种结果。

父亲很少在家，每天都是天黑了才回到家里，有时天不亮就走了。父亲五十多岁了，是辽沈战役那一年参的军，父亲进步得很快。因为父亲很会打仗，每次重大战役，都能立功，抗美援朝的时候，父亲和他所在的部队是第一批入朝的，那时父亲已经是师长了。父亲从前在战争年代从来没有给别人当过副手，当兵三个月后，他就成了排长。他参加了辽沈战役中著名的黑山阻击战，那次战役两个营都拼光了，在残缺的阵地上，他指挥着仅剩八人的部队，硬是把铁骨头的营旗高高地举在阵地上，迎来了增援的部队。那次战役后，他破格被提拔为营长。淮海战役的时候，他已经是团长了。父亲一直打到了天涯海角，每次战役都给他留下了永不磨灭的印记。只要有重大战役，父亲都会挂花，他从医院里出来，又进医院，按父亲自己的话说，血流了有一水桶，身上的肉被敌人的炮弹削去有十斤。乔念朝小时候，有一次父亲带他去游泳，他真实地看过父亲的身体。父亲除了腋窝下的皮肤是完整的外，身上的皮肤没有一处是平整的，父亲的伤痕，让父亲的皮肤变得凹凸不平。那一次他震惊了，手摸着父亲的身体竟有些抖。

父亲在和平的生活里也很忙，操持这个家的其实是母亲。父亲很少在家，不是下部队检查工作，就是在军区作战室里开会。父亲很少和孩子们说什么私房话，在乔念朝的记忆里，父亲还没对他单独说过什么事。在父亲的观念里，虎父无犬子。他相信自己的孩子，不管干什么，都会为他争气。

在接到机枪连党支部那封状告乔念朝的信后，父亲发怒了，他一边拍着那封信，一边说：妈的，不争气的东西。于是，他做出决定，要亲自到乔念朝所在的师去一趟。

乔副参谋长出现在师机关大院时，下面的连队并不知道，例行公事地听完了各种各样的汇报，就到了晚上。乔副参谋长一言不发，师里的领导当然不知道乔副参谋长的儿子在他们这个师。

吃完晚饭之后，回到招待所，乔副参谋长才让秘书给机枪连打电话。他冲秘书说：让那小子跑步来见我。

秘书说：首长，机枪连离师部还有一段距离，让车去接一下吧。

乔副参谋长又重复了一遍道：让他跑步来。

乔念朝跑在路上便知道问题有些棘手，父亲让他跑步前去，他心里一点底也没有。陪同他来的还有刘双林。刘双林是奉连长的命令一同前往的。

在招待所门口乔念朝便被秘书迎进了乔副参谋长的房间，刘双林被留在了招待所的值班室里。

乔念朝进门的时候，父亲正坐在沙发上看报纸，乔念朝站在那里，小声地说：爸，我来了。

乔副参谋长放下报纸，上一眼下一眼地把乔念朝打量了足有两分钟。

父亲后来就站起来了，背着手，把后背冲着乔念朝。

父亲说：这几个月，在部队干得咋样？

一听这话，乔念朝的汗就下来了，刚才在路上跑了二十多分钟，已经冒汗了，进屋里后又感觉很热，再加上见到父亲又很紧张，出汗是免不了的了。于是，他一边抹头上的汗，一边答：还行吧。

他不知道连队已经把他在父亲面前告下了，他想把父亲搪塞过去。

父亲突然拍了一下沙发的扶手，因为沙发扶手是软的，声音不大，但乔念朝已经感受到了父亲的怒气。

父亲说：丢人哪，你——

半晌，乔副参谋长才接着说：你泡病号，不出操，不训练，部队咋还有这样的兵？你不是一般的兵，你是我的儿子，你在给我丢人，以后我怎么要求部队，嗯？

父亲脸上的肌肉在抽搐着。

直到这时，乔念朝才知道有人向父亲告状了。这回他已经顾不上擦汗了，头低在那里，任凭汗水滴滴答答地流出来。

父亲说：今天，你给我一句痛快话，想在部队干，你就干下去，不想干你明天收拾收拾东西，跟我回去，按提前退役。

平时里乔念朝对什么都是无所谓的，他不怕让他复员，他对现实已经失去了信心。可眼前这个样子离开，他还从来没有想过。他这个样子灰溜溜地走了，父亲能饶过他吗？

果然，父亲又说：你两个哥哥多争气，没用我一句废话，他们在部队尽一个战士的责任，我就当没有你这个儿子，我有两儿一女足够了。

乔念朝打了一个哆嗦，他不敢看父亲那张脸了，他低着头，眼泪顺着汗水流了出来，他知道，这时候，万万不能离开部队，如果离开部队的话，在父亲眼里，他就是个逃兵，他一辈子都无法在父亲面前抬起头来。

半晌过后，他带着哭腔说：爸，我不回去。

父亲似乎长吁了一口气，说：不回去也可以，那你就把头抬起来，然后像个真正的战士一样离开这里，跑步回你的连队去。

乔念朝一点点地把头抬了起来，此时他已经不再流泪了，他用袖子抹了一把脸上的泪水和汗水，转过身，没有再回一次头。他知道父亲的目光一直在注视着他。

一路上，任凭刘双林问这问那，他一句话也没说。

刘双林问：你父亲咋不留你在这儿住一夜？

刘双林还问：你爸都跟你说啥了？

刘双林又说：我要是有你这样一个爸，唉，那可真是……

真是什么，刘双林是无法言说的，他对乔念朝是又嫉妒又恨。刘双林明白，像他这样的小人物，用尽毕生的努力，有时还不如领导的一句话，如果不是偶然救了师长的夫人和女儿，自己说不定早就离开部队了，哪还有他的今天。从那时起，他对领导、对首长就有了一种很复杂的心理。在他的想象里，所有的事情放在领导那里都不是个事，要说是事的话，那也是一句话的事。可这些事放在他这种凡人面前呢，那将是个天大的事了。

在值班室里等待乔念朝的过程中，他以为首长会接见他，询问一下乔念朝在连队的表现，然后接着会跟他说一些家常话，嘱咐他把乔念朝带好。他把自己在首长面前想说的话都想好了，他要给首长一个良好的印象，说不定，领导会在师首长面前表扬他两句。那样的话，对他未来的工作真是太有利了。没想到的是，乔念朝这么快就出来了，然后一句话不说就往回走，这中间都发生了什么，他充满了好奇。

刘双林跟在乔念朝的后面，唠叨着：我要是你呀，唉——

乔念朝赶到连队时，熄灯号已经吹响了，他躺在床上怎么也睡不着，他心里很委屈，他原以为父亲这次到师里检查工作会给自己带来一些变化，没想到的是，不仅没有变化，还让他死了这份心。也就是说，他眼前只有一条路了，那就是干好，不能干坏，否则，他无法再进那个家门了。而眼前自己又是这般模样，他越想越觉得委屈。

其实在父亲没来部队之前，他一直把父亲想象成自己背后的一棵大树，是他在心里虚拟的一棵树，可眼前的情况是，父亲不是他想要的那棵树，他的大树突然倒下了，他失去了根基。他蒙着被子，想痛痛快快地哭一场，可是他又怕被人听见。悄悄地，他又穿上衣服，摸到了炊事班后面连队的猪圈旁，那里有一块空地，有两间小房，那儿住着一个喂猪的老兵，老兵的衣服永远是油渍斑斑的，他很不合群的样子，平时也很少能融合到连队来。这边打着球比赛，他只在一旁袖着手看，脸上的表情永远是木讷的，在一般兵的眼里，这个老兵就是喂猪的，他从来到连队就开始喂猪，已经喂满四年猪了，不知道他还能喂多久的猪。听老兵说，每次连队杀猪时，喂猪老兵都要为被杀的猪哭一次。他不吃肉，直到那头猪的肉被连队吃完了，才会走进食堂。

那天晚上，乔念朝蹲在猪圈旁放声大哭起来。他的哭声先是惊动了那些猪，猪不知发生了什么事，吭哧吭哧地走过来，不明不白地望着他。后来那个姓赵的老兵也被惊醒了，他披衣起来，推开门，不声不响地蹲在那里。直到乔念朝止住了哭声，才发现那个姓赵的老兵，他有些尴尬，也有些突然，他正不知如何是好时，赵老兵说话了。

赵老兵说：你是那个姓乔的新兵吧？

乔念朝的心里平静一些了，他默然地看着赵老兵。

赵老兵又说：哭吧，哭了就好了，我在这喂了四年猪没少听人在这儿哭。连长在这儿哭过，指导员也哭过，你们的排长刘双林也在这儿哭过，想家时哭，遇到事也哭，哭过了就没事了。

乔念朝向赵老兵走去，他坐在台阶上，掏出烟，递一支给赵老兵，赵老兵接过了烟。

赵老兵说：想家了吧？许多新兵都想家，哭两次就不想了。

乔念朝觉得眼前的赵老兵很亲切，似乎他早就认识赵老兵似的。他突然有了一个念头，他想跟赵老兵在一起，因为赵老兵不会伤害他。于是他就脱口而出：赵老兵，我跟你学喂猪吧。

赵老兵不相信地望着他。半晌，赵老兵才说：别说胡话了，兄弟，谁愿意干这些没出息的活呀。

他答：我愿意。

赵老兵认真地又看了他一眼。

从那一刻起，乔念朝下定了喂猪的决心。

乔念朝的新纪元

乔念朝在那个没有月亮的夜晚，喜欢上了连队猪圈那里的氛围，还有喂猪的赵老兵。赵老兵的真实姓名叫赵小曼，男人起了一个女人的名字，乔念朝对赵小曼的名字印象深刻。

乔念朝下定决心去喂猪，没有人能说清楚那一刻他的心里是怎么想的，他自己也说不清，反正在那一刻，他觉得这里的环境很适合自己的心情。这里只有几头猪，还有赵小曼，他喜欢这里的猪和人。乔念朝申请去喂猪，几乎没有受到任何阻力，他是在父亲找他谈完话的第二天提出申请的。别人自然不知道他们父子谈话的内容，在这种情况下，乔念朝想到连队去养猪，连队干部还以为这是首长的意思，也可以理解了，乔念朝和父亲谈完话之后，思想认识水平有了一次大跃进，自愿申请到连队最艰苦的地方工作。

连队最脏最差的工作，可能就是喂猪了。刚当兵的青年人，走进部队都是满怀理想壮志的，当然没有人愿意去喂猪。喂猪的编制放在炊事班。炊事班还好一些，那毕竟是给人做饭，喂猪算什么！

乔念朝看中的不是这些，他搬到猪圈旁那间小房子里，一下子就感到从来没有过的踏实。以后再也不用出操、跑步了，他和赵小曼一起，与猪打交道。很快，他就喜欢上喂猪这个行当了。说到喜欢，他是真心的。

早晨，连队其他战士列队出操的时候，赵小曼和他刚刚起床，开始打扫圈舍和周边的卫生，打扫完卫生，别的人已经收操了，他们开始给猪热食。有一口大锅，泔水放在锅里，热气腾腾的样子，然后用桶提着，倒进猪圈的槽子里，猪就幸福得一边哼哼着，一边吃食。

乔念朝望着眼前这种景象有几分感动，他叼支烟在嘴上，蹲在那里，入神入定地望着那几头猪。猪很快就接纳了他，已经把他当成亲人了。不管他喂不喂它们，它们只要一听到他的脚步声，总会侧起身子，就是最懒的那头白猪也会睁开眼睛，甜蜜期待地望着他。他想人和猪是有感情的。

赵老兵赵小曼也蹲在那里，他不望猪而是瞅脚下的蚂蚁。两只蚂蚁在争一粒饭，你争过来它争过去，赵小曼不时地把那粒饭一会儿挑到这儿，一会儿又挑到那儿，逗弄得两只蚂蚁相互打斗，又相互费劲巴力地寻找着已经到嘴的食物，看到那两只蚂蚁很忙乱的样子，赵小曼就哧哧地笑。

以前乔念朝经常能够远远地看到赵小曼这样一副痴痴呆呆的样子。那时，他把赵小曼想象成傻子或者弱智。总之，那时的赵小曼和自己的生活远得很，不着边际。现在，他和赵小曼已经是同类人了，就多了许多的悟性和理解。他喜欢赵小曼这个人，赵小曼质朴得可爱。

晚上那段时光，是一天最漫长的时候，两人有时就蹲在猪舍外面的空地上，有时坐在屋内的床上，关着灯吸烟，烟头在他们的嘴边明明灭灭的。

赵小曼就说：乔念朝，你爸在老家是个啥“倌”？

这句话问得乔念朝一惊，他在黑暗中瞪大眼睛，自从上次和父亲谈了话之后，他最怕别人提到父亲。以前他虚拟着把父亲想象成自己可以依傍的大树，最后他发现不是。

赵小曼就哧地笑一声，之后才说：我爸是牛倌，全队的牛都归他管。从我记事起，我爸就当那牛倌。刚入伍的时候，连长问我有啥特长，我说我能当牛倌，结果我就来喂猪了，当上了今天的猪倌。你爸是啥倌呀？

乔念朝乐了，乐得哏哏的，他憋着气说：我爸是羊倌，放着全队的羊，有好几十只呢。

赵小曼就一副遇到知音的样子，拍着大腿说：我说得不错吧，这叫龙生龙凤生凤，老鼠的儿子会打洞，你爸要不是羊倌，你一准儿不会喜欢猪。像咱们农村长大的孩子，从小就喜欢猪呀、羊呀、牛呀啥的，你说是不？

乔念朝在黑暗中瞅着赵小曼，点了点头，这次他没乐。

赵小曼又说：啥人啥命，俺爸是牛倌，你说我能出息到哪儿去。当几年兵，养几年猪，等我回老家了，俺爸放不动牛了，我就去替他的班，给全村放牛去。

赵老兵的话平静如水，他没有抱怨生活，更没有哀叹命运的不公。

赵小曼还说：本来去年我就该走了，连里找不到喂猪的，连长劝我再干一年，我就再干一年，多干一年少干一年能咋的，人反正能活几十岁呢，也不差这一年，你说对不？

乔念朝在那一瞬间，似乎一下子走近了赵老兵。赵老兵这种生活态度让他感到吃惊，同时，他在心里也真心实意地佩服赵老兵。赵老兵的年龄并不大，似乎已经把生活悟透了。

赵老兵生性就是一个不与人争、不与人抢的人，什么事都能想得开、看得透。乔念朝一走近赵老兵，一下子就安静下来了，虽然，他还没有看透人生和将来，此时，他是安静的。慢慢地，他也开始喜欢那些不会说话只会哼哼的猪了。

他和赵老兵晚上躺在床上，也经常有一搭无一搭地说话。

赵老兵说：我当了四年兵，喂了四年猪，别人都不愿意理我这个猪倌，不愿意搭理我，我呢，也不想和他们掺和，没人跟我说话，我就跟猪说话，猪不嫌我，时间长了，就跟它们处出了感情。每年八一呀，还有元旦、春节啥的，连队杀猪，看着我养得白白胖胖的猪被抓走杀掉了，我心里难过，后来我就不看了。连队要杀猪我就请假去别的连队看看老乡，等他们拾掇完了，我再回来，肉一口我都不动，伤心哪。

乔念朝的眼前，赵老兵的形象渐渐丰富起来，在这样的特殊环境中，他喜欢赵老兵。

炊事班隔三岔五地要开班务会，开班务会前有人来通知赵老兵和乔念朝。两人就拿着马扎到炊事班去开会，开会无非是学习报纸或者传达连队的一些指示精神，然后挨个地表决心，炊事班的人表决心无外乎就是想方设法把连队的伙食搞上去，让全连的官兵满意。轮到赵老兵和乔念朝发言时，赵老兵的发言干脆利索，他谁也不看，只盯着眼前的半截烟，蔫不叽叽地说：把猪养好，完了。

乔念朝也学着赵老兵的口气说：把猪养好。

炊事班长就笑，别人也笑，班长就说：你真是你师父的徒弟。

别人仍笑，乔念朝不笑。

炊事班长就宣布散会了，乔念朝没有急于走，而是绕到伙房里，他已经看到了那个大铝盆里放着一堆馒头。他拿了几个馒头，被炊事班长看见，班长就问：没吃饱？

他答：没吃饱。

班长就大度地挥挥手说：拿去吧，咱们都是炊事班的人，这点特殊还是可以搞一搞的。

炊事班长是个南方人，什么事都用搞一搞去说，语言就有了节奏，和他经常搞一搞，搞得很明白、很彻底。

乔念朝在炊事班拿馒头自己并不想搞，而是给猪搞。他来到圈舍旁，从口袋里掏出馒头冲那头黑猪说：老黑子，过来搞一个馒头，这是班长大厨送你的。

又说：来，小胖子，你也搞一个，这是你班长大哥送的。

赵小曼在一旁听了就笑，笑弯了腰，笑疼了肚皮。

于是两个人就趴在猪圈的护栏上看着猪在搞馒头。

赵老兵就说：你这人我看出来了，心眼不坏，对猪都这么好，你一定能接好我的班。到年底的时候，我可以安心地走了。

乔念朝一听赵老兵提走的事，心里就忽悠一下，他真的有点舍不得赵老兵走了。于是，他说：赵老兵，能不能再多干一年，陪陪我？

赵老兵笑一笑，摇着身子哼着小曲回宿舍去了。乔念朝也跟在后边。赵老兵从抽屉里拿出一个日记本，又从里面拿出一张照片递给他道：看看，这是你未来的嫂子，漂亮不？

乔念朝接过照片，那是一个长得很甜的女孩照片，梳着两只小刷子，正天真无邪地望着前方。

赵老兵就说：这是我前年探家时定的对象，她都等我两年了，今年秋天回去就结婚。

赵老兵一脸的幸福和向往。

乔念朝想到了方玮，心里又阴晴雨雪的很不是滋味。一晃，两个多星期没有见到方玮了。她现在干什么呢？乔念朝一想到方玮，就有些走神。

赵老兵拍着乔念朝的肩膀说：等明年你探家，别空手回来，咱们当兵的，就是探家这一锤子买卖，该订婚就订，过了这个村，可就没有这个店了。

乔念朝冲赵老兵苦笑了一下。

赵老兵不知道乔念朝为何苦笑，独自欣赏着未婚妻的照片，哼着支离破碎的小曲儿，一副幸福生活万年长的样子。

乔念朝又问：你不怕她日后反悔？

赵老兵就睁大眼睛：这就得看你的本事了，订了婚，你想办法把生米做成熟饭，还怕她跑了？你说是不？

看样子赵老兵已经把生米做成熟饭了，要不然不会那么踏实和幸福。乔念朝心想：真看不出，那么蔫了吧唧的一个人主意还不少。

乔念朝想见方玮可同时又不想去见她，他内心充满了矛盾与困惑。后来，他还是下定决心见方玮一次，不管方玮对他如何，他都要弄个水落石出，否则他不踏实。他这次见方玮只想弄清楚一件事，那就是他们之间还有没有重续旧缘的可能，要是没有，他从此心里就干净了。

又是一个星期天的中午时分，他来到了师医院，医院总是那么阳光明媚的，就是星期天进出医院的人仍很多。这些人大都来自基层连队，在连队里很少能见到异性，在医院则不同了，这里不仅有医生、护士，还有许多如花似玉的女兵，她们也学着医生护士的样子，穿着白大褂一飘一飘地走，样子似仙女来到了人间。因此，师医院成了士兵向往的天堂。有许多老兵，苦争苦熬地在连队奋斗了几年，马上就要离开部队了，最大的梦想就是能在师医院住上几天，就是没有病，吃上一些花花绿绿的药片他们也在所不惜。因为他们最大的愿望，就是和他们心目中的仙女有一次亲密的接触。因此，师医院总是人来人往，繁华、热闹得很。

乔念朝费了挺大的周折，楼上楼下地跑了好几趟，才在师医院大门口的一群女兵、男兵中间找到了方玮。方玮没有穿军装，而是穿了一身便装，头发浅浅的有被烫过的痕迹，因此，显得很妩媚和时髦。他在人群中发现方玮时，方玮也看见了他。

方玮走了过来，依旧兴高采烈的样子，她说：乔念朝你怎么来了，你是不是也来泡病号？

乔念朝对方玮这种阴阳怪气的问话很不舒服，他皱了皱眉头说：我不泡病号，泡病号也不会泡到你们这里。

她冷下脸说：那你来干什么呀？

乔念朝冷冷地望着方玮。

方玮说：没什么事那我就走了，他们还等我去看电影呢，要不你跟我一起去吧。

他说：我不是来看电影的，我今天是专门来找你的。

方玮立在那里，身姿袅娜，看了一眼腕上的表说：快说吧，我的时间不多了。

那边的人群中有人喊：方玮，还走不走了？一会儿电影就开演了。

方玮说：等一会儿，马上就来。

乔念朝有许多话要对方玮说，此时，他一句也不想说了。他想扭头就走，忍了忍又立住了，他还没想好怎么开口。

方玮就说：听说你去连队喂猪了，你怎么这么没出息呀。

乔念朝抬起头说：喂猪怎么了？

方玮嬉笑着说：没什么，为人民服务嘛。

他的脸已经阴沉下来了。

方玮仍说：快说吧，什么事，没事我可真的走了。

乔念朝不用说就已经知道答案了。他冲方玮挥挥手道：你走吧，去看你的电影吧。

方玮说：那你就有空再来玩吧。

说完就走了，融入那群欢乐的男兵女兵中去了。

乔念朝点了一支烟，他一直目送着方玮在自己的视线里消失。最后他又望了一眼身后师医院的门口，在心里说：我以后再也不会来这里了。

他在回来的路上就咬着牙下了一次决心：自己一定干出个样来，给方玮看看，自己到底是个什么样的人。

在方玮的眼里，他只是一个臭烘烘喂猪的。那天，他在连队猪圈门口蹲了许久，抽了有大半包烟。后来赵老兵走过来，也蹲在他的身边。赵老兵就说：俺以前遇到不顺心的事，就跟这些猪说，它们可通人性了，虽然它们不会说话，但它们懂。说完了就都没啥了。

乔念朝把该说的话已经说过了。他一遍遍地在心里说：我乔念朝一定干出个人样来，否则我就不是乔念朝。他在心里一遍遍地呼喊着。也从那一刻开始，他爱上了这些猪，他觉得猪是他事业的起点，他要把它们养好，让它们健康茁壮地成长。

每天的清晨，天不亮他就起床了，拿着一个扫把，里里外外地把猪圈打扫干净了，然后点火热猪食。猪食都是炊事班的一些下脚料，他一担担地从炊事班的泔水桶里挑回来，等泔水锅里温热的时候，再盛到桶里，提到猪圈里。

猪在他面前疯抢着吃食，他站在那里香甜无比地看着，仿佛那些吃食的不是猪，而是自己。

赵老兵睡眼惺忪地走过来，看了半晌才道：乔念朝，看来你真是出徒了，看来年底我真的要走了。

连队干部也经常到猪圈这边看一看，有主管后勤的副连长和司务长，他们看到眼前的景象时，都不敢相信眼前站着的是乔念朝。他们以前眼里的乔念朝已经没有了，一个崭新的乔念朝诞生了。

每周都有一次连队点名，连长或指导员总结上一周的工作，布置下一周的任务。在连队点名的时候，乔念朝的名字隆重地从连长的嘴里说了出来。以前乔念朝是受批评的对象，那时连干部不点他的名字，而是说“某些人”，但大家都心明眼亮，都知道“某些人”就是乔念朝的代名词。乔念朝被表扬还是有史以来的第一次。士兵们都侧目向他这里看，他的脸上火辣辣的，身板一点点地挺起来，直到这时候他才感觉到，被表扬其实是一件很受用的事。

那天他和赵老兵回到猪舍后，他学着赵老兵嘴里哼着一支歌，赵老兵扔给他一支烟，两人又蹲在猪舍前的空地上。

赵老兵说：人做一件好事容易，难的是做一辈子好事。

乔念朝抬起头来望着赵老兵，才意识到赵老兵刚才说了一句语录，但他认为赵老兵说得恰到好处。

赵老兵又说：喂猪容易，喂出名堂来难。我喂了四年猪，最后不还得走。

乔念朝想的跟赵老兵不太一样，赵老兵要的是“结果”。他不想要那个结果，他要的是这个过程，不管他干什么，不想让别人小瞧了。有一天，哪怕他也和赵老兵一样，打起背包就走，他也无怨无悔。他只是不想让人说三道四，说他乔念朝是个不思进取的人。

他从心里说了一声：赵老兵，我谢谢你。

在乔念朝的成长过程中，赵老兵无疑起到了关键的作用，关键的一条就是赵老兵让他热爱上了喂猪。

一转眼年底快到了，赵老兵被宣布复员了。临走的前一天晚上，赵老兵向乔念朝告别。

赵老兵还没说话眼里先含着泪，他说：乔念朝，明天我就走了，这里就剩下你一个人了。

乔念朝也有些感动，心里潮潮的。

赵老兵又说：四年呢，我一直待在这里，很少走出连队大门。我怕人家说我是一个喂猪的，当兵出来就是想混个出息，有谁真的想喂猪呢。

看来，赵老兵以前说过的话并不是真心的。

赵老兵抹一把泪道：人这辈子呀，说信命就得信命，我这辈子就是这个命了。

说到这，他拍了一下乔念朝的肩膀道：以后有机会还是要到战斗班里去，那里才能让你显山露水。在这里和猪打交道，能有啥出息，到头来不还是和我一样，卷起铺盖卷儿走人。

看来，赵老兵还是有梦想的，不过他一直没有说，就那么忍着，喂了四年猪。乔念朝吃惊地望着赵老兵，从这一点上来说，他佩服赵老兵的恒心和毅力。其实赵老兵一直在期待着奇迹的出现，结果，还是没有出现，最后他只能带着遗憾回家了。

第二天，乔念朝一直把赵老兵送到了卡车上，那辆卡车一直开到火车站。赵老兵和其他老兵要走了，车下是挥舞的手臂。上车的时候赵老兵还显得很冷静，跟这个握手跟那个再见的，可当卡车刚驶出连队大门，赵老兵突然在车厢蹲下了，双手捂着脸大哭了起来。卡车载着赵老兵的哭声一点点驶远了。

乔念朝一直注视着卡车上的赵老兵，赵老兵痛哭的那一刻，他的眼泪也流了出来。乔念朝知道，赵老兵是带着遗憾走的，赵老兵心里有许多话要说，可只说给他一个人听了，还有那些猪。

阴差阳错

乔念朝也学着老兵赵小曼的样子，开始和那些猪说话了，赵老兵在的时候，他也说过，只不过那时是在心里。

傍晚的时候，猪吃饱了，懒洋洋地趴在那里，睁着眼睛感激地望着乔念朝，乔念朝让它们得到了温饱。

乔念朝蹲在圈舍门前，望着那些猪，猪也望着他。他真的就有了倾诉的愿望。

他说：我今天跟你们在一起，不为啥，不争馒头，就为争口气。我乔念朝不能让人给瞧扁了，你们说是不是？

猪轻声哼哼着。

他又说：我要是混不好，都没脸回家，那我乔念朝还算个什么人呢？方玮她瞧不起人，喂猪的怎么了，难道喂猪就不是个好兵了？她这是狗眼看人低，我要做出个样子来让她知道。

……

乔念朝似乎在发誓，也似乎是在自己给自己打气。他这么在心里说过了，心里轻松了许多，好受了许多。他这才理解了赵老兵。当年的赵老兵就是这么过了四年，平时连个说话的人都没有，他只能向猪倾诉，猪不会笑话他，只静静地在那儿听着。

这样诉说的时候，他就把猪当成了朋友，每日这么交流着，他给那些猪都起了名字：那头黑猪长得很本分，一副无欲无求的样子，他就叫它“老黑子”，那只花猪样子聪明伶俐，他就叫它“花大姐”，还有那只白猪，他称它为“小白”……

每次给它们喂食的时候，他就吆喝着说：老黑子、花大姐、小白来吃饭了。

猪似乎听懂了他的话，纷纷地站起身来兴奋地望着他手里的泔水桶。猪吃食的时候，他也寸步不离，用手一下一下在它们身上抚摸着。

他有时也把猪从圈里放出来，让它们在空地上走一走，或者用刷子在它们身上刷着，猪就很受用的样子，一边哼哼着，一边闭上了眼睛。

他每天晚上都要去食堂里挑一担泔水，每次挑泔水的时候，都会看见案板上摆放着的剩馒头，他趁人不注意就揣几个馒头在怀里，有时炊事班的人看见了就问：晚饭没吃饱啊？

他就答：有点饿了。

炊事班的人就说：那边还有剩菜呢，要不盛一碗拿走？

他就说：有馒头就够了。

馒头自然不是他自己吃的，他坐在黑暗里，老黑子就走过来，以前他这么喂过老黑子两次，老黑子记住了，只要他站在那里，老黑子就走过来。他从怀里掏出馒头，一个又一个地塞到老黑子的嘴里。老黑子吃完了，感谢地呆望着他。

他就挥挥手说：没有了，回去睡觉吧。

老黑子似乎听懂了，摇着尾巴走了。

这一切，似乎成了他和老黑子之间的一个秘密，他为这份秘密兴奋着。有时，他一天没有给老黑子吃馒头，似乎就少了点什么，半夜躺在宿舍里，听着老黑子的哼哼声，心里竟有些发空。

从那以后，他每天都要想办法在食堂里拿点东西，有时没有馒头了，会顺手拿个萝卜或土豆什么的，塞到老黑子的嘴里。老黑子不管他给它什么，都是一副欢天喜地的样子，吃起来香甜无比。

做这一切的时候，他就觉得平淡的生活中多了份乐趣，隐隐地还多了份期盼，这份期盼是什么呢，他又说不清楚。老黑子，果然不负众望，它的身体长得很快，只两个月的工夫就大变了模样，体重比花大姐和小白多出来几十斤。望着眼前的老黑子他有了一种成就感，老黑子就是他的作品。

一晃，元旦就到了。按部队规定，元旦放假，要杀猪的。元旦的前两天，副连长背着手转悠到了猪圈。副连长冲着三头猪说：长得不错，都胖了。

乔念朝站在一旁，心里很难受。他知道副连长此次来是要挑一头猪杀掉。这大半年来，他和猪有了感情，它们一天天在他眼里长大，杀哪个他都心疼。

副连长看上了老黑子，说：这头黑猪膘肥体壮，要不就先杀它吧。

他说：别，我看还是留在春节吧，春节放好几天假呢，老黑子还能吃上一阵子。

副连长点点头说：听你的，那就把那头花猪杀了。

他一句话，让老黑子逃过了眼前这一劫，却把花大姐送上了断头台。杀猪那天，几个战士撸胳膊、挽袖子喜气洋洋地来抓猪了，他躲开了，蹲在院墙外面去抽烟。他听着花大姐高一声、低一声地叫，心里像刀扎似的那么难受。

中午会餐的时候，他没有去食堂，他说自己病了，躺在床上。副连长来看他，还给他端来一碗肉，他没有吃，趁人不注意倒掉了。一连三天他都没有去食堂，三天后花大姐的肉被吃完了，他的心情才平静下来。

他理解了赵老兵说过的一切，此时他跟赵老兵一样，感情已和猪融在了一起。杀了花大姐，连里又买了一头猪崽，猪崽有几十斤重的样子，在他的照料下一天天茁壮成长着。

春节的时候，副连长又来了，眼前只有老黑子和小白了，那头小猪崽他起名叫小曼，就是赵老兵的名字，现在还没有长大，还不在副连长考虑范围之内。

副连长就说：这回杀这头黑的吧，我看足有四百斤了。

他支吾着，半晌才说：老黑子前几天发烧了，现在还没好，要是把它杀了，吃了它的肉，那是病猪肉呢。

副连长认真看了他一眼问：真的？

他点点头。

老黑子又逃过了这一劫，关于老黑子的病自然是他随口伪造的。就这样小白又被送上了断头台，连里上上下下改善了好几天的伙食，士兵们高兴得够呛。

春节之后，节日就少了下来，杀猪的机会也就少了。老黑子等猪有了充分喘息的时间，它们膘肥体壮地生长着。

到“八一”建军节的时候，副连长又来了，这时的老黑子跟春节时比个头又翻了一倍，副连长望着老黑子脸上乐开了花。他抓抓脸又抓抓头，喜笑颜开地说：你看这黑猪长的，我都不忍心杀它了。

他在一旁就说：那就别杀了，把它当成一头样板猪养着，让人来参观。

副连长不笑了，看了一眼乔念朝，又看了一眼老黑子，突然，眼睛一亮道：咦，你说得对，咱们机枪连样样都不错，就是后勤这方面没啥说的，你说得对，养着它，让它当样板。

老黑子真成了样板，那时它的体重差不多有八九百斤了。以前人们见到的猪有二三百斤，也有三四百斤的，八九百斤的猪就很少见了。因为，人们等不及它们长到那会儿就杀掉吃肉了。

作为连队的成绩，副连长就一级级地把这头样板猪的事汇报上去。先是团后勤处处长来视察了一趟，他带着一些股长、助理什么的，把猪看了，最后就想起了养猪的人，这时副连长及时隆重地把乔念朝推到了前台，后勤处处长就摇着乔念朝的手说：不错，不错，你看这猪长的，啥时候，你给全团后勤那些养猪的兵介绍介绍经验。

从那以后，隔三岔五地就有其他连队到机枪连里来取经，他们围着猪圈指手画脚一番。轮到乔念朝介绍经验时，他只说一句话：要想养好猪，你就得爱猪。

他说得实实在在，浅显易懂，在别人听了这简直成了名言。有领导就说：看看人家总结的，人家这才是干一行爱一行，行行出状元。

后来师里的后勤部长也来了，看了猪，又看了乔念朝，抓着乔念朝的手乱摇一气，然后道：你是咱们后勤的标兵。

师后勤部长的一句话，一下子就让乔念朝在全师后勤单位成了个人物。人们都知道机枪连出来一个养猪能手、后勤标兵。乔念朝在全师出名了。他没想到，因为一头猪就让他彻底甩掉了落后的帽子，当初，他真的没想那么多，只是因为在万般无奈的情况下，才选择了喂猪，没想到真的弄出了名堂。

连里先给他嘉奖了一次，后来团里又给他立了一个三等功。从团里领完功回来，胸前的大红花还没有摘下来，乔念朝就来到了猪圈，抱着老黑子流出了热泪。这一幕被团新闻干事拍成了一张照片，在军区报纸显著位置登了出来，题目就叫：养猪倌和他的猪。

这事惊动了军区后勤部的方部长，也就是方玮的父亲。他被那幅照片感动了，一个战士抱着猪眼含热泪，这是什么感情啊！

他亲自带着工作组来到师里，然后又来到了机枪连，那次有师长陪着，政委也来了，还有好多人，他们又是照相，又是发言的。

老黑子也很争气，那时候差不多有一千斤了。它整日里懒洋洋的，因为过于肥胖了，吃食都趴着吃。以前来人参观时，乔念朝还把老黑子轰起来，让它走两步，让众人认真全面地看一看，现在乔念朝轰它，它也懒得起来了，慈眉善目地冲人们哼哼着。

当方部长又例行公事地和乔念朝握手照相时，他怔住了，他认识乔念朝。乔念朝当然也认识他，在军区大院时，每次见到方部长，都喊方部长叔叔。方部长自然也知道乔念朝是乔副参谋长的儿子。

方部长就说：你不是念朝嘛！

乔念朝给方部长敬了个礼道：首长，我是乔念朝。

这一下子可不得了了，乔念朝不仅是后勤养猪的典型，还是部队干部子弟中的典型。方部长在文件上签了字，写了一段话：一个高级干部的孩子，能在部队从喂猪做起，而且做出这么大成绩，看来我们部队的本色没有丢，在下一代身上我们看到了希望……

这是一份多么重要的肯定呀。

方部长在乔副参谋长面前如何夸奖乔念朝就不用表述了，方部长在电话里让方玮向乔念朝学习也不必表述了。

乔念朝的命运开始了翻天覆地的变化。

那一年的九月份，乔念朝被师里保送进了陆军学院指挥专业学习。那时部队提拔干部已经开始从院校培养了，部队高考制度也在改革。

三十年河东，三十年河西

命运竟如此地富有戏剧性，乔念朝却没有领会到这种从地狱到天堂的感受。他觉得事情有些不可思议，他喂猪的时候，一点功利性也没有，只想把当兵这个过程完美地结束，他不在乎被别人说当了三年兵，喂了三年猪。他不觉得喂猪就比别人低一等。这个戏剧性的结果真的很出乎他的意料，他只能用平静来应对这种意外。

在去陆军学院报到前，他回了一次家，这是他阔别军区大院两年多的时间里，第一次回家。一切都那么熟悉，只不过是人变了。父亲见到他的时候，望了他半天没有说话，他看见父亲的眼睛里竟有了一点泪光。吃饭的时候，父亲破例拿出了一瓶茅台酒，更让他感到意外的是，身为军区副参谋长的父亲还给他倒了一杯，他拿着杯子的手竟有些抖。

父亲命令道：干了它。

他就干了，浓烈的酒火辣辣地滚进了胃中。

父亲说：小子，你是个大人了。

父亲又给他满上了一杯。乔念朝知道父亲是高兴的，为了他在部队的表现。

父亲又说：记着，你不论以后干什么，别忘了你是老乔的儿子。你爸从来没有干过丢人现眼的事，以后你也不许。

父亲独自把那杯酒又干了，他也学着父亲的样子干了杯中的酒。父亲不再说话了，很快就吃完了饭，放下筷子，忙他自己的事去了。乔念朝当时还没有完全理解父亲的话，但他已经感受到了肩上的重量，他还不知道，在以后的人生道路上，为了父亲那句话，他将付出更多。

方玮在同一时间也回家了，她和乔念朝是在军区礼堂门口碰到的。那天军区礼堂正在播放一场电影，乔念朝闲着没事就想去看电影，没想到，在这里碰到了方玮。自从那次以后，他没有再见过她，甚至把方玮忘在了脑后，说是忘那是不可能的，他时时刻刻都能感受到那份屈辱。他一想到这份屈辱，心里就有一种难言的感受。

方玮似乎没有意识到这一切，见到他的时候，跟什么也没有发生过一样，惊呼一声：乔念朝，你也回来了？

他淡淡地答：回来了。

她说：知道吗，我考上了护士学校，听说你被师里保送去陆军学院上学了？

他说：我一个喂猪的，上不上学的还不是一样。

方玮的脸微微红了一下，娇嗔道：还生我的气呢，以前我不是在跟你开玩笑嘛。

他不说话了，也没什么好说的了。

她说：电影快开演了，咱们进去吧。

他说：我不想看了。

说完便转身走了，她在背后喊他，他像没听见一样向家里走去。

乔念朝知道，两年多的部队生活，让他看透了一些东西，也明白了一些东西。比如他和方玮，以及他们曾经有过的一切，都结束了，他意识到自己和方玮不是同一种人，志不同而道不合，也就没有必要重续什么旧缘了。那份缘早就没有了。从此，他和方玮真正断了来往。

九月初的时候，乔念朝来到了陆军学院，开始了为期三年的军校学习和生活。

一天，他正在图书馆里看书，有个女学员大胆地坐在了他的对面，他只用目光瞟了她一眼，发现是一个很漂亮的女孩子，就又埋头看书去了。

那女孩子把一只玉手伸过来，一下子捂住了他正在看的那本书，他先看到了她的一只手，白皙、干净、圆润，他顺着那只手抬眼望过去，女孩正微笑地望着他。

他怔在那儿，觉得面前的女孩很眼熟，可一时就是想不起来在哪见过。

女孩说：你当了两年兵当傻了吧，连我都不认识了？

他呆呆地望着她，真想不起来在哪见过她了。

她说：我是马非拉呀，马权的妹妹。

这下子他想起来了，马非拉，那个扎着马尾辫的女孩子，马权的妹妹，跟他们在一个学校上学，比他们低三届。他和马权是一批入伍的，新兵连结束之后，马权就分到另外一个团去了。临离开部队时，听说马权当班长了。他和马权通了一次电话，还骂骂咧咧了一阵子。

他瞪大眼睛说：马非拉，你也在这儿？

她说：我是今年高中毕业考到军校来的，学通信专业。

部队院校恢复高考不久，还没有大批量地在社会招生，只是试探性地招收一些部队子女。

他说：没想到你都这么大了。

她说：别隔着门缝看人，你不就比我大三岁吗，还认为自己有多么了不起。

她说话的声音很大，不少学员都朝他们这里看，他冲她做了一个嘘的手势，两人溜出图书馆来到了外面。

他说：你怎么也来到这儿上学了？

她说：怎么，兴你来就不许我来呀。

他说：不是，我不是那个意思。

她说：听说你要来这儿上学，所以我就来了。

他笑着说：正经点，我来上学跟你有什么关系。

她一本正经地说：当然有关系了。

他冲她做了个鬼脸，点了支烟说：最近你哥有消息吗？

她说：鬼相信他的话，他一会儿来信说要入党了，又一会儿说要提干了，到现在一样也没有兑现。

他就冲马非拉笑。马权这人他了解，什么事都好大喜功，把不可能的事说得跟真的一样。

她顺手夺过他手里的烟，他以为她不喜欢他抽烟，要把他的烟扔了。没想到拿过他的烟后，她竟自己叼在了嘴上，刚吸一口，就呛得鼻涕眼泪的。

他忙夺过那支烟道：哪有女孩子吸烟的，别忘了，你现在是个军人了。

她一边咳，一边说：吸烟怎么了，兴你们男兵吸烟，就不许女兵吸了。

乔念朝在这时，想起了马非拉的外号，她的外号叫小辣椒。得理不饶人，跟个男孩子似的争强好胜。小时候，他们大孩子偷偷地钻防空洞不让她去，她死活不依。后来男孩子钻进去了，她也钻进去了，结果出不来迷路了。警卫连的战士都调动了，最后才找到她。就这样，她还和男孩子不依不饶地嚷嚷着下次再玩一定叫上她。

那时的小辣椒很瘦，头发也很短，跟个男孩子差不多少，现在不一样了，真是女大十八变，她已经是个丰满圆润的大姑娘了。

他又说：真没想到在这儿会遇到你。

她说：没想到的事多了，以后你就什么都知道了。

他说：你怎么还和以前一样呀，一点都没变。

她嬉笑着说：变了就不是我了。

他说：可我第一眼还没认出来你。

她一下子拧住他的耳朵道：你该死，看来你早就把我忘了。

马非拉之所以考陆军学校，真的是因为乔念朝。她从小就喜欢乔念朝，为了引起乔念朝对自己的注意，她像男孩子一样和乔念朝这帮男孩子疯跑。她有这种感觉的时候，是在上初中，这时乔念朝已经毕业当兵去了。那时她暗下决心，等自己高中毕业了，也去当兵，去找乔念朝。

有许多次，她默默地跟着乔念朝，后来她发现乔念朝和方玮谈恋爱了，他们躲到地道里接吻、拥抱，她全看到了。那时她伤心极了。后来，她眼巴巴地看着乔念朝和方玮坐上拉着新兵的火车走了。那时，她就发誓，自己一定要把乔念朝从方玮手里夺回来。一个少女对爱情的誓言已经在她心里埋藏了很长时间。后来她开始留意有关乔念朝的消息，先是听说乔念朝喂猪去了，后来又听说乔念朝立功、受奖了，然后就是他要来陆军学院上学的事。在临毕业前，她毅然地报考了陆军学院通信专业，因为只有这个专业才招收女兵，结果她考上了。

她就是为了来到乔念朝的身边，才上的陆军学院。

乔念朝对这一切当然一无所知，他还像以前一样把马非拉当成一个没有长大的孩子，跟她嘻嘻哈哈的，他没把她的话当真。在这种时候，也不可能把她的话当真。有马非拉在陆军学校，三年的学习生活，将是热闹和愉快的。

人工流产

章卫平怀着壮志未酬的心情回到了城市，他的接收单位是省城市建设委员会的城市规划处。章卫平的一切又将从头开始了，他为自己的理想努力过，奋斗过，他以为快要抵达理想彼岸的时候，梦就醒了，他又回到了现实之中。那些日子，章卫平郁郁寡欢，他在调整着自己，以适应这种纷乱的城市生活。

当章卫平情绪低落地彻底回到城市的时候，李亚玲和张颂的情感生活掀开了新的一页。两人由最初的朦胧、频频暗送秋波，到现在真正的恋爱，其实并没有多久。也就是在那个春节期间，两人的关系从各自揣在心里，到捅破这层窗户纸。

那年的春节，大部分学生都回家过年去了，只有几个人留在了学校。三十晚上，他们这些留校的学生是在张颂老师那里过的。当欢聚结束的时候，张颂送大家出门，李亚玲走在最后，她差不多和张颂在并行着。

她也说不清为什么这个三十晚上她有些落寞，怎么也高兴不起来，在别人高兴地喝酒唱歌的时候，她想起了放马沟自己的家，她不是在思念亲人，而是在考虑自身的命运。她想仅仅是因为她是放马沟的，今生今世不管她以后走到哪里，放马沟将注定像个影子似的追随着她。她一想起这些，心情就有些沉重。她又想到了前两天来学校找她的章卫平，不是怀恋，也不是割舍不下，可不知为什么，有一种淡淡的忧伤笼罩在她的心头。

张颂似乎看出了她此时的心情，他们俩走在最后，他小声地问：你今晚有些不高兴，是不是想家了？

她摇摇头，又小声地说：没有。

他又问：那是为什么？

她说：我也不知道。

两人边说边往前走，走在前面的几个同学回过头来冲张颂说：张老师回去吧，别再送了。

张颂说：那你们慢走。

张颂就止住了脚步，她也停下了脚步。

张颂说：我陪你走一走吧。

两人默然无声地向相反的方向走去，校园的路灯三三两两地亮着，校园外偶尔传来几声鞭炮声，提示着人们今晚是除夕。两人最后就在灯影里停下了，相互凝视着。

她说：知道我们这些女生为什么春节都没有回家吗？

他没点头，也没有摇头，望着她。

她又说：都是为了你。

停了一下，又说：我们这些女生，对你都……

说到这停住了，她没想好用什么词把后半句话说下去。

张颂就在这时，拥抱住了她。她嘴里“哦”了一声，身体便向他的怀抱倾斜而去，她死死地抱住了他，激动的晕眩让她一时忘记了自己在哪儿，如同做梦一样，一切都那么不真实。那么多女生喜欢张颂，最后张颂竟让她得到了。强大的幸福感让她不敢相信这一切竟是真的。

除夕的晚上，他们站在灯影里拥抱了许久，直到学校外居民区里响起了爆豆似的鞭炮声，才把两人惊醒。

她望着深幽幽的天气说：新的一年到了。

他一直望着她，有些心跳，有些气喘。

不知过了多久，鞭炮声稀疏下去，两人又拥抱在了一起。

她说：你真的喜欢我？

他在她的肩上点了点头。

她不相信似的问：为什么？

他说：因为你漂亮。

她听了他的回答不知是满意还是高兴，她知道自己是个漂亮的女人，别人都这么说，连她自己也承认。可章卫平从来没有说过她漂亮，从刘双林到章卫平，又到眼前的张颂，只有张颂开诚布公地说她漂亮。她为这句话而感到前所未有的幸福。

那天晚上，确切地说是又一天的凌晨，她兴奋异常又满怀幸福地回到了宿舍。宿舍里另外两个女生已经躺下了，她以为她们睡了，便蹑手蹑脚地上了床。

其中一个女生说：怎么才回来？

她答：我和张老师看人家放鞭炮去了。

另一个女生问：张老师怎么不让我们去？

她听出了话里的弦外之音。

她在这时，只能选择沉默了。她躺在床上，望着天花板，这时的她仍是兴奋的，她的腰身仿佛仍能感受到来自张颂的力度，于是她浑身上下每个细胞都醒着。

一个女生又说：张老师没跟你说别的？

她答：没。

说完便蒙上被子，她希望把这份幸福独享。

过完春节就开学了，大学校园又恢复了正常。

每天晚自习时，同学们夹着书本出门，她也跟同学们一样出门，在图书馆或者教室里坐一会儿，又悄悄溜出来了，这次她径直走向了张老师的筒子楼。来到门前，她轻轻敲一敲，门就开了。张老师似乎等了许久了，张开双臂把她拥抱进宿舍。然后张老师回过身来，把台灯从桌子上移到地下，又用一张报纸把台灯蒙上了，光线就变得很昏暗。门是关上的，还从里面上了锁，两人就心照不宣地相视一笑。

张颂坐在椅子上，她坐在床沿上，两人很近地凝视着。他伸出手把她放在胸前的那几本书拿下去了，她这才发现自己还一直抱着那些书。

然后，他也坐到了床沿上，接下来两人就很正常地拥抱接吻了。在这一过程中，不时地有女生来敲门，还在喊：张老师，张老师。

这时，两人的身体分开一些，停在那里一动不动。他们怕把身下的床弄响了。

外面的人听里面没有动静，便走了。他们一直听着来人的脚步声远了，才又一次相拥在一起。不一会儿，外面又响起了敲门声。他们就这么分分合合地亲热着。

晚上回到宿舍的时候，女同学们天南地北地说着，但最后的话题一定会在张颂的身上打住。

一个人就说：张老师穿中山装真帅。

另一个说：他穿什么衣服都好看，还有他的眼镜，别人戴怎么看都不舒服，只有戴在他的脸上才恰到好处。

一个又说：你没发现张老师很白吗？长得白的男人，穿什么衣服都好看。

众人沉默了一会儿。

又有人说：张老师是中医世家，他父亲是中医院很有名的医生，找他父亲看病的人都排队。

还有人说：你们发现没有，他给咱们上课，连教案都不看，滔滔不绝，他的口才可真好。

就是嘛。又有人接话道。

……

只有李亚玲不参与这种七嘴八舌的议论，她躺在那里，回想着刚才和张颂老师亲热的场景，幸福得想喊想叫，最后她笑了，又不敢出声，就那么憋着，弄得床铺跟着乱抖一气。

住在上铺的一个女生就说：李亚玲，你发神经了。

李亚玲在心里说：你才发神经了呢。

这么在心里说完，她已经幸福得不能自抑了，拉过被子，又蒙住了自己的头。

春暖花开的时候，李亚玲和张颂的爱情又向前迈了一大步，两人不再拘泥于那种搂搂抱抱的亲热了，最后双双躺在了床上，张颂摸索着她的衣扣，一颗又一颗地解开了，手像探地雷似的小心地进入了，最后就是用力，她不能自抑地喘着气，面色潮红，呼吸急促，似害了一场高烧。

他的手最后停在她的腰带上，她下意识地说：啊不，不……

他喘着气说：可以的，可以的。

他不动声色地把她的裤带解开了，她的最后一道防线就被他突破了。当他的身体向她压下来时，她突然冷静下来，推开他说：我怀孕了怎么办？我还没毕业呀，万一学校发现了，让我退学怎么办？

这都是关于她的未来和前途的大事，在大是大非面前，她清醒了过来。

他伏在她的身上气喘着说：不会怀孕的，别忘了我是中医世家，能出什么事，学校这面有我呢。

她听了他的话还能说什么呢。对于李亚玲来说，她早就有了这方面的心理准备，做过赤脚医生的女孩，对性是不陌生的。她当初到部队去找刘双林时，就做好了这种“牺牲”的准备，当时她的包里装着避孕套，还有避孕药。不过那一切都没用上，她的梦就醒了。

眼前的张颂她是热爱的，热爱的理由有很多，首先他是城里人，又是正在吃香的大学老师，还有张颂一表人才，许多女生都在暗恋他，这么多人都暗恋一个年轻的张老师，证明他是优秀的，以此推论，她热爱张老师是没错的。

她闭上了眼睛，双手死死地搂住张老师的身体，张老师便长驱直入了，在这时，她下意识地“啊——”了一声。

随着她的惊呼，外面又响起了熟悉的敲门声。两人都不动了，像潜伏在前沿阵地的战士。当门外的脚步声又一次走远消失的时候，两人又热烈了起来。

当她回到宿舍，又一次听到别人在议论张老师的时候，她在心里豪迈地说：张老师是我的人了。

那一时刻，她通身涌动的都是幸福。

有时，别人在议论张颂时，会说出一些不很准确的话。

比如说：张老师有一个哥哥、一个姐姐，而别人错把哥哥说成了姐姐。

她忍不住了就说：不对，张老师不是两个姐姐，而是一个哥哥一个姐姐。哥哥下乡刚回到城里，在中医院保卫科上班，姐姐是中医院的护士。

有人就说：你怎么知道得那么清楚？

她理直气壮地说：反正我知道。

李亚玲一方面想让众人知道她和张老师的亲密关系，那样，别人将是多么羡慕呀；另一方面，她又不想让人知道自己和张老师的关系，毕竟她还是个学生，她不知道，有一天学校知道她和张老师这层关系后，对自己的毕业分配是好是坏。

她从和张老师好上那时起，就暗下决心，自己将永远不离开这座城市了。

李亚玲在这种微妙心态的支配下，和张颂的关系有了突飞猛进的进展。她的决心已下，她做好了嫁给张颂的准备。当她再一次去张颂的筒子楼约会的时候，对张颂完全放松了戒备。在这之前，张颂曾急迫地在她身上探寻着，先是她的上半身，对于自己的上半身，她已经完全向张颂敞开了。当张颂的手探寻到她的腰带，那是她最后的阵地，她会用双手死死地护住腰带上的那个结。任凭张颂如何努力，她是死不撒手的。那时，她想到了自己和章卫平的那一次，那一次她是主动地脱去了衣服，她想把自己完全地交给章卫平。那一刻，她也是真心实意的，她对章卫平是深爱着的，当然，也有感激的成分。那时，她也做好了嫁给章卫平的心理准备。不过，章卫平却没有要她，她当时的心理复杂极了，有一股说不清、道不明的情绪。后来，当她离开放马沟的时候，她心里仍然是对章卫平充满感激的。

时过境迁，她现在真心实意、彻彻底底地爱上了张颂老师。她觉得张颂才是她最合适的可以托付终身的恋人，她完全彻底地向张颂交托了自己。

有了初一就会有十五，她与张颂的约会更加频繁了。以前她抱着书还在图书馆或者教室里转一圈，然后才出来兴奋地向张老师所在的筒子楼奔去，现在她没有心情也没有时间那么磨蹭了，一吃完晚饭，回到宿舍洗把脸，在脸上潦草地涂上一些润肤霜什么的，便匆匆地奔筒子楼而去了。

张颂似乎早就等待着她了，两人一见面，灯也不开，便拥抱在一起，然后一起倒在那张单人床上，床在两人的重压下，发出吱呀吱呀的呻吟声。

有时两人相亲相爱正在关键时，外面就响起了敲门声，两人只好停下来，屏住呼吸。外面一个女生说：刚才我还听见里面有动静呢。

另一个女生说：我说张老师不在，你还不信，你肯定是听错了。

门又响了两下，最后两个女生就放弃了，她们走远了。

他又动作起来，一浪又一浪的愉悦鼓舞着她，她幸福地说：我们全班的女生都喜欢你呢。

他用嘴堵住她的嘴，含混不清地说：你是最好的，我喜欢你。

她听了他的话，心里真是幸福得要死要活。她庆幸自己是幸运的，那么多女生喜欢张老师，只有自己和张老师好上了。

回到宿舍的时候，同学们已经躺下了，她也悄悄地钻进了自己的被窝，她的身体里还盛载着幸福的余波，余波像潮涌一样，在她的身体里一漾一漾的。

有同学说：李亚玲你去哪儿了？这么晚才回来。

她不说话，在黑暗中大睁着眼睛，脸上是微笑着的。

同学又说：这阵子你神神秘秘的，是不是谈恋爱了？

她仍然不说话，心里却像盛开了一朵花。

那个同学一翻身从自己的床上下来，钻到了她的床上，搂着李亚玲说：你告诉我一个人吧，我保证不告诉她们。告诉我，那个人是谁？

她说：到时候你就知道了。

那个女生就大声地说：李亚玲谈恋爱了。

女生宿舍一下子炸了锅，她们纷纷从床上探出头，七嘴八舌地说：那个人是谁呀，告诉我们吧，我们替你保密。

李亚玲就幸福地说：那个人呀，不告诉你们，反正你们都认识。

一个女生突然严肃地说：难道是张颂老师?!

这个声音一发出，整个宿舍里一下子就静了下来。

少顷，一个女生说：有可能。这两天我去找张老师，明明听着他宿舍里有动静，可一敲门又没动静了，你说怪不怪。

又有人说：李亚玲你就告诉我们吧，是不是张颂老师?

李亚玲半晌才说：你们都知道了，还问我干什么?

宿舍里一下子又静下来，仿佛没有了人似的，钻到李亚玲被窝里的女生悄悄地回到了自己的床上。

过了许久，上铺那个女生探出头，悄悄地说：李亚玲，你真幸福，张老师居然和你好上了。

李亚玲的幸福早就不能自抑了，她在今晚默认了自己和张老师这种现实关系。她想把自己的幸福分享给大家。

不一会儿，她在幸福的余波中入睡了，而且睡得很实。

其他人并没有睡着，她们睁大眼睛望着黑暗，说心里话，她们都有些失落。后来，她们感觉到李亚玲睡着了。一个人小心地翻了个身，宿舍里便又有了动静。

有人小声地说：张老师真是的，怎么爱上了她?

有人马上附和：就是，真不可思议。

在她们的内心，张颂老师理所应当地和自己好才对，现在居然爱上了李亚玲。她们在现实面前，开始失眠了。

从那以后，李亚玲一下子被全班女生孤立起来了，平时和她最要好的女生也疏远了她。她们在李亚玲的背后集体对她指指点点，议论纷纷。

李亚玲对这一切并不放在心上，她没有心情琢磨这些，因为她正全心全意地爱着张老师。有时自己回宿舍时，别人都睡觉了，她并不觉得自己孤独。

正当李亚玲幸福并快乐着时，她突然发现自己怀孕了。这点经验和常识她早就懂。当赤脚医生时，她经常和农村妇女打交道。当她把这一消息告诉张颂时，张颂一时间也傻在了那里，他一边搓着手一边说：怎么会？怎么会？其实，我每次都是很小心的。

李亚玲悲哀地说：怎么办？要是让学校知道，那可怎么好。

张老师毕竟是张老师，他比李亚玲要沉稳多了。他在空地上踱了几步就说：这好办，我有同学在人民医院妇产科，找她去。

那个时候，做一次人流手术是很麻烦的，什么介绍信呀、结婚证明呀，等等，是缺一不可的。不过医院里有熟人就另当别论了。张老师这么说完，李亚玲的心里似乎也平静了下来。

她仍担心地问：学校不会知道吧？

张颂说：咱们神不知鬼不觉的，学校怎么能知道。

直到这时，李亚玲才放下心来。

在张颂老师一手策划下，一切进展得都很顺利，手术就安排在周六的晚上。这是张颂和他同学经过精心设计的时间，周六晚上，医院里只剩下值班的医生，一般手术都不做了，是最清静也最安全的时候。张颂在这件事情上还是不想让更多的人知道，他只想把眼前的麻烦事斩草除根。周六手术之后，周日李亚玲还可以休息一天，周一的时候，神不知鬼不觉的，李亚玲又可以上课了。

然而事情并没有像张颂想得那么顺利。一个本来很小的手术，由于张颂同学的紧张，失败了。张颂的同学并不是主治医生，像这种手术她以前也做过，但都是在老医生指导下进行的，现在老医生不在身边，她就没有了主张，手术做得很失败，孩子是刮下来了，结果弄成了大出血，不巧的是，那天晚上血库连血浆也没有了。

李亚玲在手术室里危在旦夕。

张颂没想到事情会弄成这个样子，他一时傻在那里，一副不知如何是好的样子。

他同学就说：现在只能找血源了，要快，迟了就要出人命了。

张颂在这种紧急时刻，想到了李亚玲的那些同学，他飞快地奔回学校，一头闯进女生宿舍，上气不接下气地说：李亚玲出事了，大出血，快去救救她。

同学们刚开始不明白发生了什么，转瞬间就明白了，她们面对张老师的请求，纷纷以最快的速度赶到了医院，接下来，她们排着队验血抽血，一切进行得都很顺利。同学们殷红的鲜血输入到了李亚玲的身体里，李亚玲得救了。

那一次，李亚玲在医院里住了一个星期才出院，本来不想让更多人知道的事情，结果全学校的人都知道了。

这时的张颂似乎也没了主张。

她这么问张颂：学校都知道了，会不会开除我呀？

他垂头丧气地答：应该不会的吧。

她说：要是把我开除了，我真没脸见人了。

他说：往好处想想，咱们是正儿八经的恋爱，又不是胡搞，你说是不是？

不管是不是，他们只能面对现实了。出院以后的李亚玲情绪很低落，在学校处理结果还没出来前，她只能待在宿舍里，脸色苍白地面对同学们，她这才意识到，同学们才是真正幸福的，不幸的是自己。幸与不幸之间转换得这么快，简直就像做梦一样。

同学们对待李亚玲的态度也是一百八十度的大转弯，她们一下子热情地关心起李亚玲来了，有人去食堂给她打饭，有人给她去打开水。她们用实际行动安慰着李亚玲。

李亚玲情绪低落、脸色苍白地用点头和苦笑感谢着同学们的关心和帮助，她现在的身体里还流淌着同学们的鲜血。

晚上睡觉的时候，同学们就说：亚玲，想开点，不会有什么大事的。

另一个说：就是，只要你们真心相爱，就是有点事也是值得的。

……

她听着同学们的安慰，眼里流出了泪水，为自己不幸的命运。她喟叹生活对自己的不公。

没过两天，校领导分别找张颂和李亚玲谈了一次话。

领导说：你和张颂老师真的是恋爱关系？

她点点头。

领导又说：学校出了这么大事，影响很不好。

她带着哭腔说：校长，我错了。

校长就长长短短地叹会儿气道：你回去吧。

她站起来，满眼泪水地冲校长说：校长，学校会不会开除我？

校长就说：具体情况具体分析，我们还要研究。

在这之前，张颂已经给学校党委写了一封态度诚恳的检讨书，在那份检讨书中，隆重地书写了两人的感情。

学校还是很人性的，达到了治病救人的目的。两天后，处理意见出来了，张颂老师与学生恋爱违反了校规，受行政警告处分一次。李亚玲因与张颂的恋爱关系属实，鉴于平时表现较好，也有认错的表现，记过一次，以观后效。

对于这样的结果，张颂和李亚玲两人可以说是皆大欢喜的。处分就处分了，那页纸只写在档案里，又不挂在脸上，不影响吃不影响喝的。很快，他们的情绪和生活又恢复了正常。

李亚玲也不再脸色苍白了，她脸色红润，嘴里哼着歌，又开始在教室、图书馆之间出出进进了。她对同学们是心存感激的，她出了这件事后，同学们对她都非常友好。这件事情并没有像事前想象的那么严重，看到李亚玲欢乐得又如以前，同学们渐渐又开始疏远李亚玲了。

李亚玲又恢复了和张颂的约会，只不过约会不如以前那么频繁了，他们也小心了许多。李亚玲一边吃药，还一边仔细地把避孕器具检查了，才向张颂打开自己的门，让张颂安全地进来。虽然很累，但他们感到只有这样才踏实。

一晃，三年的大学生活结束了，因为李亚玲是最后一批工农兵大学生，分配时有了新政策，原则上工农兵大学生是哪里来的回到哪里去，一时间，李亚玲和同学们都紧张了起来。其实紧张的还是他们这些农村来的学生，按照规定，他们还要回到农村去。

对于李亚玲来说，她当初上学的最大愿望就是离开农村。现在她面临着回到农村去，如果那样的话，她所有的努力都将付诸东流了。

那些日子，张颂也在为李亚玲毕业分配的事奔波着。他找到了校长，校长自然知道他和李亚玲的关系，校长也为难地直抓头皮。

校长一脸苦恼地说：你们的情况按理说很特殊，但是呢，省教委有文件规定，你们只是恋爱关系，这样留城是不够条件的，除非你们结婚。一句话提醒了张颂和李亚玲。李亚玲要想留在城里，必须在毕业前把婚结了，只有这样，她才可能名正言顺地留在城里。

当年在他们这批工农兵大学生中，年龄是参差不齐的，有的都三十多岁了，当然是结过婚的了；也有一些人，在上学期间结了婚。看样子，张颂和李亚玲只能结婚。

张颂和李亚玲的婚礼应该说很简单，没有惊动任何人，他们只是把结婚证领了，在筒子楼张颂宿舍的门上贴了一个"喜"字。周末的时候，张颂约了自己的几个学生，在筒子楼里烟熏火燎地吃了一顿饭，这婚就算结了。

根据学校规定，即便结了婚，他们也不能住在一起，他们真正住在一起，只能等李亚玲毕业以后。

好在李亚玲可以名正言顺地出入筒子楼了，她现在的身份是张颂的爱人。下午上完最后一节课后，她匆匆忙忙地去菜市场买上一些菜，然后到筒子楼做饭，饭菜做得差不多时，张颂夹着书本回来了。然后两个人围着张颂平时备课的那张桌子吃饭。

李亚玲一边吃饭，就一边感慨地道：咱们都算是有家的人了。

张颂就说：嗯。

张颂其实并不想这么早就结婚，他今年才二十五岁，按照他的意思，先干两年事业，李亚玲工作两年之后，两人手里有了些积蓄再结婚。可现在情况有了变化，他只能这么仓促地和李亚玲结婚了，从心理到物质他都没有做好这方面的准备。因此，张颂对于结婚显得并不快乐。

其实在结婚前，两个人也交流过。张颂抱着头躺在床上，李亚玲坐在桌前。

张颂说：要是晚两年结婚该多好啊，到时把这小屋刷一刷，再添点家具，亲朋好友聚一聚。

李亚玲就说：两年之后我早就在农村了，咱们还结什么婚呢。

张颂就不说话了，呆呆地望着天棚，他没想到恋爱这么麻烦，其实恋爱是一种样子，结婚又是另外一种样子。早知道会出现这种麻烦，他说不定就不会和李亚玲谈这种恋爱了。他有些后悔了。

李亚玲似乎看透了张颂内心的想法，便说：你是不是后悔了，后悔当初跟我好了？

张颂不说话，又抱住了头。

李亚玲就义正词严地说：张颂我告诉你，我已经是你的人了，还为你打过孩子，为这事我档案里还有一个处分，到这种时候了，你要是不管我，别说我不客气。

张颂听了李亚玲的话翻身坐了起来，他盯着她的眼睛说：你想怎么样？

她说：那我就找校长告你去，说你要流氓，玩弄妇女。

张颂张大嘴巴，吃惊地望着她。

两个人就这么僵持了两天，在这两天的时间里，李亚玲天天晚上去找张颂，大大方方地进入张颂的宿舍，有时还故意地把门打开，这时她不再顾忌什么了，她希望更多的人知道她现在和张颂的关系。

张颂去关门，她随后又打开。张颂一点办法也没有，只能躺在床上呆望着天棚想心事。

李亚玲也不和他说话，坐在桌前嗑着瓜子，并把瓜子皮吐得满地都是。

第三天的时候，张颂终于从床上坐起来，有气无力地说：那咱们就结吧。

在这一过程中，张颂一直是被动的。

婚后的日子里，张颂一直郁郁寡欢，他无法面对崭新的二人世界。

两人吃完饭，李亚玲洗过碗筷之后，就开始铺床了。因为学校规定，她不能在这里过夜，她的行动只能到傍晚这段时间。

铺完床之后，李亚玲就把自己脱了，躺在了床上。

张颂并不着急的样子，他坐在桌前看书。

李亚玲就说：快点，一会儿宿舍那边就该熄灯了。

张颂仍没有上床的意思，恋爱时，两人偷偷摸摸的那种感觉没有了，他们现在可以光明正大地过夫妻生活了，反倒没了那份甜蜜和冲动。

李亚玲等不及了，探出身来，把灯关掉了。

张颂在黑暗中坐了一会儿，开始窸窸窣窣地脱衣服了，两人终于躺在了一起。张颂对李亚玲竟有了一些恶狠狠的味道，工具也不用了。

李亚玲就喊：工具，工具忘戴了。

张颂就闷着头说：都结婚了，还工具个什么，爱咋样就咋样吧。

李亚玲听了这话，想一想张颂说的也有道理，便松弛下来，一心一意地配合着张颂做夫妻间的事。

完事之后，两人躺在床上，李亚玲感到很满足，在这种满足中，她就生出了许多懒意，她真想就这么躺下去，一直也不起来，然后一觉睡到天亮。

快到十点的时候，她还是起床了，一边穿衣服，一边在心里说：这过的是什么日子呀。

快十点的时候，她匆匆地赶到学生宿舍，因为十点一到，宿舍就该熄灯了。

现在她躺在宿舍的床上，又有了一种踏实感，别的学生还在议论自己分配去向问题，她们集体愁苦着，叹着气。最后她们一致认为李亚玲是最幸福的人。

李亚玲很疲劳的样子，在同学们议论去向的时候，她有一种优越感。可她们这种唉声叹气，影响了她的休息，她便说：别说了，说了也白说，就听大由命吧。

女生就说：李亚玲，你是站着说话不腰疼，你现在行了，可以名正言顺地留校了，我们呢？议论几句你都不爱听了。

同学们就有了一种要发火的意思，李亚玲也想抢白几句，可一想到那次大出血时，同学们都为她献了血，话到嘴边又咽了回去。此时，她真希望马上毕业，离开这种集体宿舍，离开这些让人生厌的同学。

终于，毕业了。以前生机勃勃的学校，随着学生一夜之间离去，一下子就空了，这些学生像一阵风似的刮到了社会中，淹没在人海里。

李亚玲终于如愿以偿地留在了中医学院附属医院，当上了一名实习医生。

张颂在筒子楼的那间房就是她的家了，她终于可以名正言顺地和张颂生活在一起了。这是她朝思暮想的城市生活，她终于成为一名城里人了，不仅是城里人，还是一名给城里人看病的医生了。

生活失去了水分和阳光

章卫平回城后的日子过得很没有滋味，如同一棵生长在田野里的高粱，突然间失去水分和阳光，显得蔫儿不唧的。

他的工作单位是省建委的机关，机关每个办公室里面都摆放着四五张桌子，每张桌子后面都坐着长相各异但神情却相似的人，这些人被人们统称为机关干部。章卫平自然也是这些人中的一员。章卫平每天早晨八点走进机关大楼，晚上五点离开，日复一日，这就是他的工作。几个月之后，章卫平的脸就白了，是那种没生气的苍白，说话的声音也变小了，不像他在农村的时候，不管是面对扩音器，或者是台下的若干农民，都是需要他声声高亢的，在农村那里天高地阔，需要他嘹亮的声音，那时，他是尽兴的，也是充满激情的。

没想到的是，他这么转了一圈又回到了城市，农村本来就不属于他，他是属于城市的，他只能在城市里生活了。

他回城后曾经和父亲有过一次谈话，那时他刚回城不久，还没有到建委报到。父亲章副司令快要退休了，这一阵子父亲心情很抑郁，也有一种失落的感觉。于是父亲就很怀旧，六十多岁的父亲，已经到了怀旧的年龄了。

父亲说：你呀，不应该从农村回来，不让你当干部了，你就当个农民嘛，有啥了不起的。农民多好啊，也不用退休，只要还有点力气，就能种地锄地，最后死在田地里，那样的日子才是人过的。

父亲一提起农村，脸上就呈现出极其复杂的神情，有向往，有热爱，当然也有幸福，但现在更多的是一种无奈。父亲十几岁离开农村，然后打了几十年的仗，父亲那时的战争是农村包围城市，他一直在和农村打交道，那时部队的骨干力量也大都是农民出身，其实父亲这一辈子一直在农村和农民打交道。就是部队进城，在没有仗可打的日子里，他管理着队伍，相对来说，也是一个半封闭的部队大院生活。军人是什么，那是泥腿子翻身当家做主的一群人，所以父亲生活在这些人当中显得很有生气，也游刃有余。现在父亲就要离开这个集体，注定了要过那种散兵式的生活了。父亲终于感到了失落，是一种无可奈何花落去的心情，父亲的目光中就有了许多焦灼的东西。

其实父亲才六十多岁，他对生命的理解是，六十多岁正是人生最成熟、最辉煌的时候，就在这个时候，他的离休报告被送到了军委，然后他等着一纸命令，就真正地退休了。

父亲此时的心情和儿子章卫平的心情如出一辙，都有一种被生活抛弃的意味。章卫平何尝不想扎根在广大的农村，大展自己的青春才华呢。是现实的形势让他失去了这样的机会，他怀恋从大队民兵连长成长起来的日子，以及他在农村美好而又真挚的初恋。那样的日子让他刻骨铭心。

也许章卫平的身上继承了父亲身上许多不安分的基因，父亲十三岁扔掉放牛鞭，投奔了革命队伍，父亲那时的心里肯定是充满激情和向往的。他十六岁离开学校，毅然决然地要去越南，支援越南人民抗美的游击战，当然他没有得逞，他只能去农村了。他的心里仍然燃烧着火一样的青春豪情，正当他一路高奏凯歌奔着自己的理想前进的时候，猛然间他发现，前方的路断了，他只能另寻出路。

在机关工作的日子里，他找到了生活节奏，却找不到自我，他只能把身子耗在小小的办公室里，接着电话，填各种报表，然后大家聚在一起没完没了地开会。会议的内容，他一离开办公室就全部忘光了，只剩下开会时的场面，那是怎样一种场面呀，喝茶的，看报纸的，小声交头接耳的，还有拿着记录本胡写乱画的。他知道，每个人都没有把心思放在这种会议上，都各怀着心事打发着上班的八个小时时间。

章卫平在机关里生活，有一种上不来气的感觉，他压抑，难受，恨不能推开窗子冲着窗外大喊大叫几声。

办公室里的于阿姨，已经坐了大半辈子的办公室，她对机关的一切早就游刃有余了。于阿姨的鬓边都生出了一些白发，于阿姨的办公桌是和章卫平的办公桌对在一起的，她每天都要和章卫平面对面。

于阿姨最大的爱好就是织毛线活，这时办公室的门一定是要关上的，那些毛线就放在抽屉里，在织活时，针呀线呀的就从抽屉里拿出来。如果有领导突然进来，或者有人到办公室来办事，于阿姨手往下一放，肚子往前一腆，那些毛线就神不知鬼不觉地被关在了抽屉里。于阿姨做毛线活时很利索，一边说话，一边工作，两不耽误。她的办公桌上还放着展开的材料，以及各种机关报表，笔是拧开的，横在桌子上，只要她把手里的毛线活一放，马上就变成了勤奋的工作形象。

她还是个热心的人，章卫平刚来机关工作不久，她就和章卫平混得很熟了，并深谙章卫平的私人生活。

她说：小章，你都二十大几的人了，咋还不搞个对象呢，我可跟你说，不管男人还是女人，过了这个村可就没有这个店了。

章卫平望着眼前的于阿姨，愣愣地看着她。

于阿姨又说：你有没有对象我一看就知道，你看你平时连个电话也没有，下班了也不着急回家，也不往外打电话，你还说自己有对象？

于阿姨的眼睛是不揉沙子的。

于阿姨还说：小章啊，你和我儿子一样大，我儿子都结婚两年了，我都快抱孙子了，明年我就退休了，回家抱孙子去了。你看你条件多好哇，父亲是部队的高干，本人呢，又是党员，又是干部。你现在是副科吧，才二十多岁就干到了副科，还当过公社一级的干部，我都要退休了，才享受个正科待遇，你比我强多了，以后你肯定很有前途，退休前干个厅长、局长啥的肯定没回题。

章卫平听了这话，只能苍白地冲于阿姨笑一笑。

于阿姨的热情受到了鼓励，她马上又说：小章呀，你要信得过我，过两天就给你介绍一个女朋友，也是机关干部，她也是干部家庭，只不过她父母没你父亲官大，不过这也不要紧，干部家庭的孩子嘛，肯定有共同语言。

章卫平不置可否地又笑一笑。

于阿姨又说：你看你这孩子，还不好意思呢，有啥不好意思的，现在都20世纪80年代了，都快实现四个现代化了，你还不好意思，真是个好孩子。

于阿姨说完这些话后，章卫平就把这件事给忘了。突然有一天下班前，于阿姨神秘地冲章卫平说：小章，你下班时别急着走，有好事。

下班的时间到了，别人都走了，办公室里只剩下他和于阿姨了，他以为于阿姨有什么话要对他说，便等着。于阿姨不紧不慢地看了眼表，这才把手中的毛线活放下，站起身来，神秘地冲章卫平说：等一下，我就回来。

于阿姨出去了，很快就又回来了，她的身后多了一个姑娘，姑娘二十多岁的样子，长得很清纯，看见章卫平时还红了脸，然后就被于阿姨按在一张椅子上坐了下来。她一直低着头，用手捻着自己的衣角，再也不想把头抬起来的样子。

于阿姨就说：小章，这就是我给你介绍的对象，她姓王，叫王娟，在卫生厅工作，父母都是卫生厅的干部。

说完这些，于阿姨又冲王娟说：小娟，小章可是我们机关的好小伙子，你可别错过这样的机会。情况我都跟你介绍过了，你们谈吧，我先走了。说完背起包，走到章卫平身边时，还爱抚地拍了一下章卫平的肩膀道：你是小伙子，主动一些。

于阿姨说完意味深长地笑一笑，打开门，又把门重重地关上，脚步声消失在楼梯口。

屋里一下子就剩下了两个人，直到这时章卫平才认真打量眼前的王娟，他看王娟第一眼时，并没觉出什么，他仔细再去看时，就有了一种似曾相识的感觉，这种相识他说不清在哪见过。待他又打量王娟时，他的眼前就浮现出了李亚玲的音容笑貌。眼前的王娟很像李亚玲，并不是长得有多像，而是神情，还有身上那个劲儿。记得在放马沟大队办公室时，他和李亚玲坐在炉火前，李亚玲也是这个样子，神情腼腆，脸红红的，眼睛却像含着水一样的东西。此时，章卫平面对这一切，竟有了一种恍若隔世的感觉。

章卫平不说话，女孩子似乎就没有说话的打算，章卫平点了支烟道：你叫王娟？

王娟就点点头，手离开了衣角，眼睛望着地面的某个角落。

章卫平又说：你在卫生厅工作？

王娟又点点头。

问完这些时，章卫平似乎就没有话要说了，眼睛虚虚地望着王娟，在王娟的身后，李亚玲的影子深深浅浅地浮现在他的眼前。那是他美好而又纯净的初恋，不过，这一切都已经烟消云散了。

这时王娟说话了：于阿姨把你的情况都介绍了，我感觉挺好的。

王娟说完这话时，才快速地瞥了一眼他。他又有了那种置身大队办公室的感觉：两个人坐在炉火旁，炉火红红地映着两个人的脸，不过，此时横亘在两人眼前的不是炉火，而是两张桌子的空道。

他吁了口气道：噢，我下过乡，在农村干了好几年，刚回到城里没多长时间。

她说：我也下过乡，是一年前回来的。

他说：你也下过乡，在哪儿呀？

她说：在盘锦，海边一个渔村里。

两人一说到农村话一下子多了起来，不像当初那么拘谨了，他们都放松下来。章卫平一想起农村就有说不完的话，从谈话中章卫平知道王娟是高中毕业后去的农村，在农村待了三年，最后回城了。王娟说到农村时，也是一脸的向往，她回忆了许多当年他们知青点滴的细节，这些都是章卫平接触过的。

不知不觉间，外面的天已经黑了，两人停下来的时候，王娟才惊呼一声：都这时候了，我该走了。

两人从章卫平办公室走出来，来到外面的大街上，此时已是灯火阑珊了。

一辆公共汽车驶来，王娟冲章卫平说：再见。便匆匆跳上了车。车很快就开走了。他站在站牌下，一直望着公共汽车远去。王娟的出现，勾起了他曾经有过的初恋。他原以为生活变了，李亚玲在自己的脑子里慢慢淡化掉了，没想到的是，随着王娟的出现，李亚玲的影子更顽强地出现在他的脑海中。

王娟身上的某种气质与李亚玲吻合，这给章卫平留下了一定的印象。这么长时间了，其实他并没有忘掉李亚玲，理智告诉他，李亚玲已经走上了一条不归路，但是，乡下的李亚玲仍顽强地活在他心里的最深处，如同一粒种子，已经在他心里生根、发芽、开花、结果了。拔掉的只是枝丫，可那个根在他心里却越扎越深。他试图把这些完全从心里剔除出去，可换来的只是疼痛。

有许多次，他下意识地来到了中医学院门前，那些日子，正是李亚玲新婚的日子，她的脸孔潮红，神情幸福，脸上洋溢着一种满足的微笑。他在树后远远地望着她，他甚至暗自跟着她来到了菜市场，看到她买了一块豆腐，又买了一捆青菜，直觉告诉他，李亚玲这是结婚了，已经过日子了。李亚玲已经完全是城里人的形象了，她在菜市场里和那些农民刻薄地讨价还价。城里小女人的做派，无一遗漏地被李亚玲学会了，并发扬光大，她比城里女人还要像城里人。

当章卫平目送李亚玲提着菜匆匆走进中医学院大门时，他的目光被无限地拉长了。其实李亚玲一进门，拐了一个弯，他就看不见了，虽然李亚玲在他视线里消失了，但他仍然立在那里，向中医学院里面张望着，期待着李亚玲再一次走出来。他一方面知道，李亚玲买完菜之后就不会出来了，她会像一个家庭主妇一样，围着围裙，里里外外地忙着；另一方面，他又希望再一次看到她。

有许多次，他就那么守株待兔地站在中医学院门口守望着，更多的时候，也就是一种守望。这样的守望成为他在那最失落的日子里的一种生活内容，而多数的时候，他都一无所获，空手而归。他做这一切时，完全是一种下意识，他说不清自己是怎么走到中医学院大门前的，从建委到中医学院，需要换一次车，他习惯了，这种习惯就成了一种自然。不管能否看到李亚玲的身影，只要在中医学院门前守望，他一天的生活内容才是完整的。有时他离开中医学院向军区大院赶的时候，才意识到自己行为的荒唐，于是，他发誓，下次不来了。李亚玲已经不是以前的李亚玲了，她现在已经是别人的妻子了。对于李亚玲嫁给张颂，他是后来才知道的。一天上班的时候，他装作找人敲开了张颂办公室的门，他一眼就认出，张颂就是他看望李亚玲那次碰到的那位年轻老师。那一次，他慌慌地退了出来，心里面阴晴雨雪的说不清楚是一种什么滋味。

他觉得自己并不比张颂差到哪里去，张颂是个典型的知识分子形象，干瘦、苍白，袖边或衣服某个地方永远沾着白色的粉笔屑迹，就是这么一个人，为什么那么有力地占据了李亚玲的内心？

从那以后，他不再到中医学院来了，他想把曾经发生过的一切彻底忘掉。

可王娟不经意的出现，又一次让他想起了李亚玲。这时的章卫平有些信命了，就这样，王娟一点点地走进了他的生活。

第二天，他又见到于阿姨时，于阿姨两眼放光，神秘地对他说：小章，你对王娟感觉怎么样？那姑娘对你印象可不错，听说你们昨天聊到很晚？

章卫平只是笑一笑。

于阿姨就又说：你是小伙子，满意的话就主动些，人家毕竟是姑娘。

他还是笑一笑。

一想到王娟，他就想起李亚玲，两个女人交替地在他脑海里闪现着，他有时都分不清谁是谁了。于阿姨虽然这么说，但他并没有主动约请王娟的打算，因为理智告诉他，王娟就是王娟，她不是李亚玲。

又过了两天，他突然接到王娟的一个电话，她告诉他，说自己单位发了电影票，问他去不去。他抓着话筒的手竟有些抖，他没想到王娟会给他打电话，更没想到用这种方式约他。他有些犹豫，他在电话里听着王娟小声地说：你是不是不愿意见我呀？王娟的口气和李亚玲的口气也如出一辙，就在这时，李亚玲的形象又呈现在了他的眼前，仿佛打电话的不是王娟而是李亚玲。于是，他问了时间和地点。

在等待和王娟约会的过程中他竟有些兴奋，甚至还有些紧张。电影是在晚上，在一天的等待过程中，他的心情很好，甚至在办公室里吹起了口哨，这在以前是从来没有过的。

晚上，他在电影院门口看到了王娟，电影院已经开始陆续地进人了，王娟手里拿着两张粉红色的电影票，站在灯下很显眼。他看到王娟那一刻，心里面突然又凉了下来，王娟毕竟不是李亚玲，但他还是走过去，王娟也看到了他，扬了扬手里的电影票，很高兴的样子。

她说：你来了？

他冲她笑了笑。

她说：那咱们就进去吧。

他跟着她走进了电影院，找到了他们的座位，直到这时，他才发现，前后左右的座位都是王娟单位里的人，他们自然对王娟很熟悉，一边跟王娟打着招呼，一边很认真地研究他。不用说，大家都明白他和王娟的关系。

他坐在那里浑身不自在，王娟也一脸羞红，她似乎怕他尴尬，不时地找一些话跟他说。

她说：在农村三年，我没进过一次电影院。

他说：我也是。

她说：农村放的那些片子，都是城里放过一年以后的。

他说：就是。

……

开演的铃声响了，灯暗了下来，接着就完全黑了下来。这时，他才吁了一口气，绷紧的身体松弛下来。

她坐在他的身边，不动声色，极其温柔的样子，他能感觉到王娟的身体向他这一侧倾斜了一些，他能嗅到她身体散发出来的女性气息，这样他的心里有了一种似曾相识的感觉。李亚玲曾经也不定期地给他留下这样的气息，那时，他陶醉过，留恋过。

此时，虽然物是人非，却也有了一种他久违并熟悉的东西。他们的手无意当中碰了一下，她下意识地躲开了，他们眼睛盯着银幕，可注意力都在对方的身上。有几次，他身边的王娟消失了，取而代之的是李亚玲。那一刻他完全放松下来，心里洋溢着无比的幸福，仿佛又回到了农村，他们站在露天里看电影，他死死地握着李亚玲的手。正在这时，王娟的手无意当中又碰到了他的手，他一冲动就握住了王娟的手，然后再也没有放开，他死死地攥着，并且越来越用力。王娟最后伏在他的耳旁说：你握疼我了。

直到这时他才清醒过来，身边是王娟，而不是李亚玲，他马上松开了，为自己的失态感到脸红。过了半晌，王娟的手又试探着伸了过来，他再也没有握她的手。

电影散场的时候，突然而至的灯光让他回到了现实中。他别别扭扭地和王娟来到了电影院门外，她没说一句话，他也没说话。身边的人走得差不多了，她才说：电影好看吗？

他点点头答：还行。

其实他一点也没有看进去。

两人一边说着，一边往前走，他突然想起了什么似的说：你家住哪儿呢？我送你。

她没说行，也没说不行，两人就那么默默地向前走着。路灯并不亮，两个人的影子在路灯下一会儿拉长，一会儿又缩短。在乡村的土路上，他在夜色掩映下送李亚玲回家，那时，他总嫌那条路太短，他们经常相互送着，有时在李亚玲家和大队之间要走上几个来回。初恋是美好的，也是深刻的。有了这种感觉，他就完全放松了。两人的步子就有了一致性，走起来就和谐多了。

王娟离他很近，有十几公分的样子，他们的身体不停地微妙地碰在一起。一阵风吹来，她飘起的头发能碰到他的脸。

她说：这夜晚真静。

偶尔，有骑自行车的人从他们身边经过，骑出很远了，还回过头望他们一眼。

他不说话，但感受到了王娟时时刻刻存在着。李亚玲以前在他身边走着时，也是这么安安静静的，有时他们好半晌也不说一句话，就那么默默地感受着。

在一幢楼前，她停住了脚步，他也立住了，两人面对面地立着。

她说：我到家了。

他望着她。这句话也多么像李亚玲说过的呀，在李亚玲家门前她也曾这么说，那时李亚玲家的狗会热烈地迎出来，此时，只是没有了那只狗。

她并没有急于走，李亚玲在当年也是这样。她望了他片刻，然后看着自己的脚尖说：你对我是什么印象，你还没说呢。

他反应过来，认真地看了她一眼，王娟在灯影里是温顺的，如一棵柳树在风中摇摆着，从头到脚都是那么温柔。

他说：啊，小王，你说呢？

他比她大三岁，这是于阿姨说的，于是他称她为小王。

他把这个球又踢给了王娟。

王娟用脚尖无意识地踢着地面，这个动作他是多么的熟悉呀！

王娟低着头说：于阿姨把你的情况都说了，咱们也算见面了，我、我觉得你这人还行。

他说：那就行。

她飞快地望了他一眼，突然把一张纸片塞到了他的手里，然后扭着很好看的身子，向楼门洞里跑去。一直到她的身影消失，他才看那张汗湿的纸片，那上面写着王娟办公室的电话和家里的电话。

楼上某个房间的灯亮了，想必是王娟到家了，他转过身向公共汽车站走去。那张小小的纸片一直捏在他的手里。他突然想起以前不知在哪本书上看到的一句名言：想治疗失恋的痛苦，那么你就恋爱去。

在那一晚，章卫平下定决心和王娟交往下去。

马非拉的初恋

在马非拉的眼里，军校的生活是阳光明媚的。军校每个角落都充满了歌声和愉悦，她终于可以天天看到乔念朝了，甚至还可以和他来往。

通信队的食堂和指挥队的食堂挨着，两个队的学员，唱着歌、排着队走进食堂里，乔念朝看见马非拉在冲自己做鬼脸，于是，自己也回敬了她一个。

他们并没有更多单独接触的机会，只有在上晚自习的时候能碰上，有时上晚自习，乔念朝也不一定去图书馆，更多的时候是在自己学员队的教室里。每天晚上，马非拉都要去图书馆守株待兔，更多的时候是落空。于是她就找到指挥队的教室，目不斜视地走进去。指挥队清一色都是男生，突然一个漂亮女孩长驱直入地走进来，他们都惊愕地睁大了眼睛，不错眼珠地望着她。

马非拉一直走到乔念朝的书桌前，拉过一把椅子坐在他的对面，像个男孩子似的，骑在椅子上。

乔念朝就张口结舌地说：你、你怎么到这来了？

她说：怎么了？

他瞪着她，她佯装不知的样子，从挎包里掏出书和笔什么的，放在乔念朝的桌子上，然后说：今天晚上我就在这复习了。

乔念朝就说：你们通信队有自己的教室，干吗到这儿来？

马非拉说：我在图书馆里等你，谁让你不去图书馆的。

周围乔念朝的同学们，掩着嘴议论纷纷。

乔念朝在这种环境中是无论如何也复习不下去了，把书呀本的装在书包里，背起来向教室外走去，马非拉也紧随其后。两人来到外面，乔念朝就脸不是脸鼻子不是鼻子地说：你这是干什么，影响我们队上晚自习。

马非拉不说话，噘着嘴，小女孩撒泼要赖的样子。

乔念朝就一屁股坐在台阶上。马非拉也坐了下来，两个人都不说话，气极败坏的样子。

马非拉说：方玮已经不理你了，你还想她干什么？

乔念朝说：这跟她有什么关系？

马非拉说：就有，那你为什么不理我？

乔念朝就没词了，他转过头看着马非拉，他没想到，这个小女孩这么难缠。

马非拉就说：以后不许你不理我，你要是不理我，我天天到教室里来找你。

乔念朝无可奈何地摇了摇头。

从那以后，乔念朝真的不敢在晚自习的时间里去教室了，他怕马非拉不知深浅地来找他，现在同学们已经对他和马非拉议论纷纷了，都说他和马非拉在恋爱。他也不敢去图书馆，那无异于自投罗网，他只能跑到校园内一个僻静的路灯下看会儿书，或记点笔记什么的。

不过他往往又被马非拉抓个正着，说不定什么时候，马非拉从什么地方突然跳出来，喊了一声：缴枪不杀。有时干脆一声不吭，从后面一下子蒙住了他的眼睛。

马非拉真是让乔念朝头疼不已。

他就求饶似的说：马非拉你就饶了我吧，干吗老是缠着我呀？

马非拉蛮不讲理地说：我想缠你就缠你，你能把我怎么样？

乔念朝不能把马非拉怎么样，只能那么忍着。

星期天的时候，他会经常接到马非拉的电话，学员队的电话就放在走廊里，他在走廊里接电话。

马非拉就说：今天我想上街。

他没好气地说：你就去呗。

她说：你陪我。

他说：我还有事。

她说：我不管，你要是不去，我就到你们宿舍找你去。

他真的怕她来找，那样的话他不仅什么事也干不成，别人也干不成事。他只好说：好吧。

她说：半个小时后，我在学校门口等你。

他放下电话，忙跑到洗漱间，匆匆忙忙地把泡好的衣服揉搓几下，草草地挂出去晾上了。他来到学校大门口时，马非拉已经等在那里了，并且还不时地看表，然后冲着他说：你今天迟到五分钟，中午你请客了。

他就说：你又不是我的领导，你管我迟到不迟到，陪你出来就不错了。

她说：我就是你的领导，怎么了？

在乔念朝的心里，他和马非拉一见面就打嘴仗，可他心里却是透明的，因为透明所以愉快、轻松。说心里话，他并不讨厌马非拉，只是她太难缠了。

马非拉出来并没有什么真正的目的，东游西逛，最后就转到了公园大门口，她没有征求乔念朝的意见就去买门票。

乔念朝就说：今天你不是要办事吗，怎么又有闲心来公园了？

她说：来公园就不是办事了？

马非拉说完拉起他就往公园里面走，他跟在后面，眼睛不自然地向四周看着，这里是恋人的天地，排椅上、大树后都可以看到一对又一对男男女女搂搂抱抱的身影。乔念朝下意识地怕被人看见，和一个女孩子拉拉扯扯地进公园，没什么事也是有事，他怕人说闲话。

马非拉像行军一样，风风火火地在前面走着，终于看到了一张空着的排椅，马上飞奔过去，一屁股坐在上面，仿佛她来公园就是为了找这张排椅。

乔念朝万般无奈也只能走过去，他脸上的表情很复杂，面对着马非拉总显出那种皮笑肉不笑的样子。

她却一副心安理得的样子。

她说：这里好吗？

他说：有什么好的，咱们就不该来这里。

在他们的眼前，一对男女正吻得火热。

她说：难道咱们就不是人？

他一时不知说什么好，他心里明白，马非拉这是装傻充愣，可他现在真的对马非拉没有任何想法。她在他眼里还是几年前的小女孩，假小子一样，拿着个棍子，整天上高爬低的。

她却不这么想，她在心里已经向往他好多年了，现在终于有了机会，她不会轻易放过他的。就像以前他们那些大孩子玩不管她一样，她在后面只能死皮赖脸地去追。

不知什么时候，她把胳膊伸了过来，挽在了他的胳膊上。

乔念朝就抬起胳膊说：咱们是军人，让人看见像什么话。

她小声道：军人怕什么，军人就不谈情说爱了。

她这么说完后脸红了。

乔念朝的脸上也热辣辣的，他认真起来，说：马非拉，你在我眼里还是个孩子，我跟你哥哥是同学，这事不可能。

她也认真地说：有什么不可能的，我喜欢你就可能。

他不知道跟她说什么好，只是耸耸肩，苦笑一下。

她又把手顽强地伸过来，抓住了他的手腕，他不再挣扎了，就由她抓着，那个样子就有些别扭，仿佛她一不小心，他就会在她身边消失。

她说：念朝，你知道吗，你当兵走后，我多么伤心。

他看了她一眼。

她又说：那阵子，我老做梦，每次都梦见你在前面跑，我在后面追，你就是不理我。有好几次，我是在梦里哭醒的。

她说这话时，眼泪真实、清澈地流了出来。

她继续说道：我现在终于找到你了，咱们又在一起了，以后你不许不理我。我要永远跟你在一起。

他就那么认真地看着她，一时不知说什么好。

如果她的话算是爱情表白的话，她表白得很彻底。他面对她，心底里突然升起一缕柔情一样的东西了。此时，坐在他身边的不是以前那个不知天高地厚的小女孩了，而是现在懂事又需要爱情的马非拉。

直到这时，他对她才有些别样起来，这时他又想到了方玮。他和方玮的初恋是真实的，是投入情感的，而眼前的马非拉也的的确确是真实存在的，可他却对她唤不起那种谈恋爱的感觉。他试图忘掉过去在他记忆中的那个小女孩，只记住眼前的马非拉，可是他做不到。

不知什么时候，马非拉靠在他的肩头上闭上了眼睛，不知她是真睡还是假装的，她此时的神情是甜美的，阳光照在她的脸上，让她的脸上显得毛茸茸的，很是可爱。

他不动，她也不动，时间仿佛凝固了，只有头顶上的太阳，在一分一秒地向西斜去。

半晌，又是半晌，他说：哎，咱们该回去了。

马非拉揉揉眼睛说：几点了？你看我都睡着了。

他说：你又做什么梦了？

她说：这回是梦见和你在一起。

说完，她笑了，笑得很满足，很幸福。

爱情是缠出来的

马非拉对乔念朝的死缠烂打，并没有赢得乔念朝的爱情，最终马非拉把乔念朝拿下，还是在那个夏天的暑假。

放假的时候，马非拉自然是和乔念朝乘同一列火车，在同一节车厢，坐相邻两个座位回来的。两个人这么亲密无间地坐了一路，马非拉幸福得要死要活。自从她对乔念朝有了好感以后，还从来没有这么长时间地和乔念朝单独相处过。

那次在火车上，她唱了一路的歌，唱得满脸通红，神采飞扬。她把自己想到的歌都唱了一遍，没词了，甚至把小时候学会的《我爱北京天安门》都唱了一遍，最后火车终于进站了。

从军校出发前，马非拉给父亲的司机打了电话，通报了自己的车次和时间，司机是和马非拉年龄差不多的一个小伙子，他很腼腆地接过马非拉的包。乔念朝想自己坐公共汽车回去，被马非拉拉住了，她说：有车干吗不坐？

乔念朝说：我怕让我爸看见，说我。

马非拉说：这又不是你爸的车，是我爸的车，你怕什么？

在车上，马非拉就跟到了家一样，她把身子靠在乔念朝的身上。乔念朝躲了躲，她就向前挤一挤，最后乔念朝没地方可去了，只能任由马非拉这么靠着了。

她在车上说：一个月的假，你打算怎么过？

他说：还能怎么过，看书、睡觉呗。

她说：没劲。

两人分手的时候，马非拉说：明天上午九点，你来家里找我。

乔念朝不置可否。

第二天，乔念朝早就把找马非拉的事忘记了。早晨，父亲敲开他的门，说：放假了，别待软了身子骨，走，跟我跑步去。

他只能穿上衣服跟父亲跑步去，父亲跑了一辈子步了，年纪虽然大了，但仍能跑，跟在父亲身后他跑得一点也不轻松。以前父亲从来也没有让他和自己跑步。直到跑步时，他才意识到父亲的用意。

院里住着一些退休或在职的老同志，他们也跑步，或练剑、打太极拳什么的，老人觉都少，他们活动的时候，起床号还没有吹呢。乔副参谋长在前面跑，他在后面跟着，那些老同志对这爷俩就侧目而视。在这些人中，乔念朝有些是认识的，有些他觉得面熟，却叫不上名字和职务来。他在大院里生活的时候，还在上学，对什么职务身份根本不关心，他就一味叔叔伯伯地叫，反正都是混个脸熟。

父亲乔副参谋长就用大拇指向后一指道：我老儿子，念朝。刚从陆军学院回来，放假了。

别人就冒出一声：噢——

父亲见了新人又说：这是我老儿子念朝，刚从陆军学院回来。

别人又一声：噢——

……

那天早晨，父亲带着他展览似的在大院里转了一圈，把碰到的人都介绍了一遍。父亲终于心满意足地回来了。

乔念朝知道，父亲对自己能到陆军学院上学是高兴的。这次他回来后，父亲的态度发生了一百八十度的大转变。回来那天晚上吃饭时，父亲把自己的酒柜打开了，冲他说：小子，你看喝什么酒。

父亲已经把他当成大人了，甚至是自己的同志。

父亲端起酒杯就说：干。

他只能干了。

父亲就说：你陆军学院一毕业就是军官了。

父亲还说：未来的军队是你们的。

父亲说这些时，声音有些苍凉了。他发现父亲的鬓边又多了一些白发。

父亲又说：再过两年，我就该离休了，时间过得可真快呀。

在他的童年和少年记忆中，父亲永远那么年轻，走起路来嗵嗵的。最近这两年不知是自己大了，还是父亲真的老了，在他眼里父亲真的有些苍老了。

父亲喝了几杯酒之后，脸上才冒出红光来。

那一刻，他有些理解父亲了。

被父亲早晨这么一折腾，吃过早饭后父母一走，他又倒头就睡了。他醒过来的时候，发现马非拉在捏他的鼻子。他一翻身便坐起来，坐起来才发现自己只穿着背心和短裤，他马上又倒下去，用毛巾被盖着身子说：出去，快出去，没看我没穿衣服吗。

马非拉也红了脸，一边往外走，一边说：人不大，还挺封建的呢。

他洗了一把脸，出现在客厅里时，马非拉就说：咱们看电影去吧。

他摇了摇头，他对马非拉的建议提不起一点精神来。

昨天晚上，母亲告诉他方玮也回来了。方玮在上护士学校，此时也放假在家。母亲是有意这么说的，他刚当兵走时，母亲似乎看出了他和方玮有些苗头。以前母亲和方玮母亲见面时，并没有更多可聊的，她们不在一个单位工作，从外面回来都是匆匆地往家里赶，哪有那么多时间说话。

自从他和方玮当兵走了之后，两位母亲似乎都明白了一个问题，说不定什么时候两人就成亲家了。于是，她们就抽空在一起说一说话，即便她们手里都提着菜，也要放在路边唠上几句。

一个说：孩子来信了？

另一个说：来了，说在部队挺好的。你孩子也来信了？

一个说：来了，男孩子不如女孩子，前几天，他爸去部队，把他好好训了一顿。

另一个说：男孩子成熟晚，这样的孩子将来才有出息呢。

一个说：噢——

另一个也说：噢——

两人就走了，似乎还有很多话没说明白，时间关系，只能说到这了。

又一次见面时，一个说：你家姑娘咋样了？

另一个说：还那样，你家小子呢？

一个又说：他自己说喂猪去了，不如你家姑娘，在医院里，条件好。

另一个说：啥条件好坏的，年轻人就得锻炼，刚来部队那会儿有啥呀，不还是靠自己锻炼出来的。

一个说：这话有理，好坏自己走吧，别人也是瞎着急。

另一个：可不是。

……

那时，两个孩子的命运牵动着两位母亲的心，还有一层意思，万一她们做了亲家，她们就要一起操心了。

乔念朝的母亲还不知道，乔念朝已经跟方玮没有任何联系了，就像两列不同的火车，走的根本不是一条道。虽然，乔念朝和方玮没有联系了，但听到方玮的名字，情绪还是受到了影响。

马非拉见他对自己这么无滋无味的，就说：是不是又想她了？

他说：我想谁了？

她说：要不过一会儿我把方玮姐也叫上吧，咱们仨一起去看电影。

他说：爱去你去。

她又坐了一会儿，然后站起身来，把沙发上的靠垫一扔说：真没劲。

第二天早晨，父亲又重复了昨天的举动，天还没完全亮就把他叫起来跑步去了，然后又执行公事似的把他展览了一遍。父母一走，他又倒头就睡。

后来，他被一阵响声惊醒了，响声来自客厅，客厅下面发出咚咚的敲击声。他一骨碌坐了起来，来到了客厅，以前小的时候，他们就是这样，钻到对方家的房子下面，敲地板，三声长，三声短，那是他们约定的信号。但好长时间不玩这种游戏了，现在这种暗号又出现了，他不知道地道下面的人是谁，他在客厅的墙上，轻而易举地找到了那把地道口的钥匙，没想到那把锁一下子就打开了。他刚掀开地道口，就被下面的人一把拽了下去，当他在黑咕隆咚的地道里爬起来时，才发现马非拉在冲他笑。

马非拉不知在哪里找到了一个马灯，马灯给他们带来一片光明。

他说：你搞什么搞，吓了我一跳。

她仍咯咯地笑着，都笑弯了腰。

他冷静下来才说：你怎么知道我们当年的暗号？

她说：小时候你们不带我玩，我不会看哪。

几年之后，他又重新回到了久违的地道，竟有了一种冲动，他拉着马非拉向地道里走去，儿时的一幕一幕又一次展现在他的眼前，于是，他就对马非拉讲道：当年我们就在这里玩抓特务，你哥总是要赖皮，被抓住了，还跑。

两人一边说，一边就笑。

两人一边走着，一边说着，都有些兴奋。突然，乔念朝停住了，前面那块空地就是他当兵前和方玮完成初吻的地方。那天，他们在这个地道里完成了他们的初吻，是那么的惊心动魄，还有气喘吁吁，他们的牙齿磕在一起发出的声音，至今仍然在他的耳边回响。

马非拉也立住了，她的目光似乎燃着了一点点火星，转瞬又潮湿了，马灯放在了地上，两人黑乎乎的影子照在洞壁上。

她有些气喘地说：乔念朝，你当时和方玮姐就在这儿，你知道吗，你们待了多长时间，我就哭了多长时间，我记得两条擦泪的手绢还扔在这儿了。

说完，她在不远的地方捡起了两条手绢，一条粉的，一条白的。它们落在一角还是完好如初的样子。

直到这时，乔念朝才认真地去看眼前的马非拉，没想到，那会儿马非拉就开始暗恋自己了，自己在和方玮钻进地道完成初吻时，她成为了亲历者。他自然感动，也有些无措，就那么呆呆地望着马非拉，他没想到，眼前这个小姑娘居然有这么大的毅力，现在又追他到了部队。

马非拉一下子扑在他的怀里，死死地抱住他说：乔念朝，你吻我，就像当年你吻方玮姐那样。

她仰起脸面向他，他看见了她脸上的泪珠。

他的心一颤，不知为什么，手一用力也搂紧了她。她把脸埋在他的怀里，突然放声大哭起来。

乔念朝还没有意识到，这时他已悄悄爱上了马非拉。事后，他仍觉得有些不可思议，马非拉在他眼里一直是一个没长大的孩子，在这之前，他甚至从没有留意过她。

在地道里，他听着马非拉的哭诉，才知道，这么多年马非拉一直爱着他，那是一种默默的、无声的爱。他当时竟有了一种幻觉，仿佛他面对的不是马非拉而是方玮，仍然在这个地方，他完成了自己的初恋，马非拉也完成了自己的初恋。她让他吻自己，他没有吻她，只是紧紧地把她抱在怀里。乔念朝的心里很复杂，是感谢还是忘却，他说不清楚。

当两个人从地道里出来，重新站到阳光下的时候，虽然还是以前的两个人，但两个人的心态发生了变化。他们似乎都没有勇气望对方，他们都在躲避着对方的视线，神情也凝重了许多。

那天两人分手时，没有告别，乔念朝默然转身向回走去。马非拉站在那里一字一顿地说：乔念朝，我会把今天记住的。

乔念朝的脚步停了一下，但他没有回头。

马非拉又说：今天，你终于理我了。

马非拉说这话时，是带着哭腔说的，那是激动和幸福的情绪。

乔念朝一步步向前走去，他们的脚步已经没有来时那么轻松了，有时爱情是需要重量的。

一连三天，两人都没有见面。这三天对乔念朝来说并不平静，只要一闲下来，眼前就是马非拉的身影，她嬉笑地冲着他。他自己也不知道这是怎么了。

以前方玮也是这样不断地闪现在他的眼前，他就有了一种渴念，渴念着见到马非拉。在这三天时间里，他想去见马非拉，都走到门口了，后来还是犹豫着回来了，他也想给马非拉打一个电话，电话都拿在手上了，他又放下了，他还没想好对马非拉说什么。

马非拉似乎比以前沉稳了许多，她已经不急于专找乔念朝了，她知道自己已经走近他了，剩下的就是等待和收获了。那些日子，马非拉的心情空前绝后地美好。在家里，她一边哼着歌，一边等待着。她会长时间地驻足在镜子前，仔细地端详着自己，这在以前是从来没有过的。

她冲着镜子里的自己一会儿笑，一会儿挤眉弄眼，然后问镜子中的自己：马非拉你漂亮吗？当然得不到回答，然后她冲镜子里吐了一下舌头，又忙别的事去了。不一会儿，她又站在了镜子前，有些忧愁地说：马非拉你有方玮漂亮吗？然后她呆呆地望着自己。

第三天晚上，她在花坛旁看到了乔念朝，乔念朝正围着花坛跑步，他似乎已经跑了有一会儿了，头上的汗都流了出来。她走过去，走到乔念朝的必经之路，乔念朝别无选择地看见了她，他停在那里望着她。

她也望着他。半晌，她终于说：乔念朝，这几天你去哪儿了？

他说：我哪儿也没去。

她哀怨地说：那你为什么不去找我，我天天在家。

乔念朝从花坛旁拿起放在地上的衣服，搭在肩头上，向前走去。他并没有回家，而是向大院外走去，马非拉反应过来，快速地追了上去。

两人一直走到街心花园的排椅前才停下了脚步，他转过身，她正气喘吁吁地面对着他。他一句话也不说，一下子就把她搂到了自己的怀里，伏下头，寻找到了她的唇，然后有些急迫地吻过去。她先是打了个激灵，接着便颤抖不止，她的泪水又一次无声无息地流了下来。

后来，他们坐在了排椅上，她的身体倚着他，星星已经布满了天空，身边的路灯在他们的周围幽暗地亮着，街上的车很少，行人也很少。

她幽幽地说：念朝，你终于喜欢我了。

他不说话，只是搂着她的手臂用了些力气。

她又说：念朝，你知道等一个人有多苦多累吗？

他低下头，望着她。

他又一次吻住了她，吻得昏天黑地，情不能自抑，两人分开又合在一起，合起来又分开。

她说：念朝，真好，我就想这么一直在你身边。

乔念朝说：马非拉你跟我在一起不后悔吧？

她说：怎么会？我会永远爱你的，我不是方玮，她离开你了，我不会，永远不会。

此时，他们谁也没有意识到，危险已在悄悄逼近。他们所处的街心花园，只是眼前有一条单行线，车辆并不多，街心却被一层浓密的树林掩映了。

树后摸过来三个男人，他们出现在乔念朝和马非拉身边时，两个人还没有发现。

两个男人先是拉住了乔念朝，接着他的眼睛被蒙上了，嘴也被堵上了。

另一个男人抓住了马非拉，马非拉刚喊了一句：你们干什么？嘴也被堵上了。

乔念朝的腰带被解了下来，系在了手上，他的身体被捆在一棵树上，他挣扎，努力，却无济于事，那三个人把马非拉拉到树林里，先是传来一阵撕打和呜咽声，接下来就无声无息了。

在这一过程中，乔念朝用头一下下地去撞树，他只有头还能活动。他的头流出了血，先是流在脸上，最后就流在了身上。

不知过了多久，马非拉衣不遮体，摇晃着走过来，她把乔念朝的手解开，然后是身上缠着的绳子。

乔念朝去掉眼睛上那块黑布，他看见了马非拉，马非拉抱着肩膀，喑哑地哭着。他恍似做了一个梦，似乎不知道在这短短的时间里都发生了什么。

马非拉一下子又扑在他的怀里，声嘶力竭地叫了一声：乔念朝，你还爱我吗？

乔念朝浑身颤抖，下意识地把马非拉抱在怀里，直到这时，他仍然不相信眼前这一切竟会是真的。

他的泪水不知道什么时候流了出来。

爱的浸润

方玮在护士学校的假期里过得并不愉快，她有一种归心似箭的感觉。她整日待在家里，她怕见到乔念朝，她不知道对他说什么。在这期间，她收到过刘双林从部队寄给她的两封信，刘双林在信里谈友谊、谈理想，在信中可以看出刘双林是个很有理想的人。

她说不清对刘双林的感觉，只是刘双林所做的一切都很让她感动。从新兵连到师医院，刘双林一直以排长的身份照顾她、关心她。一个女人从骨子里希望有个男子对她关心、照顾，并且很在乎她，当然，方玮也不例外。正是因为刘双林时时地伴她左右，他便一点一点地走进她的内心。

在暑假这一个月中，刘双林就给她来了两封热情洋溢的信，当然，在上护校的一个学期里，刘双林每周都有信来，信里多是照顾体贴的语句，诸如“要注意身体，劳逸结合”“天凉了注意添加衣服”之类。每每读着刘双林的信，方玮的心底便一点又一点地升起些许的温暖。她也给刘双林回信，谈部队的工作，谈刘双林对自己的照顾，感谢的词句较多。

在读刘双林的信时，方玮就有了归心似箭的感觉，她也说不清为什么这么迫切地要回到护校去，因为那样，她就离刘双林近了一些。

终于，她盼来了开学那一天，从家里到护校所在的那座城市，坐火车还要七八个小时。当她下火车走出火车站时，听见有人在叫她的名字，她循声望去，就看见刘双林匆匆地向自己这边跑来，她有些惊讶，她不知道刘双林怎么会来到这里，从部队到这里还有几百公里呢。

刘双林抹一把脸上的汗说：我休假了，专门到这儿来看你，知道你今天到校，专门来火车站接你。

说完他接过方玮手里的东西，方玮的心里又热了一下，又有了一种叫感动的东西在她心里荡漾。

两人走向公共汽车时，方玮才知道，刘双林来到这座城市已经三天了，就住在离护校不远的招待所里。她望着刘双林，眼睛有些发热。刘双林一直把方玮送到宿舍，才和方玮分手，他说：没别的意思，就是来看看你，别忘了，你是我带过的兵。

刘双林的样子很憨厚，他说完话还舔了一下嘴唇，很羞涩的样子。

刘双林走后，方玮的心里并不平静。方玮并不是一个麻木或某些方面很迟钝的人，从新兵连到现在，她时时刻刻地感受到了刘双林的存在。她在和刘双林表面上这种同志式的关系中，领悟到了一个男人对自己的追求。这种追求虽然还没有明目张胆，或者说捅破这层窗户纸，但身为女人的方玮，确确实实感受到了来自异性的爱。

方玮是个有理想的人，她这个年龄充满了对未来的幻想，在师医院的时候，乔念朝曾打碎了她的幻想，她不想和一个没有理想的人在一起。乔念朝在那时，就是个没有理想的人，她忍受不了乔念朝那种破罐子破摔的做法，她逃掉了，逃得离乔念朝很远。刘双林在这时却走向了她。

方玮回校的第一天傍晚，走进了刘双林住的那家招待所，这个招待所就在护校的院外，许多来校看孩子的家长，都住过这家招待所。

方玮走进招待所房间的时候，刘双林正躺在床上看电视，电视是那种黑白的，图像很不清晰，有波纹一浪又一浪地在电视画面上滚过。

刘双林没想到方玮在这时候会来看自己，他有些受宠若惊地坐了起来，看着方玮说：你，你怎么来了？

方玮坐在一把椅子上说：你这么远来看我，我就不能来看看你？

刘双林表现出一副不知如何是好却又兴冲冲的样子，又是倒水，又是拿水果。

方玮就看着他忙碌，等忙完，两人之间有过较短的沉默，最后还是方玮开口道：你明天就可以回家休假了。

刘双林听了方玮的话怔了一下，然后才道：我这次休假，家里边没什么事，来看看你是我的主要任务，你这边没什么事，我就回部队了，连队还是很忙的。

刘双林说完这话又搓了搓手。

方玮的心又颤了颤，她望着刘双林的目光，就多了一份内容。

刘双林说：看到你一切都很好，我就放心了。

方玮一时找不到话题，就把目光定在电视图像上，图像很不稳定，摇摇晃晃。她的脸有些发烧。

刘双林就说：你毕业之后，不会不回师里吧？

她说：我是从师医院出来的，毕业后当然还回师医院。

刘双林的心似乎放下了一半，然后搓着手说：这就好，这就好。

方玮是想在部队干出些名堂的，她对自己的未来充满了激情和想象。

刘双林说：我担心你毕业就不回师里了。

她说：怎么会？

他说：你是高干子弟，毕业后想去哪儿就去哪儿，单位还不是你自己选。

她说：不，我哪儿也不去，就回师里。

方玮进门的时候，天有些蒙蒙的，刘双林并没有开灯，此时天彻底暗了下来，只有房间电视画面一闪一亮着，两人就在这朦胧中有一搭无一搭地聊着。

刘双林在这种氛围中感受到了一丝压抑和紧张，他大脑缺氧，一时找不到合适的话题。自从他认识方玮，并知道方玮的父亲是军区后勤部长时，他就感受到了一种压抑。仿佛他面对的不是方玮，而是后勤部长，但方玮又强烈地吸引着他，难以割舍，魔力无穷。

方玮是轻松的，在轻松中，她时时刻刻感受到了刘双林对自己一次又一次小小的呵护。渐渐地，她就有了一种居高临下的感觉，心底里的优越感正一点又一点地凸显出来。

半晌刘双林才说：方玮，你是我带过的兵，我希望你将来能有出息。

方玮就笑一笑。

刘双林又说：你们这些高干子弟肯定和我们的想法不一样。

方玮说：那不一定，一切都要靠自己努力，考护校我可没有通过我爸的关系。

刘双林说：那是，那是。

方玮说：其实，我跟你们一样，靠自己走出来的路才踏实。我毕业要是不回师医院，肯定会有人说三道四，所以我一定回师医院。

刘双林说：那样的话，咱们又可以在一起了。

刘双林望着方玮的目光中就多了份内容，在电视光线中闪闪烁烁的。半晌，又是半晌，他嗫嚅着说：方玮，你对未来及个人问题有没有考虑？

方玮当然知道刘双林谈到的个人问题指的是什么，她低下头去，心里就有了些异样的感觉，她摇了摇头。

刘双林又说：你看你家庭条件那么好，对私人问题一定要求很高。

这是两人第一次探讨有关私人的问题，在这之前，两人往来通信中，并没有谈论过这样的话题。

方玮说：家庭不家庭的我没考虑过，咱们每个人都不能靠家庭的力量实现自己的理想。

刘双林此时已经心跳如鼓了，他的呼吸有些急促。

他说：那是，那是。

他想伸出手去捉住方玮的手，两人之间的距离很近，只要刘双林伸出手，向前移动十公分，就可以抓住方玮的手。可是他没有这样的勇气。如果他面对的不是方玮而是别的什么人，他一定会在这时果敢地出手，甚至张开双臂，把对方紧紧抱住，然后对她说：我爱你。然而此时，他真的没有这份勇气，他不知如何是好。

有一段时间，方玮似乎闭上了眼睛，她以为刘双林会有什么动作，一个男人和一个女人已经把话说到这个份儿上了，还有什么别的必要躲躲闪闪呢。

半晌，又是半晌，刘双林仍没有什么作为，她有些失望，也有些不甘。她抬眼去看刘双林时，刘双林的目光还躲躲闪闪地望着她。她想离开这里，可又不想破坏这样朦胧的氛围。

她就那么陪刘双林坐着。

刘双林在这时想起了李亚玲，那时他追求李亚玲时，从来没费这么大的劲，他义无反顾地拥抱了李亚玲，并吻了她。现在，他多么希望自己把方玮抱在怀里，亲她吻她呀。可是他终于没有这样的勇气，他只能在冲动与怯懦中煎熬着自己。

半晌之后，方玮站了起来，他也站了起来。

她说：你明天就走？

他说：明天就走。

她说：回去给战友们问好。

他说：好，一定。

两人就站在那里，凝视着对方。

她遗憾地望了一眼他，转身说：学校要熄灯了，我走了。

说完她向门外走去，他跟在她的后面，一直把她送到学校门口。然后，她面对他说：那我就回去了。

刘双林口干得难受，一句话也说不出来，后来还是她伸出手，他紧张地抓住了她的手，在分手的一瞬间，她的小拇指划过了他的手心。在这一瞬间，他曾有过一丝勇气，想拥抱她。可她已经转过身走进了学校的大门，他只能望着她的身影消失在暗处。

那一夜，刘双林没能入睡，他一遍又一遍回想着他和方玮见面时的每个细节。第二天一早，他就独自一人去了火车站，登上了返回部队的火车。

婚后梦想的破碎

李亚玲渐渐地真正地找到了城里人的感觉。三年的大学生活，半年的婚后生活，她已经完全融入城市中了。她再也不用担心有朝一日她又回到农村去了，因为她的户口和档案已经被城市接纳了。也就是说，她现在已经是彻头彻尾的城里人了。

她住在筒子楼里，有时值夜班，有时上白班，工作之后回到家里，简单地打扫一下卫生，然后就等着张颂回来。每天傍晚，都是张颂的备课时间，只要李亚玲在家，张颂都要去办公室备课，他说那里安静。以前张颂备课都在筒子楼里，那时他一边和李亚玲幽会一边备课两不误，现在只有李亚玲一个人在家里独守空房了。

李亚玲多么希望时光能回到从前呀，那时两个人恨不能每一分每一秒都厮守在一起，可是现在，张颂只知道逃避，不知是逃避李亚玲，还是逃避这来得不是时候的婚姻。

天晚了，李亚玲还等不回来张颂，她只能自己洗洗睡了，张颂有时在她还没有睡着时回来，有时她已经睡着了，张颂才懒洋洋地回来，也是提不起精神的样子。

她偎在他的身边，希望他拥吻自己，可是他却推开她说：累了，快睡吧。结果，他翻了个身睡了。她却睡不着，望着暗夜，听着闹钟嘀嘀嗒嗒地响着，开始怀念起婚前那些幸福的时光，她真想回到从前。此时她想起一本书上的一句话：男人与女人的最好时光是恋爱而不是结婚。

可是她为了留在城里，不能不结婚。张颂在当时也并没有急于和她结婚，他是被动的，甚至她曾经要挟过他。他们在这种无奈中结了婚，于是就有了这种无奈的结局。

有时，她兴致勃勃地从单位回来了，她对他有了诉说的欲望，他也准时回来吃饭了。她为了使这顿饭吃得长久一些，专门多炒了两个菜，还倒了一杯酒放在桌子上。他坐在桌前，似乎没有看到酒，也没有体会到她的心情，匆匆地，一如既往地吃饭，他的神情是马马虎虎的。

她看到他这样，良好的心情就受到了打击，但她还是想把美好的愿望表达出来。

她说：周末的时候给你添件衣服吧，你穿灰色衬衫更合适。

他说：周末我还要加班，算了吧。

她又说：要不晚上去，现在商店关门晚，时间还来得及。

他又说：晚上还备课。

她就不知说什么好了，看着他的饭碗。在收拾饭桌的时候，她只能默默地把那杯酒倒进瓶中。

傍晚的时候，有时她一个人走出筒子楼，在校园里走一走，看见三三两两的年轻大学生，有的在树荫下窃窃私语，有的在相互拥抱，干一些年轻人热爱的事情，她走着看着，对眼前的一切竟有恍若隔世之感。最后她走到办公楼下，看到张颂所在的教研室透出的灯光，知道他还在那里，恍若自己又回到了从前，感觉是那么温暖，那么迫切，那么冲动。她此时的情绪还在，然而张颂呢？她站在一个树影下望着那一窗的灯火，眼泪不知什么时候悄悄地流了出来。她有了一种失落和惆怅。

如果说，她婚前对城市有些功利的话，那么现在她的心境已发生了根本的改变。她并不想奢求生活中的大富大贵，她只奢求生活中应该有的那份内容。如果早知道婚姻是这样的，那她宁肯放弃留在城市里，去寻找属于自己的那一份浪漫和温馨。李亚玲毕竟是个年轻女性，她有年轻女性对生活的梦想和要求。

她开始和张颂吵架了，而且，一吵而不可收拾，她的心里似乎有许多愤懑，没处发泄，她只能通过和张颂的吵架才能发泄出来。

她说：这过的是什么日子，我过够了。

在一天晚上吃饭时，她这么冲张颂说。

张颂对她的语调和说话的内容显然没有心理准备，一双茫然的目光透过镜片望着她。

她说：张颂你变了，婚前你对我什么样，现在又是什么样？你说，你说呀。

张颂一时没有回过神来，仍那么陌生地望着她。

她又说：看着我干什么，你怎么整天无精打采的，连一句话都不愿意跟我说。告诉你张颂，这份婚姻不是我求来的，如果你当初不那么对我，我不会求着和你结婚。

张颂半晌才反应过来，结结巴巴地说：我、我怎么了？

她说：怎么了，你自己清楚，张颂我问你，你是不是对我不满意？

张颂对这个话题似乎还没有琢磨过，他一时不知如何回答。

半晌张颂才说：现在咱们都还年轻，以后生活还长着呢，我是想趁年轻多学点东西，以后肯定有用。

这句话露出了破绽，让李亚玲抓住了，她马上说：你对我好一点，难道就影响你学习上进了？

李亚玲这句话说得并没有毛病，张颂怔了半晌才说：我对你不够好吗？你说结婚就结婚，结婚后，每月工资都给你了，这个家你当，你还想怎样？

李亚玲流泪了，她抹着眼泪说：我不要你的工资，我只想过一个正常人过的日子，你总是很忙，连和我说话的时间都没有，有时一天连正眼都不看我一眼，难道这就是你对我的好？

张颂无话可说了。

这么吵过一次之后，果然就有所改变了。在晚饭后他也能抽出时间陪着李亚玲在校园里走一走了。那时的李亚玲是幸福的，她把手放在张颂的臂弯里，有时两个人的身体还不停地碰在一起，李亚玲似乎又找到了那种过电的感觉，像恋爱时一样。走了一会儿，张颂看看表说：我该备课去了。

李亚玲就说：送我回到门口，你再走。

张颂就陪她来到了筒子楼门口，两人停下来，张颂要走，她又把他叫回来，帮他正了正领口，然后才望着他远去。

李亚玲独自一人回到家里，心情很好，她还哼着歌，喜气洋洋的样子，上床前还抽空看了一会儿带到家里的病历，然后才上床躺下，她等着张颂早点回来。

张颂回来后，她已经睡了一觉了，她伸手摸到了张颂，抱住了他的一只胳膊，然后又踏实地睡去了。明天她是早班，五点多就要起床，然后去接班。张颂不用那么早，他八点钟赶到课堂给学生们上课就可以，所以总是她先睡。

这样的日子持续了几天之后，张颂又我行我素起来，每天晚上吃完饭一抹嘴就到办公室备课看书去了，又留下她一个人孤零零地在家里。这时，她的心很不安，看着闹钟一点点向前游移着，什么也干不下去，心情烦乱得很。她不时地谛听着过道里的动静，有几次她听着门外的脚步声以为是张颂回来了，急忙打开门，结果并不是张颂，她就失望地关上门，很郁闷的样子。然后躺在床上，却怎么也睡不着，翻来覆去的，她开始失眠。终于张颂回来了，他躺在了她的身边，没多一会儿，他睡着了，并且打起了鼾。她坐起来，望着他，黑暗中，张颂的脸一副朦胧的样子。眼前的张颂还是以前的张颂，可是物是人非，这日子和她想象的一点也不一样。她真想冲他大喊大叫，把他从梦中叫醒，她的愤懑又一点点在心中积攒着，最后终于在一天又爆发了出来。

她说：你心里根本没有我。

他一副愕然的样子道：怎么没有你了？

她说：你就是没有我，只有你那些学生，你是不是看上哪个更年轻的了？

他对她的这种胡搅蛮缠一点办法也没有，就挥挥手说：我就看上年轻的了，你这样累不累呀，咱们现在是夫妻，不是恋爱中的情侣，天天哪有那么多事，有时间干点正事好不好。

张颂并不是一个浪漫的人，他对那种婚后生活还没有一个准确的定位。

她听了他的话，眼泪又一次流了出来，她感到很伤心了，所有的浪漫和幻想就这么离她而去了。

她说：你陪我逛过几次街？连我的生日你都记不住，这么跟你过下去，还有什么意思。

他不想和她吵，匆匆吃完饭，夹起教案就去办公室了。有时，他干脆就不回来了，夹个凉席睡在办公室里。这么吵来吵去的，往往要僵持几天，生活才能恢复正常。

这样的现实生活是李亚玲没有想到的，她对婚姻有着许多浪漫的想法，当年在大学宿舍里，她们躺在床上，女孩子们梦幻般地对婚姻有着许多畅想，她当然也有着自己的梦想。当她们集体爱上张颂老师时，她是多么的幸福啊，因为那时，自己离张颂老师最近，她那时认为自己是世界上最幸福的人。

然而现实的婚姻却把她的梦想击得粉碎，自己梦想的、追求的婚姻，原来竟是这样一幅画面，李亚玲深深地感到了失望。这就是她得到的所谓的幸福吗，李亚玲独自一人时，不免黯然神伤。

不论是上班还是下班，她都没有了一点热情。刚结婚那会儿，她对这个筒子楼里的家是那么眷恋，当她锁上门时，总要回过头来留恋地看上一眼，走到楼下时，她抬起头来，看一眼属于自己的窗口，就有了一种很踏实的感觉，如同一粒飘浮的种子终于找到了土地，有了一种根脉和希望。每天她下班回来，不管早晚，总要先到菜市场买些蔬菜，兴冲冲地回来，进门后，她甚至连衣服都来不及换，便点着了火，整个筒子楼的走廊里在一片炒菜声中交织着一曲生活的乐章。那时，李亚玲就感慨，生活是多么的有意味呀。一想起生活，她的眼睛就发湿发潮，有着一种感恩之情。

随着时间的流逝，生活却变成另外一种样子。什么样的心情培育出什么样的生活，生活其实过的就是一种心情，此时，李亚玲没有了这份心情，生活也随之失去了光泽。

张颂似乎早就谙熟了这种生活，他刚结婚便开始逃避了，和李亚玲南辕北辙。李亚玲不能不抱怨，不能不和张颂去争、去抢。在上学时，和张颂偷偷摸摸地恋爱，那时她是甜蜜的，有着对张颂的一种占有欲，因为从情感到心理，她和张颂还是有一定距离的。这种距离是师生关系造成的，她是学生，张颂是老师，因为这种距离就有了一种美。然而，他现在不是她的老师了，她也不是他的学生了，接下来他们只能是夫妻关系了，这种关系让他们寸步不让，据理力争，这就是夫妻关系。从理想回归到了现实。

李亚玲因为心情的变化，在下班后回家的心情就不再那么迫切了，以前她总是第一个换好衣服，打冲锋似的冲出来。现在她和那些老医生、老护士一样，学会了慢条斯理、从容不迫，她摘了手套，换好衣服，还要在水龙头下给手打上肥皂，一丝不苟地将手指间的缝隙仔细地洗上几遍，才不紧不慢地走下楼来，还不停地和身边的人打着招呼。

当走近筒子楼时，她再也不会抬头寻找属于自己的窗口了，而是低着头，心事重重地上楼，有几次她都走错了，当掏出钥匙去开别人家的门时，才意识到走错了门。李亚玲因此也变得恹恹的，她不再和张颂争吵了，他回来就回来，不回来她也不对他期盼什么了。

两人吃饭时，也有一搭无一搭的。

他说：这届新生基础很好，比你们那批工农兵学员强多了。

她说：是吗，有没有漂亮的女生呀？

他不觉看了她一眼。

半晌，她才又说：我们医院新分进来两名大学生，做一个小小的阑尾手术都出差错。

他又看了她一眼，放下碗。

她也放下碗，突然想起了什么似的说：张颂，我想要一个孩子。

这个想法是她突然间萌生的，就在放下饭碗那一刻，可此时说出口之后，这个想法一下子变粗变大了，变得顽强无比。她紧张地望着他。

他一直没有说话，就那么若有所思地看了她一会儿，才说：也好，兴许有了孩子你就不胡思乱想了。

她的想法得到了他的首肯，她激动万分，她又被另一种理想鼓噪得神情不安起来。平淡的生活总是期待着惊心动魄，虽波澜不兴，也希望有所变化。在这种期待中，她下定决心要生个孩子，也许到那会儿，她真的会是幸福的。既然每个人都要结婚，结婚后又都要生孩子，那么为什么不早一点把这个过程都完成了呢？

从那以后，她一心一意地在为生孩子做准备了。自从未婚先孕，她就有了教训，在和张颂发生关系时，她坚持一定要用工具，张颂也言听计从，一直坚持到现在。他们现在想要孩子了，工具自然不会用了。于是他们开始齐心协力地共同努力，这是他们结婚后，想法最一致的一件事了。他们恩爱完之后，躺在那里，身子软软的、倦倦的。

她说：兴许有了孩子，你就恋家了。

他说：有了孩子，你就不胡思乱想了，生活就是生活，哪有那么多累人的想法。

她说：有了孩子会很累人的。

他说：你想带就带，不想带就交给我妈，我妈明年就退休了，她想要孙子都快想疯了。

前些日子，李亚玲隔三岔五地到张颂父母家去一趟，时间大都是周末，有时在他家吃一顿饭，张颂母亲不说什么，更多的时候用探寻的目光在李亚玲的腰身上扫来扫去。

吃饭的时候，张颂母亲就说：你们也老大不小的了，也该要个孩子了。

当时两个人都没有接母亲的茬，那时李亚玲还没有要孩子的想法，她仍沉浸在对婚姻对家庭的期盼中。现在她终于下定决心要生个孩子了，她想象自己以后怀孕时，挺胸腆肚的样子。那一阵子，张颂似乎很配合李亚玲，每天从办公室备课回来便早早上床。他们都变得很勤奋，他们的生活又变得甜蜜起来。李亚玲一时间沉浸在了一种假想的甜蜜之中，她对生活又变得积极起来，每天下班的时候，她又是第一个冲出门诊楼，飞快地骑上自行车往菜市场赶，每天的晚饭都做得很丰盛。她的脸孔红润，眼神迷离，仿佛她又谈了一次恋爱。热恋中的女人总是迷人的、可爱的。

她不再和张颂争吵了，这么甜蜜的生活还有什么可争可吵的呢，如果这样的生活这么持续下去的话，她肯定会满足的。

可几个月之后，她并没有像期待中的那样怀孕，她在幸福的过程中，甚至忘掉了当初的目的。

直到有一天，张颂大汗淋漓地努力过之后，伏在她的身上说：都好几个月了，也该怀上了。

这时她才意识到，她原本是想怀孕的。她伸出手摸着自己平滑如初的肚子，她是学医的，不用摸肚子也知道怀没怀上孩子，每个月正常地来月经，就足以证明她没有怀孕。

几个月下来之后，张颂的情绪就不高涨了，也不那么勤奋了。有时他很晚才从办公室回来，她已经睡醒一觉了，他躺在她的身边，她希望他能在晚上仍有所作为，便把身子偎过去，用手热热地把他缠住，他推开她的手说：太累了，等过两天吧。

她就有些失意，把手一点点松开，身体也一点点冷却下来，不一会儿就睡着了。这样的日子又持续了几个月。

当每个月来月经那几天，他总是用探寻的目光望着她。如果来了，她便摇摇头，叹口气。他的目光在这之前是有一些期望的，有如几粒炭火在燃着，听了她的话便又熄灭了。

有几次，她的月经推迟了几天，她便在日历牌上做出种种记号，准确无误地计算着日子，可几日之后，月经又来了，她和他如泄了气的皮球，于是又期待着下一个月。

这样努力期待了一阵之后，两个人似乎都疲沓了。

她就说：以前怕怀上，偏偏就怀上了，现在想怀却怀不上，你说急人不急人。

张颂就说：要不去医院查一查吧，是不是哪里出了毛病？

她说：有什么毛病，又不是没怀过。

他也沉默了，为这种无望的努力他感到了失望。

还是科里一个老大姐鼓动李亚玲去妇科做一下全面的检查，她才走进妇科的。这个老大姐以前也经历过类似的事情，后来，一检查还是查出了毛病。于是，又是做手术，又是吃药的，终于怀上了。

李亚玲果然检查出了毛病。结论是这样的，李亚玲交代了自己曾怀过孕又做过人流的历史，医生便顺着这条线索检查，上一次人流做得很不成功，把子宫刮漏了才造成了大出血。虽然现在伤口早就愈合了，但现在的子宫壁太薄了，受精卵无法在子宫里着床，没有了生存的土地，种子自然不会生根、发芽、开花、结果。

这一诊断是致命的。李亚玲是学医的，她本身就是医生，这无形中等于宣判她将终身不孕。那天，当得到这一结论时，她坐在检查床上久久没有下来，她脸色苍白，神情麻木。

当她走出妇科时，已经泪流满面了，一个想做母亲的女人，突然宣判她没有权力做母亲了，无疑宣布了她的死刑。

那天，她回到家里，手没洗、脸没洗，便一头倒在了床上，灯都没有开。一直到张颂回来，他进门拉开了灯，看到了床上神情呆滞的李亚玲，惊讶地走过来问：你病了？

他说完伸出手在她的头上摸了一下，她并不热，额头甚至有些发凉。

他又问：你怎么了？

她从枕头底下摸出那份检查报告，张颂只看了几眼，便什么都明白了。他也呆坐在那里，不相信似的反复研究着那张纸。

李亚玲突然找到了发泄口，她坐起来冲他叫道：当初你说不会怀孕骗我上床，结果怎么样，如果没有当初，怎么会有今天？

说完，她用被子蒙住头，撕心裂肺地大哭起来，这是悲恸欲绝的号哭、毁灭的痛哭。

张颂呆呆地坐在那里，恍惚间如同坐在了梦里。

她昏昏沉沉地这么过了几天，情绪才稳定下来，她认命了。她觉得这就是她的命，这一切都是为了进城所付出的代价。

如果当初她不和张颂谈恋爱，就是谈恋爱而不意外怀孕，全校的人就不会知道她和张颂的恋爱关系，她就没有权力要求张颂和自己结婚，不结婚，她就无法留在城里工作，说不定自己现在正在农村吃苦受罪。想到这些，她心理平衡了，情绪便稳定下来。既然认命了，生活就又是生活了，人生活在这个世界上，有许多欲望需要满足，为了欲望，日子一天天地就有了盼头和努力的方向。

痛苦的抉择

马非拉出事了，谁也没有想到在那种时候，会发生那样的事情，乔念朝眼睁睁地看见马非拉被歹匪强暴，那一刻，他没有了愤怒，只剩下了绝望。

当马非拉趔趄着来到他的面前，为他松开绑在手脚上的绳子时，他已经没有站起来的力量了，只能用目光惊愕地望着马非拉了。马非拉的目光和他碰在了一起，他同样看到了马非拉目光中的绝望，还有一缕他所不熟悉的冷漠。

后来，她扶着树站了起来，目光越过他的头顶，眼神麻木而又苍凉。她一步步向前走去，穿过街心花园的护栏，走过马路，最后她疯跑起来，一直跑进大院门口，他喊了一句什么，她也没有停下来，快速地消失在黑暗中。

乔念朝踉跄着跟着她，他喊着：非拉，非拉——声音艰涩而又苍老。他一直走到马非拉家的楼下，整栋房子不见一丝灯光，就那么静静的，似沉睡千年万年了。他倒退着往回走，一直盯着马非拉家里的某个窗口，他多么希望那扇窗口后面突然亮起一盏灯，可是一直没有。那栋楼都是黑着的，如同临分手时马非拉那双绝望的眼睛。

那一夜，乔念朝也没合眼，他的眼前不停地闪现着马非拉的眼睛，那是怎样的一双眼睛呀，这双眼睛搅扰着他一夜无眠，然后就是三个歹徒拖着马非拉走进丛林里的情形，他的心在颤抖，自身如同坠向一片深不见底的峡谷，无穷无尽……那一夜，他是在一种失重状态下度过的。

第二天，就是他们返校的日子了，为了这个日子，马非拉已经计划好久了。原本他们说好了同一天返校，车票前两天他们已经买好了，他们两个人的座位是连在一起的。

天亮了，乔念朝准备出发了，东西已经准备过了，无须再准备了，他提着东西从家里走出来，又去望马非拉家里那栋小楼，门前静静的，不知为什么，这时他希望见到马非拉，又怕见到她。他在这种犹豫不决中，一步步走出了大院，来到了公共汽车站。一连来了三辆通往火车站的汽车，他都没有上，在犹豫中，他想会看见马非拉的身影，结果，马非拉一直没有出现。第四辆车又出现的时候，他看了一眼腕上的表，再不走，恐怕就赶不上火车了，他只能上车了。

在车站的月台上，他差不多是最后一个上车的，他一直没有看到马非拉，他向车厢里走去，他不敢提前望向自己和马非拉的座位，他不知道马非拉是来了还是没来，等找到座位才发现自己和马非拉的座位一直空着。他的心里如同压着一块巨石，沉沉的，闷闷的。一直到车开走，也没有见到马非拉的身影。马非拉的座位一直那么空着，一个男人试图挤过来，要坐那个空座，被他制止了，他说：有人。

然后，车行驶了一站之后，他仍没有见到马非拉的身影，那个座位被新上车的人给占据了。他不知道马非拉回到家后都发生了什么。

他出现在军校里，后来晚上又去食堂吃饭，在通信队的队伍里他也没能找到马非拉的身影。

最后，他来到了军校内他和马非拉曾经出没过的地方，试图能看到马非拉的身影，就像以前一样，说不定在什么时候，马非拉就会出其不意地出现在他的眼前，坏笑着，任性着。一连三天，他在校园里仍没发现马非拉的影子。他自己也恍恍惚惚的，心不在焉，什么也听不进去，什么也干不下去。他一闭上眼睛就是马非拉那双绝望而又空洞的眼睛。他不知道自己是怎么了。说心里话，他以前似乎从来没有爱过马非拉，只有马非拉整日里缠着他，让他一次又一次地就范。他是被动的、无奈的，可现在，他即将失去马非拉了，他才意识到，他是爱着她的。没有马非拉的生活是多么的单调乏味。他急于见到她，可她却迟迟不出现在他的面前。

他把最坏的结果都想到了，马非拉不来上学了，从此，在他的视线里消失了。如果那样的话，他会请假回家一趟，把事情弄个水落石出。还有一种可能就是，马非拉出事后想不开，出了更大的事，比如自杀或出走，等等，想到这他的心又沉了下来。

晚上，他来到邮局给家里打了一个电话，接电话的是父亲，父亲听到了他的声音很吃惊。

父亲说：你有事？

他说：没什么事，就是告诉家里一声，我已经回学校了，这里一切都挺好的。

父亲说：嗯，写封信不就行了。

最后他说：家里都好吧？

他为自己的口气感到吃惊，以前写信他都不这么问候父母，一是父母不适应，更重要的是，父母都身体健康，工作顺利，又有什么不好的。

父亲又说：嗯，都挺好的，你小子不是出什么事了吧？

他忙说：没有，没有。

说完便放下了电话。

他打这个电话的目的，是想从家里探问一下马非拉的消息，如果马非拉真的出什么事了，整个大院的人不能不知道，当然父亲也会知道，他打电话，父亲也许会跟他说。他听着父亲的声音还如同平常，在这种平常中他想，马非拉也许没出什么事。

他忐忑不安地又过了三天，终于看到了马非拉。那是早饭后，他列队去教室上课，通信队的学员迎面走来，他在熟悉的队列里看到了马非拉。马非拉脸色苍白，神情呆滞，她看着前面，又似乎什么也没有看见，随着队伍走着。那一瞬，他差点儿喊叫起来。那天上午的课，他一句也没有听进去，只记得军事指挥教员在黑板上写了一行字：指挥的艺术。

然后他脑子里就乱成了一片，他既兴奋又悲凉，心里有种说不清的滋味。看来马非拉还是来了，接下来他就要面对她了，她看见他会说些什么，他们的关系又算是什么，他们将怎样继续。他不知道，也说不清。一切都混沌着……

傍晚的时候，他终于找到单独和马非拉在一起的机会了，他从食堂往宿舍走，马非拉低着头迎面走过来，他站在那里，等着马非拉走近。马非拉看见了他，似乎见到了一条横在马路上的蛇似的，转身从旁边一条岔路上绕了过去。

他站在那里，张了口想喊住她。他不明白，她为什么要对他这种态度，他张口结舌，站在那里一时不知如何是好。马非拉先是快步走着，最后就跑了起来，就像那天晚上一样。他对她这种态度，真是百思不得其解。

在以后的几天时间里，他只能远远地看着马非拉，马非拉根本没有要见他的意思。他去她的宿舍找过她，开门的是一个长得胖胖白白的女兵，那个女兵每次总是说：马非拉不在。然后很怪异地看着他。他教室、图书馆都找过了，根本没有马非拉的影子。他又来到外面，几乎把校园的每个角落都找遍了，最后，也没有发现马非拉的影子。

大约在半个月后，他终于有了一次单独和马非拉见面的机会。时间是早操后，马非拉提着水壶往宿舍走，他快步追上去，横在马非拉面前。

马非拉无路可去，站在那里，眼睛却不看他，冷冷地望着别处。

他说：马非拉，你为什么要躲着我？有什么事你就说嘛。

她说：我什么也不想说，你躲开，让我过去，一会儿就上课了。

他说：晚上我在图书馆等你，我有话要对你说。

他还没有说完，马非拉就快步从他身旁走了过去。他眼睁睁地看着马非拉走远。他心里阴晴雨雪的不是个滋味。马非拉对待他的态度是一百八十度的大转变，他不知道这一切究竟意味着什么。

晚上的时候，他来到图书馆，没有看到马非拉的身影，一直到图书馆闭馆了，仍没有见到马非拉。他夹着书本，他在等待的过程中，打开了一本书，却一个字也没有看进去，眼前不时地闪现出他和马非拉来到军校后所发生的一切。最后他梳理出了一种情绪，那就是被遗弃。

看样子，他已经没有机会面对马非拉了，在队列里，在校园里，他可以看到马非拉的影子，可是每当他走近她，她总是远远地逃走了。他不甘心就这样和马非拉玩这种猫捉老鼠的游戏。他要找到她问个清楚。

在一个阳光明媚的秋日周末，他闯进了马非拉的宿舍。巧的是马非拉一个人在宿舍，她穿戴整齐地倚在床上，脸色比以前好了一些，但仍然有些苍白。马非拉看见了他，转身把脸冲向了墙，他站在她的床旁，看着她的后脑勺说：马非拉，你今天给我说清楚，你到底怎么了？

她不说话，他看到她的肩头一抽一抽地在耸动。

他又说：马非拉，你为什么要这样对我？

她终于说话了，哽着声音说：乔念朝，这还用我说吗？你干吗老缠着我不放，以前的马非拉已经死了。

他听了她的话，浑身的血液一下子凝固了，他明白了，这一切都和那天晚上的事情有关。他不知道说什么好，呆呆地站在那里。

她又说：乔念朝，你就当成不认识我，我以前是喜欢过你，可我现在不配了，还有那么多女孩子，你去喜欢她们吧。

乔念朝在那一刻什么都明白了，他站在那里只有几分钟，却仿佛有一个世纪那么长。他明白了马非拉躲避他的理由和想法，她是痛苦的，也是绝望的。

那天晚上的事件成为他们关系的分水岭。直到现在乔念朝还没有意识到，那天晚上的突发事件，对他们来说意味着什么。他在她的床前立了一会儿，又立了一会儿，最后还是走了。

他真的要梳理一下和马非拉之间的关系了。秋日阳光下的校园显得那么可爱，军校的学员们三三两两地在秋阳下，有的看书，有的在一起说笑，一切都显得那么美好，唯有他的心情是沉重的。他独自走在这秋阳中，他知道，如果自己和马非拉继续来往下去，那么就意味着以后他要和马非拉结合。想到这他的思维停滞了，那天晚上发生的事情一下子横在了他的眼前：马非拉挣扎着，低低地呼叫着，尽管她的嘴被捂上了。然后就是那三个歹徒淫邪的笑声，还有夹杂着的淫邪的语言。

其中一个说：嘿，还是他妈的处女呢。

另一个说：搞了这么多，还真碰上处女了，今晚可挣到了。

……

一声又一声淫邪的话语，刺向他的耳鼓，他浑身在颤抖。事情发生后，他最担心的事并没有发生，马非拉又出现在了学校里，她痛苦、绝望，毕竟她又回来了，她终于迈过了这个坎。接下来经过时间的漂洗，她心灵的伤口会渐渐愈合，别人看不出来，只有她自己知道，也许她还会恋爱，嫁给一个陌生的男人，然后生活在一起……

乔念朝只能顺着这种思路往下想着，越这么想，他的心越痛，仿佛受到伤害的不是马非拉，而是他自己。

那些日子，乔念朝度日如年，他举棋不定，他明白，马非拉之所以不理他，完全不是因为不爱他，而是因为她不想把这份伤痛带给他。他真的要好好想一想他和马非拉的关系是进还是退了，不管是进还是退都在他自己掌握之中。乔念朝又面临着新一轮痛苦的抉择了。

重　　生

章卫平的生活里自从有了王娟的介入，便鲜活了许多。在建委这种机关单位，章卫平度日如年，上班的时候，并没有太多的事情可干，但每个人又都得在办公桌后面坐着，真真假假地忙着手头那一点点工作，比如月报表，审查下面报上来的一个项目，这个项目上已经盖了许多鲜红的印章了，他们这个处室也要例行公事地盖上一枚。项目审批表报到处室时，并不急于盖章，先从每个人手里传阅一番，这种传阅不是连续进行的，先是到了马处长手里，就放在他的案头。他案头上已堆了许多这样的报表了，一直等到报请项目的单位反复地催问过了，有的单位还派出代表，赶到中午或者晚上下班前，来到单位。进屋也不先说项目上的事，而是先散了一圈烟，有一搭无一搭地说会儿话，这时候就到了吃饭的时间，来人才说：诸位，咱们都是朋友，经理让我和大家见个面，请各位赏光，咱们吃顿便餐。

办公室的人，你看我，我看你。一个人便说：算了，算了，都是自家人，还吃什么饭呢。

来人就说：一定要吃，要是不吃这餐饭，那就是瞧不起我老郭，我们以后还怎么跟你们打交道。

话都说到这个份儿上了，老郭又这么真诚，那还有啥说的。客气了一阵后，老郭就说：地方我定了，就在王大妈酒楼二层三号包房，我先去了。

说完老郭就走了，众人便准备起来，有人打电话通报家里不回去吃饭了，有几个女士去洗手间洗了脸，坐在桌后化妆打扮，有人冲镜子正正领带，摆弄摆弄头发什么的。

那个时候的酒楼还不多，上一次酒楼是件挺隆重的事，况且完事之后，一般人都会安排个跳舞什么的。舞厅的环境并不好，有许多单位为了创收，干脆把食堂打扫了，摆上两个音箱，把就餐的桌子堆在一起，日光灯用几串拉花一修饰，这就是舞厅了，五块钱一张门票，人们争抢着去。

那时节，刚刚流行跳交际舞，新鲜着呢，两个原本并不相关的男女，因为跳舞，而名正言顺地走到了一起，在勾肩搭背中，身体时有摩擦，这是一件多么朦胧、多么暧昧的事呀。那一阵子，男男女女、老老少少齐上阵，会跳的潇潇洒洒地舞上一曲，热烈的掌声后，人们会对他（她）刮目相看。那些不会跳的，也不甘落后，躲在角落里和同伴切磋，有的就和椅子切磋，还有些人回到家里冲着镜子舞上一阵。总之，那时人们对跳舞着了迷。

王大妈酒楼一聚，又跳了一个晚上的舞，大家的心情都很愉快，临分手时，老郭才谈正题，拉着马处长的手说：马处长，你看我们那份立项报告……拜托你了。

马处长就说：那啥吧，你明天下午来取吧，我们明天加个班给你审批了。

老郭就千恩万谢。

第二天一上班，马处长就把老郭单位送上来审批的报告找出来，让人盖上一个鲜红的印章。下午的时候，老郭就取走了，自然又是千恩万谢一番，那个审批表上，已经盖了一串印章，老郭还要盖下去。这就是那时机关的处境，人们都这样，一切也就不奇怪了。

剩下的时间里，人们看看报纸、喝喝茶、聊聊天，日子不紧不慢地这么过着。

坐在章卫平对面的于阿姨非常关心章卫平和王娟的进展，她挂在嘴边上的一句话就是：宁拆一座庙，不拆一个婚。

于阿姨就说：小章，和王娟的事进展得咋样了？

章卫平就笑一笑。

于阿姨又说：王娟那孩子不错，我是看着她长大的，你们处吧，一准错不了。

章卫平自从回到城里，进了建委机关，时光仿佛就停滞了，日复一日，今天这么过，明天这么过，后天还是这么过。章卫平就有了一种压抑感，少年壮志只剩下一点点余火在心底缭绕着。他在少年的时候，对自己的未来，对自己从事的职业，想过千回万回，可就没想过自己在机关里过一种无所事事的生活，他压抑，憋闷。

当年，他没能去成炮火连天的越南战场，转而去了农村，那片广阔天地曾种植过他博大的理想，他真心实意地希望在农地有一番作为，那时鼓舞他的信念只有一个，改变农村落后面貌，修梯田，修水渠。他一马当先，整个会战工地都是沸腾的，工地上插满了旗帜，五颜六色的，看了就让人激动。人们挥汗如雨地奋斗着，仿佛一夜之间共产主义就能实现了。在那一个又一个激动人心的日子里，章卫平的心里是火热的，他觉得自己的理想正在一点点地接近现实。

他的理想和火热的情怀在回城后就夭折了。眼前的机关生活一下子把他抽去了筋骨，他有劲用不上，他时时地想喊想叫，年轻而又沸腾的血液在他的体内渐渐地平息了下来。在这淡而无味的现实生活中，他多次想起李亚玲，一想起李亚玲他便会想到激动人心、广阔沸腾的农村，所有的情结和美好都和李亚玲有关。他一想起李亚玲，又会勾起在农村时那些美好难忘的回忆。

有许多次，他在中医学院门口驻足，望着进进出出的人，希望能看到李亚玲的身影出现，可李亚玲的身影他很少能够看到。他只要站在中医学院门口，不管能否看到李亚玲，都觉得自己离李亚玲近了一些，仿佛他又可以触碰到曾有过的记忆和美好。

在他迷惘惶惑的时候，他找到了王娟留给他的那张小小的纸片，那上面写着王娟的电话号码。一想起王娟，他又想到了李亚玲，当年的李亚玲，和现在的王娟都梳着一条又粗又长的辫子，清清纯纯地立在他的面前。这时他的心里又有了一些激动。在这激动中，他仿佛又回到了从前在农村时的岁月。

在一个周末，他拨通了王娟的电话，显然她也听出了他的声音，激动地说：是卫平呀。她的神情仿佛他们已经认识有千年万年了，只不过有一段时间，他们分开了。

两人又一次见面了，王娟还有些怕羞的样子，她穿着白衬衣蓝裙子，样子有些像一名大学生，她的脸孔红红的，眼睛却亮亮的。她不问他去哪里，他也不知道去哪里，他们上了一辆公共汽车，两人坐在一起，谁也不说话，就那么望着窗外，窗外的景色先是城市，后来就出了城市，来到了郊区，最后，他们下了车。

公共汽车远去了，两人才回过神来，他们的周围是一片庄稼地。

王娟茫然不解地望着章卫平。章卫平置身在这里，仿佛又回到了从前，他左顾又盼时，居然发现了一条水渠，那是一条已经废弃的水渠，水渠跨过一条河道，通向了远方。他一句话不说，向前走去，王娟只能跟着他，最后他们来到了为水渠而修的一座大桥下，上面是水渠通过的桥。他来到这里，恍似又回到了农村。他在那年冬天，也站在一个桥洞下和李亚玲约会，桥上的冰层因寒冷而发出细碎的爆裂声，他们嘴里吐着哈气，呼吸急促地望着对方。在那里，他和李亚玲完成了初吻，他们冰冷的牙齿磕碰在一起，发出惊天动地的响声。他们在寒风中颤抖着，试探着把舌头伸给对方。那是多么激动人心的时刻呀，他们流连忘返。

章卫平领着王娟来到这里，当初完全是没有目的的，鬼使神差，他来到了这里，他的激情一下子被调动了起来。他吹着口哨，捡起石子向水里投掷着，仿佛又回到了从前那一段美好而又神往的岁月。

王娟似乎也被章卫平感动了，她大呼小叫着。后来，两个人坐在了一块石头上，凝望着眼前淙淙而去的流水。章卫平置身在这里，仿佛来到了世外桃源，忘记了机关里的无所事事，还有消磨已逝的激情。

他望着王娟的侧影，她和李亚玲是那么的像，李亚玲以前也梳过这样的辫子，他望着王娟，李亚玲的身影和王娟的身影幻化着，那股久违了的冲动又在他心底里复发了。他突然把王娟抱住，王娟一愣，但还是接纳了他。

他寻找着她的唇，她躲闪着。这时的章卫平固执而又顽强，他有些粗暴地、热烈地吻了王娟。

起初王娟是挣扎着的，她的头在他怀里左扭右扭，气喘吁吁，畏怯而又羞涩。后来她不动了，唇是抿在一起的，没有给章卫平留下一点缝隙。后来她就张开了唇，开始迎合他了，她半闭着眼睛，一时不知自己身在何处。她的喉咙里发出呜呜的声音。

他激动而又战栗，他不时地产生错觉，他面对的不是王娟，而是李亚玲，从前的李亚玲，结实、健康、饱满，像阳光一样一尘不染。

过了许久，他放开了她。他们都气喘着，她心绪难平地望着他，他望着眼前的庄稼地。

她喘息着说：你的劲太大了。

他回过头问：你说什么？

她又说：太快了，咱们太快了。

她最后偎向了他的臂膀，女人的第一道防线被男人突破后，她已经把自己的半个性命交给男人了。她偎向他的时候，他的身体一抖，僵硬了一下，迟疑了一下，最后还是把手伸出去，把她的肩头揽在了怀里。

章卫平闭上了眼睛，听着庄稼被风吹过的声音，嗅着大地的气息，抱着王娟，眼角流过两滴眼泪。

王娟抬起头愕然地望着他说：你哭了？!

他闭着眼睛说：没有。

她说：你哭了，我都看见你的眼泪在脸上流了。

他很快地抹一把脸上的泪，咬着牙说：没有。

两人不说话了，近距离地相互凝视着。

章卫平这么快就能让王娟走近自己，是有着许多心理因素的，首先他在王娟的身上找到了当年的李亚玲的影子，当然是外在的，正因为这种外在的相似，章卫平便有了一种幻觉，这种幻觉使王娟和理想中的李亚玲不时地混在一起，让他分不清谁更可爱；另外，现实的机关生活，使章卫平的生活毫无色彩，他急需在现实之外寻找到一点理想，使死气沉沉的生活增加一抹亮色。正在这时，王娟出现了，填补了章卫平虚幻的生活。

这种情态下产生的爱情，注定了悲剧的意味，当然，此时此刻的他们并没有意识到这一点，他们努力地走近对方，用他们的身体唤醒对方的激情。

夕阳西下的时候，他们才从桥洞里走出来，两人因爱都显得有些疲惫，但神情却是兴奋的。来的时候，两人是相跟着，章卫平在前，王娟在后，王娟的脚步有些犹豫不定。现在王娟已把自己的半边身子交给了章卫平，她差不多是被他抱着往前走了。热恋中的女人是最容易失去理智的。此时的王娟，不管前面是刀山、是火海，都会跟着章卫平不顾一切地往前走。

在回来的路上，两人坐着公共汽车，她依旧把头靠在他的肩膀上，她的手抱着他的胳膊，闭着眼睛沉浸在爱的甜美中。

当章卫平送王娟到家门口时，天已经黑了，她回过身望着他，他也望着她。他又产生了一种幻觉，他是站在李亚玲家门口，他送李亚玲回家，天上飘着雪花，周围是一两声真切的狗叫声。

他的目光迷离，一半清醒、一半迷醉的样子。

她终于说：去我家吧。

他清醒了过来，望着王娟。最后去见李亚玲那一幕又浮现在他的眼前，那一幕如一把刀深深地扎到了他的心里，这么长时间过去了，他的心仍在流血。

一个声音告诉他：李亚玲已经结婚了，和她的老师。

他又一次惊醒过来。

她又说：到家里坐坐吧，你早晚都要见见我的父母的。

他想了想，最后还是跟着王娟向门口走去。一直走进王娟的家，他才意识到，王娟的父母不是一般人，房子是四室一厅的那种，家里那台日本三洋电视正在清晰地播放着新闻节目。

在那个年代，别说日本彩色电视机，就是黑白电视许多家连想都别想。

王娟的父亲正在看电视，他五十岁左右的样子，白衬衣，深色的裤子，一眼便可以看出，这是典型的干部装束。王娟的父亲很慈祥，见章卫平进来便站了起来，并主动地和章卫平握了手，然后就说：坐嘛，坐嘛。

那次，章卫平才知道王娟的父亲是卫生厅的副厅长。她母亲是卫生厅一般干部，患着病，正在家里休息，脸色苍白，和章卫平打了声招呼便进里屋休息去了。

王副厅长有一搭无一搭地和章卫平说着话，王娟里里外外地忙着又是倒茶，又是找烟。

当章卫平说出父亲名字的时候，王副厅长就睁大了眼睛，他不相信地又追问一句：你就是章副司令的孩子？

章卫平浅浅地笑一笑，王副厅长就把身子移过来，对章卫平亲热了许多，还亲自拿出一支烟来递给章卫平。

随后王副厅长说：章副司令是我的老师长呀，三一二师，那时我是副连长，回去问你爸，他肯定对我还有印象，那年大比武，基层干部中我得了个第一，还是章副司令亲手给我戴的大红花呢。

提起往事，王副厅长的脸上漾出了红晕，一副遐想无边的样子。

章卫平也没有料到，王娟的父亲曾是父亲的战友，在那一刻，他对王娟的情感又亲近了一层。

王副厅长就又说：小娟你这孩子，和小章谈恋爱也不说一声，你看看这事闹的，你们俩要是成了，这是亲上加亲呢。好哇，好，你们慢慢聊，我去陪你妈去。

王副厅长也离开了，客厅里只剩下了章卫平和王娟。两人一时无话可说，章卫平恍然觉得眼前这一切是那么的熟悉。他猛然想起来了，在李亚玲家，李亚玲的父亲，那个老支书，他们坐在火炕上，窗外是飘着的雪花，李支书和他一边喝酒，一边聊家常，那是一个知书达理的好老人，不知他此时在干什么。

又坐了一会儿，他站起身来说：我走了。

王娟看了他一眼，随在他的身后一直走到楼下，他立住脚，冲她说：你回吧。

她说：我的家你也知道了，欢迎你常来。

他笑了笑，便向夜色中走去。他走了一段，回过身的时候，看见王娟立在门口还在向他挥手。

章卫平别无选择地和王娟恋爱了，接下来的一切就很正常了，两人约会看电影，逛公园。后来，王娟也去了章卫平家里，提起王娟的父亲，章副司令还是记得的。章副司令是这么评价王娟父亲的：那个小鬼能吃苦，他聪明，就是离开部队太早了。要是他仍在部队干，说不定也当上师长了。

关于王副厅长转业，还有一段小插曲，应该说他是为了爱情才离开部队的。当年王娟的父亲作为部队的军代表进驻到了医院，那时王娟的母亲刚从护校毕业，二十出头，水灵灵的。王娟父亲第一眼看见这个小护士，就被吸引住了。在这之前，王娟的父亲在农村老家是订过婚的，如果没有这段经历，说不定命运就会是另外一种样子了。可偏偏这时小护士像一头小鹿似的一下子撞进了王副厅长的胸怀，他无法忘记她。不长时间两人就坠入了爱河。农村的未婚妻发现了，哭着喊着来到了部队，要死要活的。部队领导就找王娟的父亲谈话，谈话的宗旨是：要前途还是要爱情。经过一段时间痛苦的抉择，王娟父亲还是选择了爱情。他转业了，那一年他二十八岁，是个风华正茂的部队连长。于是接下来就有了王娟，阴差阳错地，王娟又和章卫平相恋了。

当章卫平知道这一段小插曲时，心里就多了许多的感慨，当年那个美丽的小护士已经不存在了，王娟的母亲被病魔折磨得只剩下一个人形了。章卫平后来才知道，王娟的母亲已经得病好几年了，先是妇科病，后来胃又检查出了毛病，三天两头地住院，班都不能上了，人被疾病折磨得已经不成样子了。

有一天，王娟的母亲在病床前，一手拉着章卫平，一手拉着王娟的手说：孩子，差不多你们就结婚吧，趁我还有这口气，你们把婚结了，也算让我高兴一回。

章卫平发现王娟母亲的手很凉，王娟在暗自垂泪。王娟母亲把一双毫无光泽的目光定在他的脸上，这时的章卫平还能说什么呢。他避开王娟母亲的目光，点了点头。

接下来，他们就为结婚忙碌起来。

两人为结婚后住在谁家曾有过如下的议论。

王娟说：咱们结婚后就住我家吧，我母亲身体不好，她需要照顾。

章卫平说：照顾你母亲我没意见，但我不习惯。

章卫平也不想住在自己家里，那样的话，他感受不到自由。于是，他就给建委的领导打了个报告，申请要房子结婚。没想到，建委机关刚盖了一批宿舍楼，有许多人都可以搬进新居，腾出了一些旧房子，章卫平就分到了一套一室一厅的旧房子，找人粉刷了一下，又买了一些东西，王娟和章卫平就真的准备结婚了。

在筹备结婚的过程中，章卫平自己也说不清为什么竟一点也不激动，仿佛已经结过若干次婚了，对结婚一点也不冲动，甚至都没有一丝一毫的神往，似乎是为了完成一次任务。

当忙完婚前的筹备时，他冷静下来，这时，他想到了李亚玲。这么多天的黑暗终于见到了黎明，当年李亚玲结婚时，她没有通知他，他要结婚了，一定要把这一消息告诉她。

结婚的头一天傍晚，也就是下班时候，章卫平骑着自行车来到了中医学院附属医院的门口，以前在这里他曾无数次地暗中目送过李亚玲上班下班，他只是远远地看着她的身影匆匆在人流中走过。今天，他是来给她送请柬的，希望她能够参加他明天的婚礼。

终于，他看到了她的身影，她低着头匆匆地走着，看不出高兴，也看不出不高兴。他看到她那一瞬，心脏陡然加剧地跳了起来，在这之前，他曾在心里对自己说：今天是给她送请柬的，明天我就要和王娟结婚了。当时他这么劝慰着自己，心里是平静的。可她一出现在他的眼前，不知为什么，他既紧张又激动。她在他的视线里都走出挺远了，他才喊道：李亚玲。

他一连喊了三声，她才听到，停下脚步，循着声音望过来，发现了人群中的章卫平。他向她走过去。

是你？她有些惊愕，但还是这么问。

这是两人那次在校园里分手后，第一次正式见面。那天在校园里，他的形象已深深地烙在了她的脑海中。

关于他的消息，是父亲来信告诉她的，父亲在信中说：章卫平回城了……仅此而已。父亲一直为她没能嫁给章卫平而耿耿于怀，为此，父亲很少给她来信，她结婚的时候，父亲都没有来看一看。

章卫平在她的生活中已经淡淡地远去了，偶尔梳理自己心绪的时候，章卫平会从很深的地方冒出来。当然是和她的前途命运联系在一起的，如果当初没有章卫平，就不会有她现实中的城市生活。从内心里，她感激章卫平。有时她也想过，如果自己不和张颂结婚，而和章卫平结合，又会是什么样呢？她不敢想，也没法想。她是一个很务实的人，她只想她身边摸得着、看得见的。

此时此地，她看见了章卫平，竟有一种恍若隔世的感觉。

她说：是你？

他说：明天我要结婚了，这是请柬，希望你能够参加。

她说：你、你结婚？

在她的印象里，章卫平早就该结婚了，说不定孩子都有了。现在才结婚，她有一种时光倒流的感觉。

他还想说点什么，见她并没有要继续说下去的意思，她只把那个装有请柬的信封放在挎包里，又用手拢了拢头发，他对她这个动作太熟悉了，以前，两人要分手时，她也是这么习惯地拢一拢头发。

她最后说：我知道了，要是有时间，我一定去。

说完她低着头匆匆地走了。

第二天婚礼时，他在来客中一直没有看到李亚玲的身影。一直到婚礼结束，那一刻，他在心里说：我章卫平结婚了，结婚了。

然后他把手臂递给站在一旁的王娟，王娟挽着他的手臂，站在门口与参加婚礼的亲朋好友告别。

爱情与军人的责任

乔念朝心中就有了那种独树临风的感觉，还有一点悲壮。他明白，真正考验他的时候到了。马非拉出事，他是当事人，马非拉是为了爱情出事的。他想过逃避，远远地躲开马非拉，就像从前一样，他们各自行走在自己的人生道路上。在最初的两天时间里，他也试图这么做过，可是无论他睁眼闭眼，眼前都是马非拉的影子。有时在夜半的梦中醒来，马非拉那双眼睛仍死死地盯着他，在他眼前挥之不去。乔念朝知道，自己这次是在劫难逃了。

他也就是在这时候，感受到心底里的什么东西猛地醒了，他可以选择逃避，但是他不能，而且绝对不可以，否则他就不是乔念朝了。他明白，他的骨子里流淌着父亲的血液，父亲这一辈子从来没有选择过逃避，父亲就是这么一路走过来的。父亲在昔日的战场上面对的是生与死的考验，父亲每一次的出现都选择了勇敢地向前，这是军人的责任，他现在也是一名军人，在这样一件突发事情来临的时候，他无法，也不可能选择逃避，他要像父亲一样，昂起头走向勇敢。

也许，马非拉没有这件事情，他们之间就不会有后面的故事，在这件事情中，乔念朝有着一种深深的自责，那就是作为一个男人，他没有保护好马非拉，他感到脸红和汗颜。当时的他痛恨自己，为什么不竭尽全力和那三个流氓拼下去，如果那样的话，也许马非拉就不会出事。思前想后，他觉得马非拉出事，完全是因为他。他在心里一遍遍地说：我要对得起她，这一生一世，我要永远对得起她。

当时，乔念朝还没有意识到，他在心里做这些表白时，已经深深地爱上了马非拉。

马非拉在乔念朝的眼里完全变成了另外一个人。

那次意外是马非拉人生阶段一次重要的转折，在她以前的生活中，到处都是阳光灿烂，包括她追求乔念朝完全是按照自己对爱的理解，她喜欢，她就要得到。她出生于20世纪60年代，“三年困难时期”已离她远去，童年的时候，她经历了“文化大革命”，但却没有给她留下多少印记，她从有了记忆，便在部队大院里，一切都那么简单和无忧无虑。等她呼啦一下子长大时，“文化大革命”已经结束了，她高中一毕业，便迎来了高考，于是她顺理成章地考上了军校。乔念朝他们需要付出几年的努力，她一夜之间就完成了，实现了。生活在她的眼里是那么的亮丽和美好。

在这美好中，她爱上了乔念朝，刚开始的时候，她还是个初中学生，每天早晨上学的时候，她都早早地来到部队大院门口，然后在大院门口磨磨蹭蹭，直到乔念朝从大院里出来，她才悄悄地跟上，一直走到学校。那时，她一天的心情都很愉快，嘴里哼着歌，眼睛晶亮。在校园里，乔念朝的身影仍不时地在她视线里出现，每一次都会令她心跳不已，她也说不清她为什么会这样，一个情窦初开的少女脸热了心跳了，然后就是一阵又一阵的茫然。那时，她说不清为什么喜欢乔念朝，只是想看到他，如果能和他在一起，那更是一件美妙得令她睡不着的事。

有一次，学校里搞文艺演出，从各年级里挑选了十几个文艺骨干，她被选中之后，进行第一次排演时，发现乔念朝也在他们这一组，那些日子，她昏头昏脑的，不知道自己是怎么过来的。

乔念朝扮演李勇奇，她扮演小常宝，她在戏里喊他爹，刚开始她望着眼前的“爹”，怎么也张不开口，脸涨得通红，几次下来她都不能喊他“爹”。辅导老师说：这是演戏又不是真的，你要是不行，就换人。

她当时眼里竟涌满了泪水，她哆嗦着嘴唇，低着头，红着脸说：再让我试一次。

她终于喊了出来，那次她浑身颤抖，眼泪流了下来。扮演李勇奇的乔念朝似乎什么事也没有，等着这一声喊似乎等了许久了，然后痛快地答应了，还转过身冲同伴们挤眉弄眼，露出很坏的笑。

马非拉心里说不清是个什么滋味，她眼睛水汪汪地望着乔念朝。那时，她只有一个想法，只要让她和乔念朝在一起，让她干什么她都愿意。那些日子，她的大脑整日里一直处于缺氧状态，晕晕乎乎的，那样的日子既幸福又辛苦。

乔念朝似乎对她的这种举止一无所知，一副没心没肺的样子，和他们高年级的那些同学有说有笑，就是不和比他们低几个年级的这些学生来往，甚至连正眼看她一眼都不肯，只有在排练的时候，通过戏词他们才算交流了。

那会儿，方玮也在宣传队里。马非拉看着乔念朝和方玮那热乎劲，心里难受得要死要活。

那时，她就想：自己要是方玮该多好啊。可她毕竟不是方玮，在他们眼里，她只是马非拉。

她的名字就和他们的相差很遥远，乔念朝是抗美援朝之后出生的，父母为了纪念朝鲜，便给他取名为念朝。马非拉的名字，当然也有另外的含义。伟大领袖毛主席在北京中南海高瞻远瞩地对世界各大洲进行了一次伟大的分析，分析的结果是：亚洲和非洲以及拉丁美洲都是发展中国家，于是这三大洲的人民都是可以团结的，是中国人民的好朋友。当时有一首歌非常流行，歌里唱的是：亚非拉小朋友，革命路上手拉手……这就足以证明亚、非、拉三大洲人民的团结是多么的紧密呀。正处在一穷二白时期的中国人民，在毛主席的号召下，派出医疗队还有铁路援建队，浩浩荡荡、大张旗鼓地开进了非洲大地。非洲人民是可以团结的力量，当然这又是另外一种外交了。

马非拉就出生在这时，于是她就有了这样一个具有历史意义和纪念意义的名字。单从名字上说，他们之间就有着一大段的距离。乔念朝他们不理她是有理由的。

在学校，文艺宣传队排演大都是业余时间，他们从学校回来的时候，大都是晚上。乔念朝、方玮和她三个人一路。为了安全，老师特意安排他们三个人一起走，可乔念朝和方玮就跟没她这个人似的，她像个小尾巴，毫不起眼地跟在他们的身后。上公共汽车时，他们会有意无意地看她一眼，确认她上车了，便再也不望她一眼了，乔念朝和方玮他们，亲热而又神秘地说着他们那个年龄感兴趣的悄悄话。

只有一次，他们去外校交流演出，那天方玮病了，没有去参加演出。演出结束后，马非拉和乔念朝上了公共汽车。上车时，乔念朝还特意关照一句：上车了。

上车之后，乔念朝就不管她了，在一个双人座的空位上坐了下来，她跟在他的后面，见他坐下了，犹豫了一下，最后还是坐在了他的身边。那是一辆夜班车，公共汽车上已经没什么人了，有几个人也是坐在那里闭着眼睛打瞌睡。马非拉第一次在现实生活中离乔念朝这么近，那一瞬间，她的体温一下子高出了好几度，她发现自己的脸已经滚烫了，好在，她还没有卸妆，脸上还画着演出时的油彩。她正襟危坐，目不斜视的样子，可她浑身上下的每一个细胞都警醒着，所有的细胞此时都为明天兴奋着。

在这时，她多么希望乔念朝能和她说一句话呀，哪怕一句也好。乔念朝不说话，她就想和他说话，想了一路，也没有想好一句话，车都到站了，她仍然兴奋地想着……

他突然说：下车了。

这时，她才清醒过来，车已经在军区大院门前停下了。她慌慌地让开路，看见乔念朝下车，然后醒悟地也下了车。她跟着他一起走进大院，又来到家属区，她站在暗影里一直望着乔念朝走回自己家那栋楼，进了楼门再也看不见了，她才捂着脸向家里走去。那个晚上她感到幸福无比，又懊恼异常。他们单独在一起了，可她却没和他说成一句话。那一夜她怎么也不能平复激动的心绪，她是在半睡半醒中度过的。

这就是少女时期处于单相思的马非拉，这种少女情结一直陪伴着她长大。长大了，许多事和人都发生了很大的变化，可她爱乔念朝的信念一直没有变，她还像少女时期那么爱着乔念朝。这种爱比少女时期更热烈也更坚定了。

为了能走近乔念朝，她听说乔念朝被保送进了陆军学院之后，毅然决然地报考了陆军学院。

她终于和他在一起了，当然，他也把她当成大人看了。她的果敢和大胆终于渐渐地赢得了乔念朝的爱，她似乎已经看到了他们相恋的黎明。也就是在这时，那件意想不到的事情发生了。

那天晚上，她跑到家里，一头栽倒在床上，把两床被子都盖上了，绝望地大哭了一晚，那时，她就意识到，自己将永远不可能和乔念朝走在一起了，她是一个破碎了的人，怎么还能配上乔念朝呢。她绝望了，彻底绝望了。

那天，她哭了一夜，第二天早晨，母亲准备送她回学校时，敲了半天门也没见她回答，便推开门，她还蒙着被子躺着。母亲不知道她发生了什么事，掀开被子，看到她的样子吓了一跳，伸手一摸，她正在发着高烧，不论母亲说什么，她都一句话也不说，闭着眼睛。

那次母亲给陆军学院打了个电话，为她请了一个星期的假。

在这一个星期的时间里，马非拉似乎一下子就长大了，她悟到了许多，也悟透了许多。她甚至有过放弃继续上学的想法。在开学之前，她给乔念朝写了一封很长的信，足有十几页纸，那是她向乔念朝大胆表白的一封信，从她的暗恋开始，那是一个从少女情怀，一点一滴地向一个成熟女性递进的过程，她写了许多个晚上才完成的，她原打算开学那一天，在火车上交给乔念朝的，可临行前一个晚上，那件事情发生了，她所有美好的向往，以及一个女性的情怀就此关闭了。在那几天里，她看不到自己的未来，更看不到自己的幸福。她拿着那封信，在洗手间里用火柴点燃，看着那一页页浸满自己心血的信纸一点点地化成灰烬。她在灰烬中洒下了自己诀别的泪水。

一个星期后，她还是登上了返校的列车，此时，她的心境已不是一个星期前的了。那时她的心里装着火热的爱、幸福的未来，此刻她的心里空了。

重新回到学校的马非拉的心境已变了。

乔念朝仿佛做了一场梦，从出发的起点，转了一圈之后又回来了。

马非拉在他的心里如同一粒不经意被风吹来的种子，短短的几天之内便生根发芽了。马非拉以前在他的心里一点也不刻骨铭心，甚至他一直认为马非拉就是几年前那个没长大的小姑娘，活泼、任性，有时还有一点点刁蛮。她一夜之间走进了他的生活，使他原本平静的生活溅起了几圈不大不小的涟漪。他对她太熟悉了，她是在他眼里一点点长大的，她说过爱他，他没觉得那是真心话，甚至有些好笑。后来渐渐发现，她是认真的，还有那么一点点痴情，他的心情也是水过地皮湿，没有留下太多的印迹。因为这种熟悉，他认为，自己不会和马非拉发生什么。他和她在一起是愉快的，那种愉快是一个男人看着他眼里的一个小女孩恶作剧，也有点反常而已。以前他看过许多书，那里面描写了很多坚贞不渝和青梅竹马式的爱情，他读那些书时，也常常被描写的爱情所感动。现在他才知道，那些爱情仅仅是写书人一种美好的想象。一对男女从小到大互相看着长大，实在是一件挺困难的事。距离产生美，他与马非拉可以说一点距离都没有，他一直是俯视着马非拉长大的，她的个头先是到他腰那么高，后来又到了他的脖子，这时差不多到他耳朵这么高了，她应该是个大人了，所谓的大人是从生理而言，而在他的心里，她永远是那个没心没肺、顽皮的小姑娘。

马非拉走进他的生活，他不可否认，给他的生活带来了许多的愉悦，他跟她在一起，更多的是一种友谊，有时他都没把她当成异性。就是那种很哥们儿的一种友谊。他不推拒她，但他能感受到她时时刻刻迎面而来的压迫，这种压迫也被他理解成了一种游戏的成分。他和她在一起没有一丝紧张、急迫和欲望，平静得他自己都感到惊讶。

当他在新学期又一次面对马非拉时，自己也说不清为什么，他再也忘不了马非拉了，她越回避他，他越是想见到她，两人的关系完全颠倒过来了。他也说不清这一切到底是为了什么。

每天早晨，他们列队去教室上课，他都能远远地看见马非拉，她已经不是那个一脸轻松的女孩子了，苍白的脸上带有一丝忧郁，还有的就是写在脸上的心事。这一切都让他的心跟着一同颤抖。他现在一有时间就会想起她，她的音容笑貌生动鲜活地呈现在他的眼前。有时，他坐在那里就那么痴痴地想，忘记了时间和地点。

有时做梦也会梦见她，她在他的梦中仍然是那么的调皮、俊俏。猛不丁地在梦中醒来，发现原来这是一场梦，他的心便空空落落的，好长时间睡不着。

他当年和方玮初恋时，似乎也没有过这种感觉，他只是想见到方玮，见到之后就是愉快的。并没有那种刻骨铭心、欲罢不能，甚至偶尔会有一种心痛的感觉。他此时有了，他说不清这是不是爱情，反正，马非拉他是放不下了。在那些个日子里，乔念朝就像一个没长大的小男孩一样，昏头昏脑地闯进了初恋，他变得魂不守舍，经常站在马非拉宿舍窗户外面。他很有时间规律地站在那里，就引起了马非拉宿舍女兵们的注意。

一天，理着假小子发式的一个女生探出头来说：喂，指挥队的那个男生，你在这里等谁呢？

这句话让乔念朝警醒了，他冲那个女生不好意思地笑一笑，装作没事人似的走了。过不了多久，他梦游似的又在那里出现了。他一出现，马非拉宿舍里的几个女生就炸了窝。

她们说：看，那个男生又来了。于是她们把头挤在窗口处，横横竖竖地打量着乔念朝。在这之前，马非拉已经知道乔念朝在楼下那么痴情地张望了。她只看一眼，便再也不看了。

女生们就议论起来：长得还不错嘛，挺神气的。

然后有人就猜：他到底来看谁呀？

还有人说：他是单相思吧。

……

众人就笑，唯有马非拉不笑，该干什么还干什么，众人在惊诧、调笑中就回过味儿来。因为她们发现，马非拉这学期和上学期，简直判若两人。她们一直没找到原因，现在终于找到了，她们一下子就把马非拉围上了，然后七嘴八舌地猜测。

有人说：马非拉你是不是失恋了，谁把你折磨成这样，是楼下那个臭小子吗？如果是，你说一声，我们在楼上用水泼他。

又有人说：楼下那个小子，一定是等你的，你还不快去；你要是不去，我们可去了。

还有人说：马非拉，你到底是同意还是不同意，你要真不同意，别怪我们把他给抢走了。

……

不管这些女生七嘴八舌说什么，马非拉都是一副无动于衷的样子，逼急了她就说：你们胡说什么呀。

然后她到窗口转了一圈，装模作样地往下看了一眼道：我根本不认识他。

有个女生当场就揭穿她道：不对，上个学期明明看着你和他亲亲密密那个劲，现在怎么装作不认识了？

又有人说：你是不是不想跟他了？这事好说，我去楼下告诉他，让他走。

说完，她果真下楼了。众女生眼看着有一场好戏要开始了，她们又纷纷地趴在窗前，观看那一场戏的开演。

那个女生下了楼，来到树下。

乔念朝发现了走过来的女生，他装作找东西的样子，弯着腰在地上寻找着。

女生说：嘿，别装了，什么东西丢了？

乔念朝就说：是钥匙，宿舍的钥匙。

女生又说：是打开马非拉心灵的钥匙丢了吧。

乔念朝的脸红了。

那个女生又说：告诉你，马非拉对你没有意思了，你抓紧想别的辙吧，别在一棵树上下功夫了。弄得马非拉那么痛苦，你也忍心。

乔念朝听了这话，脸顿时白了，他有些吃惊地望着眼前的女生，语无伦次地说：是她、她让你告诉我的？

女生说：她说的话就是我说的话，我说的话就是她说的话，明白了吧。

乔念朝抬起头来又望了一眼女生宿舍的窗口，转过身一步步向前走去。

女生们挤在窗前叽叽喳喳地议论着：走了，他真的走了。

另一个说：你看他的样子好伤心呢。

等她们回过头来的时候，才发现马非拉泪流满面。她们一时不明白发生了什么，马非拉突然扑在床上，拉过被子，在被子里呜咽起来。

刚下楼那个女生，一进门就看到了这样的场面，她傻了似的立在那儿，一时不知如何是好的样子，她抬起头看见的是众人责怪的目光，手足无措地说：我、我做错了？

她来到马非拉的床前，低声说：马非拉，要是我做错了，我这就把他给你找回来，不，请他来咱们宿舍。

说完她又要下楼，马非拉哽着声音说：我的事不用你管。

马非拉在痛苦中抉择着，她自从发现乔念朝站在女生宿舍的楼下，她的心里就在流血。如果，这要在以前，她会高兴得飞起来，然后不顾一切地投入到他的怀抱中。然而，现在她却不能，甚至都不敢看他，她怕控制不住自己。当别人议论乔念朝时，她装作无所谓的样子，那个好心的女生下楼时，说的话她都听到了，知道乔念朝终于走了，她虽然没有看见，但她能想到他失落的样子。这段时间，她知道乔念朝一直在默默地注视着自己，队列里，食堂的饭桌上，还有图书馆……虽然相隔那么远，他的目光似乎会拐弯，她不论走到哪里，都有他的目光在追随。她强迫自己不去看他，如果她的目光和他的目光碰在一起，她怕自己承受不住，干出一些荒唐的事情来。可她强忍着不去望他，要花费很大的力气，时时警醒着自己，这种克制，有时让她全身发抖。

宿舍事件之后的第二天，她终于在傍晚的图书馆门前的台阶上看到了乔念朝。乔念朝腋下夹了几本书，他立在那里仿佛千年万年了，他迎着她，脸色严肃又有些苍白地等着她，她不可避免地和他的目光对视在一起。那一瞬，她还在内心告诉自己：不理他，走过去。她低下头，看着自己的脚尖，数着自己的步子。

她都走过他有一两步了，他突然说：马非拉，你站住。

她就像听到了命令，一下子就站住了，但并没有回头。

他转过身，两步走到她的面前，她匆匆地看了他一眼，忙把头扭到一边去。

他说：马非拉，今天你告诉我，你还认不认识我乔念朝？

乔念朝已经被思念折磨得忍无可忍了，今天他横下一颗心一定要把事情弄个水落石出，否则他将寝食难安。昨天他几乎一夜没睡，他想清楚了，一定要当着马非拉的面把话问个明白。

这句话让马非拉浑身颤抖，她不知如何回答乔念朝。在心里她千遍万遍地爱过乔念朝了，然而现实告诉她，自己已经不配爱乔念朝了。这种时刻，让她做出抉择，她不能不痛心而又犹豫不决。

乔念朝说：你说话呀，如果你说不认识我，我拔腿就走，不耽误你一秒时间。

她咬着嘴唇望着他，她说不出来。

他望一眼天空，吸口气，然后慢慢转过身子一步步向台阶下走去。

就在这时，马非拉撕心裂肺地叫了一声：念朝——

乔念朝转过身时，看见马非拉用手捂着脸在低声哭泣，他走过来，一下子把马非拉抱在怀中。马非拉身子一下就软了，任由乔念朝抱着。

许多路过图书馆门前的人，立在那里惊讶地看着眼前的这一幕。他们不知道发生了什么。

爱的执着与感动

刘双林和方玮之间发生了神话，是一个关于公主和穷小子的故事。

刘双林对方玮是执着的，在方玮上护校的两年时间里，刘双林的腿都跑细了。部队离护校所在地差不多有十几个小时的车程，刚开始，刘双林每个月都会来看一次方玮，时间在某个周末。刘双林周末晚上乘上火车，转天的十点多钟到达护校，往回返的火车是下午两点多开车，留给刘双林的时间也就几个小时。

头两次，刘双林见到方玮时，他都说这是出差路过，两个人在护校周边找个小饭店坐下来，刘双林一边抹着头上的汗，一边说：咱们今天改善一次伙食吧，我知道你们学校的伙食不好。

方玮就点菜，然后两人坐在一起热热闹闹地吃。刚开始时，方玮真的以为刘双林是出差路过，顺便来看看自己，她的表情很轻松，欢天喜地的样子。

她说：谢谢排长，这么忙还来看我。

刘双林就虚虚地笑一笑道：谁让我当过你的排长呢，应该的。

一次又一次，许多次之后，方玮就知道刘双林不是出差路过，而是专程来看自己的。她真的有些感动了，从学校到部队，往返一次得二十几个小时，留给他们见面的时间也就是三四个小时。刘双林经过一夜的旅行，显然没有休息好，但他的神情却是亢奋的，从书包里拿出水果和一些零食摆放在方玮面前，他微笑着说：这些都是你爱吃的。

方玮就认真地望着刘双林说：你这么跑太辛苦了，以后你就多写几封信吧。

不知从什么时候开始，方玮已经不称刘双林为排长了，而是改成了你。

刘双林就说：我没事，周末闲着也是闲着，来看看你，我高兴。

刘双林真的很高兴，他每次离开部队都是要请假的，他每次向团值班的参谋长请假时，都是去一个地方，理由也只有一个：看朋友。刚开始的时候，别人并没有把刘双林的举动当回事，请假也就请假了，回来就回来了。可时间一长，人们就发现刘双林是在恋爱，看一个人需要花费二十几个小时，而见面也就是三四个小时，这不是见一般的人，只能是见恋人，刘双林恋爱的消息便不胫而走。在部队不管干部战士，只要一有人恋爱就是一件挺新鲜的事，众人就七嘴八舌地议论。猜测对方是何许人也，干什么工作的，便在心里进行一次对比，都在部队这个环境中，谈朋友也暗中较劲。

大家每次问刘双林去看谁时，刘双林显得非常的含蓄，他幸福地说：你们以后就会知道的。

人们便顺着蛛丝马迹进行分析，分析来分析去，大家就都想到了原师医院的方玮，众人就睁大了眼睛，说：难道是方玮，真的是方玮？

人们这么问时，刘双林也不说什么，只是淡淡地笑笑道：还不一定呢。

随着问话的深入，刘双林就等于默认了。人们就对刘双林刮目相看了。方玮考上护校之后，她的身份才真正地公开，军区后勤部长的女儿，高干子女！众人对高干子女是又嫉妒又羡慕的。高干子女不论取得什么成就，他们心里都能接受，一句话：人家是高干子女。或者，人家是某某某的女儿。什么就都没什么了，仿佛在这之前，人已经分成了三六九等，人家出息，有作为，那是理所应当的。那会儿，军校刚刚恢复招生，谁能考上军校，都觉得是件很稀奇的事。当人们知道方玮是高干子女后，对方玮能上护校也就见怪不怪了。

他们奇怪的是，方玮居然能和刘双林谈恋爱，这简直是天鹅和丑小鸭的故事。刘双林的举动引起了众人的关注，他们对刘双林拭目以待。

每到周末，就是刘双林出发的日子，他先向团参谋长请了假，把平时在连队训练时穿的衣服换下来，穿上一套崭新的干部服，皮鞋也是刚擦过的，一尘不染的，背上挎包，干净利索地就出发了。

有人就问：刘排长，走哇？

刘双林就说：走。

还有人说：刘排长，你真辛苦，这么远的路，就为见上一面，多写封信得了。

刘双林又说：那不一样。

又有人说：小刘，你真幸福。

刘双林就微红了脸，冲人又是笑一笑。

恋爱中或者说在追求中的刘双林是可爱的，也是勤奋的。就像众人说的，他为爱情跑细了腿。

刘双林一离开连队，干部战士便聚在一起议论纷纷。

有人说：他，找高干子女谈对象，可能吗？别是剃头挑子一头热吧。

又有人说：那个方玮在师医院时，好像和他就有过来往。

有人说：他在新兵连当排长时，带过方玮。

众人就“噢”一声，一副心领神会的样子。

他们都觉得刘双林不可能和方玮之间有什么，方玮一个高干子女，长得又那么漂亮，刘双林算什么，农村出来的青年，如果不是那次偶然事件，说不定早就回家种地去了。在他们的心里，方玮要谈朋友，最差的也应该和军长的儿子谈恋爱，要么是省委书记的公子，只有那样，他们才觉得心理平衡。刘双林算个什么东西，这不是癞蛤蟆想吃天鹅肉吗？

众人在怀疑嫉妒的时候，刘双林的爱情却取得了意想不到的进展。

以前刘双林看方玮，两人临分手时，方玮只是礼节性地把刘双林送上公共汽车站，一个车上，一个车下，他微笑着冲她挥手告别，她也在挥手。车刚走，她便转过身向学校走去，望着他们之间一下子拉大的距离，那时的刘双林心里一点底也没有。但有一个声音一直在鼓励着刘双林，我一定要追到手，一定。那是另一个刘双林在说话。

这么几次下来之后，有一次，刘双林又上了公共汽车，准备和方玮告别时，没料想方玮也上了车，她小声地说：我送送你。

一句话，让他很受感动，他说：你早点回去休息吧，明天又该上课了。

她说：你这么远来看我，我送你到火车站这有什么。

那一次，方玮不仅把刘双林送到了火车站，还买了张站台票一直把他送上了火车。当列车启动之后，她开始向他招手，她甚至还向前走了几步，一直到他看不见她为止，她一直向他挥舞着手臂。

这在刘双林看来，他和方玮之间的关系有了里程碑一样的纪念性。

方玮做这一切时，她真的是被刘双林的精神感动了，世界上的事怕就怕“认真”二字，不管什么事，只要认真了，就会有一个不错的结果。在爱情上也是这样，刘双林尝到了甜头。

刘双林要趁热打铁了，后来他又改成每半个月来一次，最后他就改成每星期一次了。以前一个月来一次还觉得没有什么，不管是精神还是经济上，刘双林觉得还能承受，现在每周都来一次，他就有些承受不住了。每到周末，他就在火车上度过，他现在已经学会在火车上睡觉了，不管有没有座位。他出发时，挎包里总要装几张报纸，如果有座位，他只要一坐下，身子向后一靠，便能进入梦乡；没有座位的时候，他就铺开报纸，坐在两节车厢的连接处，他也能很快入睡。第二天一睁眼睛，车就到站了。他下了火车，在候车室里把脸洗了，然后精神抖擞地又登上了开往军区护校的公共汽车。

虽然这种奔波是疲惫的，但却是兴奋的。农村出身的刘双林，养成的吃苦耐劳的品格，在对待方玮时有了用武之地。

方玮真的感动了，她每到周日，十点一过，就准时出现在学校门口，过不了多一会儿，刘双林的身影就会及时地出现在她的视线中。她就紧走几步迎上去，然后两人相跟着向院外一家小饭店走去，那家小饭店成了他们约会的场所，在他们的爱情经历中，被隆重地记上一笔。

身为女人的方玮，她的心地是善良的，同时也是柔软的，有一个男人对她这么坚贞不渝地好，她感到幸福而又知足。方玮并不是一个复杂的人，她的出身，她的经历，注定她复杂不起来。在和刘双林交往过程中，她没有想过对方的地位和出身，她从小到大就没想过地位和出身，因为她一直很优越地生活着，还没有想到生活的艰辛和难处。也就是说，恋爱中的方玮还没有真正地意识到生活是什么。她只能在感动中，体会着热爱中的感受。方玮从一开始到现在，她一直是被动的。从刘双林第一次见到她时，便有了一个“阴谋”，能和方玮接近，就是刘双林的胜利，如果能和方玮有什么，那简直就是幸福了。

刘双林也没有想到，他和方玮之间的关系会这么顺，顺利得他简直有些不敢相信眼前的一切。

在那一段时间里，刘双林奔波在两个城市之间，他的爱情传播到全师每个人的耳朵里，全师的人都知道有个刘双林，并且知道和他谈恋爱的是一位军区首长的女儿，许多人都想一睹刘双林的风采。

那些日子，刘双林脑子里昏沉沉的，腿重头轻，每到周末，他都把自己收拾一新，然后挎上背包像一位奔赴战场的勇士，在众人的注目下，英勇悲壮地走出军营，奔向了下一个城市，那里有他寻找的爱情。

时间一长，首先带来的是经济问题，那时的刘双林，每个月才几十元的工资，他一个月就要往返四趟，每趟路费就得十几元钱，每周还要和方玮在小饭店里吃上一顿饭，他的工资就入不敷出了。刘双林的生活就变得拮据起来，一双袜子破了洞，他补了又补，他像当年的雷锋一样，拿出针线包在灯下那么补呀补的。每块香皂和牙膏他也是省了又省，最后他干脆不用香皂洗脸了，牙膏每次都挤那么一点点，刷在牙里都没有沫了。吸了几年的烟也戒掉了。

他不仅是在为爱情的奔波做打算了，他现在已经远远地看见了爱情的帆船正一点点向自己驶来。上次他去看方玮时，方玮主动向他要了一张照片，方玮不是为了自己留存，她要寄到家里去，让父母审查通过。虽然方玮没说过爱他，但这一切无须再说了，一切都明了了。他选了一张自己认为最春风得意的照片送给了方玮，那张照片是他被宣布提干那天，在营院门前照的，他冲着镜头喜出望外地笑着，背后是营院，还有“提高警惕，保卫祖国”的标语，他认为这张照片是自己有生以来最精神焕发的一张。

接下来，他要为结婚做准备了，虽然现在看，结婚还遥遥无期，他甚至还没有勇气去拉方玮的手，但是他已经看到胜利的旗帜向自己招展了。恋爱之后就是结婚，他明白，自己结婚，家里帮不上什么忙，一切都要靠自己。他要攒些积蓄，免得在结婚时，让方玮小瞧了自己。他最怕的就是方玮小瞧自己，这是他的软肋，他的意识里，一直有一种深深的自卑情结，尤其在方玮这些高干子女面前。

自己的父母都是农民，而且都不能摆到台面上来，家境又不好，可以说，要什么没什么。然而方玮家呢，人家是高干，一家住一栋小楼，楼外还有卫兵站岗，出来进去的都是小车接送。人家过的是什么日子，自己家过的是什么日子，简直就是天上地下的区别。

刘双林一直暗暗地为自己出生在这样的家庭里而悲伤，有时还恨自己，还有自己那个家。自从提干后，每年都有二十天的休假，他很少回家，回到农村住在自己那个破破烂烂的家里，他认为那是一种受罪。父母求人一封接一封地给他来信，信里面描述着如何思念儿子，同时也为儿子能够混到今天感到无比的骄傲。他怕接到这样的信，每次接到父母的信，他都偷偷一个人一目十行地看过了，然后就撕掉了，并撕得粉碎，不留下只言片字。每次读完家里的信，他的情绪都不好。

没有办法，他一年还得回一次家，有时二十天的假期，他只在家里住上那么三五日，便又匆匆地回来了。他回到家里后，情绪不高，整日里阴沉着脸，他做这一切不是给父母看，而是一看到家里这番模样，真的高兴不起来。刘双林的父亲刘二哥的身体是一年不如一年了，背也弯了，腿脚走路也不利索了，走几步就要扶着东西喘上一会儿。对他的回来，父母是高兴的，毕竟儿子出息了，好赖也是个军官了，以后铁定要吃公家饭了。许多人都要来他们家坐一坐，刘双林回去那几天，是父母最荣光的日子。他们脸色红润，对每个人都笑脸相迎，刘二嫂说：我家双林从部队上回来了，快进屋坐坐吧。

刘二哥说：儿子回来了，他是军官了。

众人就都来坐一坐，问一些部队上的事，听着新鲜，以此来打发农村单调而又刻板的日子。

众人散了，母亲就照例要关心一番儿子的大事了。

母亲就问：双林，个人的事有啥眉目没有？

刘双林就说：就咱们这个家庭背景的人，谁愿意跟咱呢？

那时，他和方玮之间还看不到一点希望呢。

母亲又说：咱也别挑了，只要是城里的，有个工作就行。

刘双林就说：还挑什么呀，人家不挑咱们就不错了。

父母就不说话了，都为自己的家境而连累了孩子感到万分不安。

最后母亲就小心地说：要嫌咱们是农村的，以后你就说自己是孤儿，没父没母。

父亲也说：就是，你就当没我们这两个老东西，只要你能过上好日子，我们不用你惦记。

虽然这么说，刘双林的心里一点也不感到轻松，相反更沉重了。

最后母亲又说：支书家那个闺女李亚玲我看就不错，现在人家也留在城里了，当初你要是跟她，我觉着也错不了。

刘双林突然发火了，他冲父母说：都别说了。

父母就闭上嘴，小心地长吁短叹。

此时的刘双林已不是昔日的刘双林了，昔日的刘双林，为了能当上兵，父亲带着他去求李支书，最后父亲和他跪在支书面前求情时，他看到父亲的背影是高大的，能为他遮风挡雨。现在，父母一天天苍老下去，再也不能为他做什么了。他感到悲哀的同时，也感到了一丝半点的怨恨。他怨恨父母怎么就没把他生在一个条件优越的家庭里，他还恨父母为什么这么无能。

离开家的时候，他每次连头都不回一下，一踏上返回部队的火车，他的心里似乎才一点点轻松起来，然后在心里咆哮着对自己说：我刘双林一定要混出个人样来。

每次，刘双林从老家放马沟走出来，都显得悲壮异常，不成功便成仁，他没有退路，只能挺直腰板，咬紧牙关往前走。可他的出路又在哪儿呢？他现在是提干了，当上了排长，全师有一百多个连队，也就是说有几百个排长，他在部队干了这么多年，他知道有多少人在排职干部上，一直干到转业，再也没有晋升一级，最后就又哪儿来回哪儿去了。

刘双林能干到今天这个份儿上，完全是一种偶然，如果没有那次意外，他早就回到放马沟种地去了。他也想表现自己，正如当战士的时候，他想把工作干得出类拔萃一样，然后自己才能出人头地。然而在和平的生活中，要想找到立功表现的机会简直太难了。别人一天八小时这么过，自己也是这么过；一日里，自己训练学习，别人也训练学习，自己无论如何也不可能做得比别人强多少，在平淡的日子里，刘双林感到平庸无比。刘双林真恨自己生不逢时了，如果他在战争年代参军，为了前途和命运，他一定不会怕死。可自己偏偏就生活在平淡的和平环境中，他看不到自己未来的出路。

就在这时，方玮闯进了他的生活，他仿佛一个绝望的人，又看到了生的希望。他要不惜一切代价追求方玮，这份爱情，即便撞得头破血流他也在所不惜。没想到的是，困难并没有想象的那么大，他没有使出浑身的力气，方玮似乎就向他露出了胜利的微笑。

他和方玮之间的转机发生在一个周末，在那个周末里，他又出发了。他怕路上饿，出发前在食堂里找了两个早晨剩下的馒头，然后用报纸包上，放到了挎包里。他和方玮见面后，中午的时候，他只给方玮一个人点了饭菜，他说自己来时在车上吃过了，现在还不饿。其实经过一夜又一上午的折腾，他早已饥肠辘辘了。当方玮吃完，准备送他去火车站时，他刚站起来，眼前一黑，便昏了过去。

当他醒过来的时候，发现自己正躺在护士学校门诊部的病床上，他正输着液。那天，他没有走成，方玮花钱为他在招待所开了一个房间，当方玮当着他的面，从挎包里掏出那两个用报纸包着的馒头，还有一个喝水的瓶子时，他红了脸，嗫嚅着说：饭店的饭菜我吃不惯。

方玮的眼圈红了，方玮拉住了他的手，轻轻地说：刘双林，你别来看我了，要看，下周我回部队看你去。

果然，在下周末的同一时刻，方玮出现在连队门前。她的出现不亚于一颗炸弹那么轰动。美丽高贵的方玮真的爱上了其貌不扬、家境贫寒的刘双林。

方玮的出现意味着刘双林的爱情已大获成功了。

当方玮把刘双林的照片寄给父母时，当然，在信里也把刘双林的情况汇报给了父母。

母亲看了信，又看了照片，没说什么，心事重重地把信和照片又推给了方玮的父亲，方玮父亲没有看照片，只是匆匆浏览一遍女儿的信。

母亲就说：是个农村的，长相也一般。

父亲说：农村的有什么不好，我就是农村出来的，咋的了？别瞧不起农村娃，农村娃厚道，能吃苦。

母亲叹口气，不置可否的样子。母亲又说：要不，啥时候让闺女把他带回家来看一看？

父亲说：咱们看啥看，又不是跟咱们过日子，只要孩子看着中，我看就行。都啥社会了，还想父母包办那一套。

父亲当天就提笔给方玮写了封信，肯定了这门婚事，一切都让女儿自己做主。

方玮的意思是想让父母给自己出出主意，在爱情的问题上，她真的没有自己的主张。刘双林对她好，坚贞，她知道，可除了这些，她真的不知道还有什么了。她对刘双林谈不上爱，有的只是感动。现在一想起刘双林挎包里的那两个干馒头，她的眼眶就发潮，他为了她，为了爱情，背着两个馒头上路，这是多么感人的行为呀。单纯善良的方玮接到父亲的信后，决定嫁给刘双林。

在方玮护校毕业那一年，她又回到了师医院当上了一名护士，她和刘双林的关系全师上下尽人皆知。也就是在那一年的秋天，刘双林被调到师机关司令部当上了一名副连职参谋。这又是刘双林没有想到的。刘双林感叹，自己这两次命运转折，真是天时地利。

这一命运的转变，他可以肯定，一定是与自己和方玮的恋爱有关。

那年的元旦前夕，他和方玮在师长的主持下，隆重地结婚了。一般干部结婚，能让师长出面，况且又是师长主持婚礼，在这之前，刘双林连想都没想过。事后他才知道，师长曾经给方玮的父亲当过警卫员，他们之间的感情非同一般。那天在婚礼上，他第一次名正言顺地敬了师长一杯酒，师长当然也回敬他一杯酒，师长还在嘈杂声中，附在他耳畔小声地说：小刘，争口气，好好干，你不是以前的小刘了，你现在和方玮是一家人了。下面的话师长没说，那意思很明显，他已经是方部长家里人了。

刘双林看到了自己在部队的前途如一轮东方的明日，正喷薄欲出。刘双林感觉到自从和方玮结婚后，整个部队上上下下，对自己的态度发生了很大的变化。以前他当排长那会儿，来师机关办事，没有人把他这个来自基层的小排长当回事，因为机关的参谋干事，最低职务都是副连以上。现在刘双林已经是机关的副连职参谋了，况且，身上还有一个部长女婿的头衔，走到哪里，人们都对他十分尊敬。刘双林在新婚的日子里感觉良好。

婚姻这条河

日子总是过得很快，尤其是结婚以后的日子。李亚玲和张颂的婚姻，平静得如一杯水，在婚前和婚后，李亚玲应该说都是主动者，她主动追求张颂，婚后又是她努力试图改变这种平静如水的日子。婚姻大致有两种，一种是婚前的恋爱并不轰轰烈烈，结婚后，日子也依旧平静。还有一种就是，婚前的恋爱搞得轰轰烈烈，可婚后却大相径庭，于是生活出现了强烈的反差，这种结果只能是对现实婚姻的抱怨和不满。

李亚玲和张颂就属于后者，李亚玲在婚后还想试图改变什么，也就是说她想找回恋爱时的那种美好感觉，可现实毕竟是现实，她在现实面前只能碰得头破血流。

在李亚玲的心目中，张颂和几年前比已经是两个人了。在她上学时，张颂可以说是她们女生心目中的偶像，年轻、文弱，书生意气。这样的形象非常符合那时女孩子心目中的审美标准。那时，知识分子在她们心目中是何等神圣呀。现在并不是知识分子没用了，而是有了些许的变化。

张颂也是工农兵大学生，随着正规大学毕业生一年年地多起来，工农兵大学生这样的身份，便变得姥姥不疼，舅舅不爱了。张颂在大学里工作这么多年了，一直没有评上高级职称，他只能是个讲师了。比他晚当老师的那些通过高考上大学留校的学生，有的已经是副教授了。教授和讲师之间的差距是明显的，比如说分房子、涨工资，都差着一大截呢。在这之前，和张颂同住在筒子楼的那些人，纷纷分到了公寓房，欢天喜地搬出去住了。唯有张颂还住在筒子楼里，还是那一间小房。

现在的学生已经不是以前的学生了，他们见多识广，对任课老师很挑剔。他们对一些教授副教授的课很重视，可以打起十二分的精神去听教授的课，也不愿意花六分的力气去听一个小讲师的课。

张颂以前教的是《中医学理论》，在中医学院，这是一门必修课，显得很重要。后来，张颂的课就被调换了，他以前的课让一位副教授去讲了。现在张颂只能讲学生听的选修课了。选修课，顾名思义，已经不那么必要了，是自愿的，想选就选，不想选，当然就不选了。在张颂现在的课堂上会经常出现这样的局面，空空荡荡的教室里，只来了十几个学生，而且，这十几个学生想来就来，想走就走。每天下课时，能剩下六七个学生就已经很不错了。

他为眼下的处境感到一丝悲凉。他现在讲的课程是《中医与传统文化》，这不是考试课程。这些学生，中医还没入门，又何谈文化呢？很少有人来上张颂的课就显得很正常了。他又想到了几年前自己给学生们上课的情景，教室里满满地坐着学生，男生们的目光满是嫉妒，女生们呢则是羡慕，还有几双眼睛是那么的一往情深。那时，他在众人的目光中，显得才华横溢，把《中医学理论》讲得委婉动听。然而现在呢，他有了一种理屈词穷的感受。他在讲台上，面对着课堂中的十几个人，甚至六七个人，一时竟不知讲些什么。

张颂的情绪不能不低落，这也直接影响到了他婚姻的质量，一个人在单位里的心情很不好，他不可能回到家里马上就变成一个欢天喜地的人，这样很难，一般人做不到，除非他的家里是一座宫殿，有若干美女小心侍候。对张颂来说，这是不可能的。张颂一回到家里，便歪在床上看电视，电视里播放什么并不重要，重要的是，他得找一件事打发时间。

李亚玲把饭菜做好，都端到了他的面前，他也没有吃饭的兴致，即便吃，也是草草应付，然后把碗一推，又歪在床上。张颂变得很迷惘，像以前深更半夜还在那里备课的场景，已经一去不复返了。

李亚玲对张颂眼前这种半死不活的状态，已经习以为常了。她不奢求什么了，况且她已经没有关心张颂的心情了。她在单位的日子也不好过，前些日子，有个医生给病人开方子，下错了一味药，弄得病人吃了药后上吐下泻的，人家找到了医院，不依不饶的。那位男医生正巧也是工农兵大学生，在这之前，上面已经有文件，文件中说，要对工农兵大学生的资格进行重新论证，也就是说，在特殊年代里，这个特殊受益的群体，他们的公共形象和资格问题已经受到了全面的质疑。重视知识是没错的，要是重视了假知识，那可是法理不容的。在全国形势的影响下，他们医院的这几个工农兵大学生出身的医生，也受到了非议和排斥。正巧，又有一名工农兵大学生出身的医生出现了下错药这么个事件。医院上上下下很重视，经过院领导研究决定，他们这几个工农兵大学生出身的医生，暂时从一线退回到了二线，也就是说，他们没有给病人开处方的权力了。忙的时候也可以接诊，但下处方前一定要征求别的医生的建议，下后的处方，也要得到别的医生的认同签字，才可以交给病人。这样一来，李亚玲他们又回到助理医生的位置上去了。

这些还不算，每天下班后，院里都要组织他们这几个人学习，当然是学习专业知识，请老医生或者后来经过高考上过大学的医生们讲课，学习一阵以后，他们要考试，考试合格了，才考虑重新上岗。关于职称问题，当然也是靠后站了。

李亚玲的遭遇和张颂的处境可以说是同病相怜，两个同病相怜的人都没有相互慰藉的心情，用低落的心情对付各自糟糕的困境。他们有时一连几天都没有说话的欲望，各自忙各自的事情，各自发呆。这时的李亚玲多么希望张颂能伸出男人的臂膀把她抱在怀里，说一些安慰的话，哪怕解决不了实际问题，她也会感到宽慰。可是，张颂却没能及时伸出自己的臂膀，他抱紧双肩，冲着电视里的广告愣神。

李亚玲这时对婚姻就生出了许多不满，他们在筒子楼里已经算是老住户了，许多人评上职称后，都分到了正式住房，唯有他们还守在这间十几平方米的小房子里。他们和那些刚留校的大学生在一起，那是一群年轻而又陌生的面孔，每日朝气蓬勃地出现在筒子楼里，大呼小叫，精力旺盛。李亚玲看着这一切，麻木得没了任何感觉。

情绪低落的李亚玲不能不对自己的婚姻有些想法了，在这时，她甚至想到了刘双林、章卫平这两个以前和自己有过关联的男人。她从父亲的来信中得知刘双林在部队找了一位高干子女做妻子。章卫平的婚礼她没有参加，她无法面对章卫平的婚礼，因为她和张颂的婚姻一开始她就是失望的。不过当时，她并没有绝望，她以为一切都会好起来的，那时，她对婚姻和未来是有着许多美好和浪漫的想法的。随着她被医生宣判再也不能生育，她的心就凉了一半，后来，她又有了眼下不尴不尬的处境，她的所有激情和梦想也就烟消云散了。

昔日里那个文弱又书生意气的才子张颂在她的心里已经荡然无存了。那时的张颂简直就是她们这批女生追求的偶像，张颂是幸福和理想的化身。当她得知张颂目前的处境时，只能又多了一层悲哀。她自己也没有了给病人看病的处方权，她还得回炉学习，才能继续工作，张颂被贬到去讲选修课也是情理之中的了。但她也为张颂感到不公，她知道张颂讲《中医学理论》是够格的，他是中医世家，对中医有着一种无师自通的天分，当年就是张颂讲《中医学理论》的才华横溢，才震惊了所有学生。

那天晚饭，她对他说：学校这么安排，对你不公平。

他望了她一眼，没说什么。

她又说：全校这么多老师，就你讲《中医学理论》最合适。

他吃饭的动作停住了，这么长时间以来，他第一次听到有人替他说句公道话。他望着她，有些走神，眼睛有些潮湿了。很快，他潮湿的眼睛又变得空洞起来，低低地说了句：说那些干什么，让讲什么就讲什么。

她对他的样子失望了，怒其不争。这么多年来，她自己已经很清楚地意识到，自己是个弱者，她想通过婚姻来改变自己。第一步达到了，她从一个农村人变成了一个城里人，然而她并不满足仅仅是个城里人，她要和城里人比，她发现自己和城里人比时，就显得一无是处了。她现在又和那些同学有了联系，她们有的留在了省城，有的回到了家乡，不管留在省城的还是回到家乡的，似乎日子过得都比她好。

她们自然早就结婚了，有的嫁给了处长，有的嫁给了生意人，当然，在她们选择配偶时，她们的配偶还不是处长，也不是生意人，是时间让她们的配偶都发生了变化。她们把婚姻这个宝押中了，然而自己呢，除了留在了城市之外，其他的几乎一无是处。

张颂这个教书匠（她在心里只能这么称呼他了），未来的前途似乎只能教书了，就是书教得再好，当上了教授又有什么用呢？他又怎么能和处长或那些生意人去比呢？她住在筒子楼里，每天进进出出的，不管是遇到什么样的熟人，都会毫无例外地和她打招呼，第一句话就是：还住在这呢，怎么不想办法搬搬家？

她听了别人的问话，感到脸红心跳的，她能说些什么呢？刚开始恋爱和刚结婚的时候，筒子楼里这十几平方米的小房她是多么的神往和留恋啊。然而现在呢，她恨不能早日逃离这里，筒子楼让她感到耻辱，此时此刻的婚姻让她感到困惑和茫然。

正当李亚玲对这一切心生倦意和失望时，卫生厅王副厅长的出现，让她的生活发生了变化。

王副厅长的夫人，也就是王娟的母亲住进了中医学院的附属医院。那时，王娟和章卫平的孩子刚刚出生，还没有满月，王副厅长的夫人就病重了。王副厅长的夫人姓李，叫李兰。

李兰年轻的时候可以称得上是省城有名的美女，她“文革”前毕业于中医学院护理专业。这次来中医院住院是李兰自己选择的，一来是对中医院有感情，毕竟自己在这里实习过；更重要的一点是，以前住院一直是西医治疗，断断续续的十几年了，病情没有见好，反而又有了加重的迹象。于是这次李兰自作主张选择了中医院。

毕竟是王副厅长的夫人住院，惊动了院党委，院长亲自挂帅，组成了个医疗小组，对李兰进行特殊治疗，并制定了特殊的治疗方案，也就是中药、西药一起上。

李亚玲并不是这个特殊医疗小组的成员，这么重要的事情本来是轮不上她的，她一直在门诊部上班，她还没有通过医院的回炉考试，还没有下处方的权力，也有病人来到她的诊室看病，问了病情，号了脉，写完处方之后，她要拿着处方到别的诊室让别的医生把药方重新审上一遍，再签上别的医生的名字，才能把药方交到病人手上。

后来她到住院部纯属临时抽调，住院部一位医生因抢救病人从楼梯上摔了下来，骨折了，躺在家里养病。住院部各科室的医生都是一个萝卜一个坑，没有机动的人，后来就让李亚玲到住院部来临时帮忙。

李兰的病专家们会诊了，开了处方，下面的事情由医生、护士执行就是了。李亚玲就是来查李兰的病房时，认识王副厅长和李兰的。那天，她戴着口罩，穿着白大褂，轻轻地推开李兰病房的门。

李兰住的是套间，外间是一个小客厅，摆着沙发、茶几什么的，里面那间才是病房。李亚玲进来的时候，王副厅长还坐在外面的沙发上看报纸，多年在机关养成的习惯，一天不看报纸，仿佛少了什么似的。这时，李亚玲推门进来了，王副厅长抬头的时候，就看见了李亚玲那双又黑又亮的眼睛，他很惊叹这双眼睛，后来他和李亚玲说：我一看见你的眼睛就想起了李兰年轻时的样子，咱们真是有缘呀。

王副厅长望着李亚玲愣了一下神，李亚玲也愣了一下神，她调到住院部之后，才听说病人李兰的名字，别人就跟她说：这是王副厅长的夫人。显然，在她的眼里，眼前这个男人就是王副厅长了，主管全省的医院，往大里说，每个医院的命运都在领导手里掌握着；往小里说，每个医生护士的命运自然也被领导把握着。在没有见到王副厅长前，她认识的最大领导就是本院的院长，院长和眼前的王副厅长比起来，简直是小巫见大巫。

她看到眼前的王副厅长就有些慌乱，她低着头，红着脸说：厅长，我是来给病人查房的。

王副厅长也看到了李亚玲的慌乱，他没有看到她脸红，而是看到了她慌乱的眼神。他觉得眼前的女孩很有意思，虽然他猜不出她的年龄，但用孩子称呼一点也不为过，便站起来说：查吧。

说完他还陪着李亚玲走进了里间，李兰正在睡着，病魔已经把李兰折磨得不成个样子了。以前的美人李兰，此时脸色蜡黄，已经是皮包骨头了，一头秀发也脱落了不少，只能从她的眼神里依稀地感受到她以前曾经有过的高贵和美丽。

李亚玲没说什么，给李兰量了体温，又号了号脉，纯属正常查房而已。检查完这些，她又冲王副厅长低低地说：厅长，没事那我就走了。

王副厅长微笑着点了点头，他注视着李亚玲一飘一荡地走出去。她和李兰，两人的气色和身体简直是天壤之别。五十出头的王副厅长可以用气宇不凡来形容，他面色红润，神情若定，一个成功的男人该有的都有了。令他牵挂的只有李兰的病，但好在他所处的位置，有人替他分担了许多。今天是周末，他才来到医院陪一陪李兰，平时他很忙，很少有时间来陪李兰。李兰的病也不是一天两天了，都有十来年了，好了又犯了，犯了又好了，反反复复，不知住过多少次医院了，他都适应这种生活了。

李亚玲走后，王副厅长就看不下去报纸了，他的眼前总是晃动着李亚玲那双可以称得上美丽的眼睛，透过眼睛，他就有一瞧庐山真面目的冲动。他在病房里又坐了一会儿，还给李兰削了一个苹果，然后就出去了。李亚玲查了一圈的病房，正在医生值班室写记录，这时她的口罩已经摘下去了，露出了洁净的脸。王副厅长站在门口已经仔细地把李亚玲打量过了，她比他想象的还要年轻美丽。他一时不知是走进去还是退回来，正在这时，李亚玲抬起头来，看到他，她有些吃惊，忙惊呼一声：厅长，你有事？

李亚玲说完站了起来，王副厅长一边往里走，一边摆摆手说：没事，随便走走。说完，坐在李亚玲对面一张空出来的椅子上。因为是周末，值班室里只有李亚玲一个人。李亚玲还在那里站着，王副厅长又很有派头地挥挥手说：坐嘛。

李亚玲就坐下了，她以为王副厅长是来问夫人病情的，便说：夫人的气色很不好，脉象太弱了，她……

王副厅长还没等李亚玲把话说完，便点点头说：她这是老病了，肝不好，肺也不好。他说这些时，似乎不是说自己的夫人，而是说别人。然后就岔开话头说：小姑娘，在这工作几年了？

非常像领导的口气，也显得亲切自然。

李亚玲还是第一次和这么大的领导面对面地说话，她有些紧张，她一紧张脸就红了。但她还是答道：我在这工作都快三年了。

他又问：小姑娘，贵姓？

她答：我叫李亚玲。

他说：噢，在哪儿毕业的？

她说：中医学院。

他吃惊地说：这么说咱们还是校友呢。

她也吃惊地说：厅长也是中医学院毕业的？

他点点头，面带微笑，非常慈祥可亲的样子。

接下来，两人就说到了中医学院，越说越投机，李亚玲不像刚开始那么紧张了，她再见副厅长时，觉得他也不像首长那么遥远了，仿佛她的眼前就是一个师兄。

第一次见面，两人就算这么认识了。在王副厅长眼里，李亚玲年轻漂亮，在五十多岁人眼里，年轻就是最大的资本；在李亚玲眼里，王副厅长既有领导的威仪，又有文化人的亲切感，况且，两人都是中医学院毕业的，莫名地，在她心里对王副厅长就多了一层亲近之感。

王副厅长自从认识了李亚玲，他也说不清为什么到医院里来的次数多了起来。有时在中午，有时是下班时，王副厅长的小轿车会悄无声息地停在医院楼下，然后王副厅长背着手，迈着方步，来到住院部。他路过医生值班室时，会习惯地往里面望一望，如果看到李亚玲在，他就会在门口停一会儿，和李亚玲说上几句话。大部分时间里，李亚玲都在和王副厅长说病情，比如今天又吃了什么药，病人反应如何，饮食起居怎么样，等等。王副厅长就微笑地听着，并不停地点头，他对李亚玲的话仿佛很感兴趣，然后又例行公事地来到李兰的病床前，说几句话，关照一些什么，就走了。走到医生值班室门口时，又冲着李亚玲打个招呼：小李医生，我走了。

这样的招呼让李亚玲很感动，她忙从值班室里走出来，无论如何也要送一送王副厅长，王副厅长就客气道：小李医生你忙，就别送了。

她还是送到楼下，在小轿车前，王副厅长就伸出手和她握了握，然后说一些诸如受累了、辛苦了之类的话，坐上车就一溜烟地走了。

李亚玲目送着王副厅长的车驶远了，她依然能感受到来自王副厅长手上的力度，以及温暖。

有时王副厅长来时，李亚玲不值班，他就会径直来到病房里，问李兰的感受，有时削个苹果、梨什么的，有时不削，然后又说一些安慰的话就走了。没有李亚玲相送，他觉得似乎少了些什么，车虽启动了，他还不时地透过车窗张望着。

因为李亚玲的存在，王副厅长出入医院的次数愈加地多起来，王副厅长也说不清这到底是为什么，反正他很愿意见到李亚玲，喜欢看她青春的脸，还有走路时一飘一飘的样子。李亚玲让他一次又一次想起李兰年轻时的样子，他和李兰年轻时，都在医院工作过，他去另外一所医院看李兰，当时李兰也是这么一飘一飘地走路，同时也有着一张青春的脸，他是被年轻的李兰迷住了，当然，那时他也年轻。看到今天的李亚玲，就让他想起了年轻的李兰。然而现在的李兰已经不成样子了，病床上的李兰只剩下一堆骨头了，再看她的脸已经人不人鬼不鬼的了。他望着病床上的李兰，有时竟有一种物是人非的感觉。

王副厅长频繁地出入医院，探望病中的老伴，医院上下对王副厅长都很敬重，他的行为足以证明，爱情是真实的。满面红光、身体健康的王副厅长和身患重病的李兰比起来，简直是天上地下，但王副厅长一点也不嫌弃，仍恪守着爱情，精心呵护着病床上的李兰。不仅看到的人很受感动，就是躺在病床上的李兰也受不了了，她气喘着冲王副厅长说：你忙，我知道。你以后就少往这儿跑吧，这里有医生护士呢。

久病的李兰深深地感到对不住王副厅长，这么多年了，她没有很好地尽到一个妻子应尽的义务。

以前她躺在家里的床上也曾对王副厅长说过：老王，你看我这样，拖累了你这么多年。要不，咱们离了吧，你也过几天像样的日子。

王副厅长就嘬着牙花子说：又来了，又来了，你看你。

王副厅长虽然这样说，想想这么多年自己过的日子，他也感到心酸。王娟这孩子，可以说是他一手拉扯大的，李兰生了王娟不久，身体就一直不好。没想到的是，家庭的不幸，事业上却得到了补偿，他一路都很顺，不知不觉就当上了副厅长。全省卫生系统，他可以说是一人之下，万人之上了。有时他也感到挺满足的。

现在他有了和李亚玲的交往，他和李亚玲也算是熟人了。每次去医院的时候，他探头向里面望一眼，如果李亚玲在，她总是第一个发现王副厅长的到来，不论忙什么，她总是第一个打招呼：厅长，您来了，里间坐吧。

如果这时，医生值班室里只有李亚玲一个人在，他会毫不犹豫地走进去，坐在李亚玲对面。李亚玲就会汇报李兰的病情，他很专心地听着，然后说一些感谢之类的话。要是有别人在场，他只探探头，冲里面说：你们忙。然后就去病房看病人去了。

主治医生过一会儿一定会去病房，在病房里汇报李兰的治疗情况，这会儿是轮不到李亚玲的，她是替别人顶班，况且她也不是李兰的主治大夫，她没有这个权力。因为没有李亚玲在，他听起来就不那么专心，似听非听的样子，也没有插话的兴趣，听完了点点头，然后说：听你们医生的，你们看怎么治就怎么治吧。

走的时候，他仍忍不住向医生值班室望一下，如果李亚玲在，她一定会站起来，走出值班室，来到电梯间门前，回头顾忌地望一望，她最后还是目送着王副厅长走进电梯间，一脸遗憾的样子，轻声说一句：首长，走好。电梯门慢慢合上了，王副厅长的眼里也有遗憾。

又一段时间之后，那个养病的医生上班了，李亚玲只能又去门诊部上班了。王副厅长来了几次都没有看见李亚玲，心里不免空空落落的。有一次，他忍不住问科主任：你们那个小李大夫哪儿去了？

科主任说：你是说那个李亚玲吧，她回门诊部工作去了。

王副厅长就“噢”一声，向前走了两步又说：我看她挺尽职的，为什么不让她在住院部工作？

王副厅长随便这么一说，却让科主任怔了一下，这回轮到他“噢”了一声。

王副厅长又一次来到病房时，他如愿地看到了李亚玲。李亚玲又被调回到病房工作了，调回的原因领导找她谈话时也说了，是厅领导对她印象不错。具体怎么不错，却没有说。她心里非常感激王副厅长，王副厅长只一句话就改变了她的命运。她现在已经是李兰医疗组的成员了，这在以前她连想都不敢想。在李兰住院期间，还有王副厅长来探视时，她显得热情、主动、大方。

现在的李亚玲似乎不避讳什么了，全医院上上下下，都知道王副厅长对她印象不错，既然这样，她也就没有什么顾虑了。这层纸一经捅破，一切都变得平顺起来。

王副厅长每次来，她总是第一个站起来，用前所未有的热情迎接着王副厅长，然后轻车熟路地把王副厅长引导到李兰的病床前，底气十足地介绍李兰的病情，又提出下一步治疗的方案。有时科主任和别的医生也在一旁，有时不在。

王副厅长就背着手说：好，好，不错。

李亚玲受到了鼓励，她更加大胆和热情了，于是，她俯在李兰的耳边，阿姨长、阿姨短地叫着，又亲自给李兰翻动身体，就是站在李兰的身边，她的手也不闲着，不时地为李兰捏捏这儿，揉揉那儿的。有时还坐下来，为李兰削个水果，切成一块一块地喂李兰。

在她走后，李兰就冲王副厅长说：这孩子不错。

王副厅长就不置可否地“噢”一声。

有时，王副厅长探视完毕，正赶上李亚玲下班，她脱下了白大褂，换上了便装，又有了另外一种味道，一个成熟女人的气韵。王副厅长就说：下班了？

李亚玲红着脸点点头。

他就说：坐我的车吧，我送你一程。

她忙说：厅长，那多不好，我坐公共汽车很方便的。

王副厅长挥着手说：没啥，没啥，就是几分钟的路。

来到楼下，王副厅长不由分说让李亚玲上了自己的车，李亚玲嘴上客气，其实她巴不得能坐一回厅长的车呢。在众人惊愕目光的注视下，厅长的小车拉着李亚玲扬长而去。那一刻，李亚玲浑身僵硬，但心里却感觉好极了。

他又问：有孩子了吗？

这回她毫不犹豫地摇了摇头。

王副厅长就拍着腿说：好，好，年轻人应该先忙事业，你这种做法很好。

两人说着话，车眨眼就开进了中医学院内，在李亚玲的指点下，车径直地来到了筒子楼下。

李亚玲就说：厅长，我到家了，要不要到上面坐一会儿？

王副厅长透着车窗，向外看了看，就问：你就住在这儿？

李亚玲一脸羞愧地点点头。

王副厅长就说：下次吧。

说完，车就开走了。

因为王副厅长，李亚玲在医院的地位正在悄悄地发生着变化。她现在已经在住院部站稳了脚跟，由以前没有处方权，到现在成了李兰治疗组的成员，她显然有权力开任何处方了。就是科主任和院长在她面前的态度都发生了一百八十度的变化。

以前，总是她和领导打招呼，领导愿不愿意“嗯”一声，那完全要依据心情而定。现在不用她打招呼了，领导都会主动和她打招呼。

领导说：小李呀，最近怎么样？

她说：谢谢领导的关心，挺好的。

领导又说：有什么困难提出来。

她说：谢谢领导。

然后又说一些别的勉励的话，这情形以前她连想都不敢想。当然，她知道这一切都是为什么才发生的。

在私下里有人这么问过她：王副厅长对你那么关心，你们是不是以前就认识？

她不语，只微笑。

也有人问：你和王副厅长是不是有亲戚关系，以前怎么没听你说过？

她照例不予以回答，用微笑保持着沉默。其实，她这种不回答就已经是最好的回答了，人们在她的沉默中感受着她与王副厅长那种深不可测的关系。

这一段时间以来，她的心情很好，从来没有这么好过。她当然明白这种美好的心情是谁为她创造的。她和王副厅长这种关系，有时她都感到不可思议，她想不明白，于是她只能用缘分来解释。在治疗李兰的病时，她比任何医生都要积极主动，她只要一有时间就会往李兰的病房里跑，哪怕是没什么事，就是陪李兰说说话，她也感到踏实和高兴。

渐渐地，病中的李兰也喜欢上了她。

有一天，李兰就说：小李呀，我要有你这么个闺女就好了。

她忙问：阿姨，我怎么没看见你的孩子来看你呢？

李兰就说：我也有个姑娘，她生小孩了，还没满月，不方便来看我。

李亚玲点点头，就不再说话了。

李兰又说：你这孩子，跟我姑娘差不多大，真好哇。

李亚玲就真诚地说：阿姨你要是不嫌弃，就把我当成你的闺女吧，在这个城市里，我也没有什么亲人。

李兰就说：那敢情好。

李亚玲又说：就是不知道厅长愿不愿意。

李兰说：咱娘俩的事，不关他什么事。

李亚玲笑一笑道：咱们是本家，要不怎么都姓李呢。

李兰吁口气说：你这姑娘真会说话。

下次王副厅长又来到病床前时，李兰就把要认李亚玲当干闺女的事冲他说了，王副厅长笑一笑，并没说什么。

凤凰涅槃

章卫平在省建委的机关里过着早八晚五的生活，似乎很平静，正如他和王娟的婚姻。结婚了，婚后的日子谈不上忘我和激情，只是一种踏实，在踏实中，王娟怀孕了，接着便生了个女儿，女儿的名字叫章默默。正如他的名字一样，有着明显的历史痕迹——卫平。父亲为他取这个名字时，意为保卫和平。他为自己女儿起名默默，他已经不是十几年前那个卫平了，他现在只能默默地承受生活，为女儿起这个名字，也反映了他此时的心境。

章卫平这一段生活的背景是这样的，20 世纪 80 年代中期，许多人开始经商了，倒腾服装、电子表什么的，于是满大街都可以看到各种各样公司的牌子挂了出来，一条街十天半月没去，再去时，保准又有几家公司成立了。

渐渐地，也有一些事业单位或企业里的人，以停薪留职的名义到商海里去闯荡了，仿佛不这么闯荡一下，就跟不上时代，跟不上节奏。

章卫平下决心离开平淡安逸的省建委机关，纯属于偶然。那天他在机关里正看着报纸，有人敲门，他头都没抬一下便说：进来。

来人就进来了，这时，章卫平仍没有抬头，办公室里每天进进出出的人太多了，他都懒得抬头看看是谁了。

来人一直走到他的跟前，叫了一声：你是卫平吧？

他抬起头来。

来人有四十多岁的样子，望着他的眼神是亲切的。

他打量着来人，觉得眼前这个人很面熟，可一时又想不起来在哪儿见过，就怔怔地望着来人。

那人说：我是杨秘书啊。

章卫平这才想起，眼前的这个人是在十几年前曾给父亲当过五年秘书的小杨。以前的小杨，现在已是人到中年了，他满面红光，一脸喜事的样子。

他站起来为昔日的杨秘书让座倒水时，办公室里的其他人拿着碗盆准备吃中午饭了。杨秘书就说：卫平，走，咱们到外面喝两杯去。

章卫平看到杨秘书还和当年一样，便笑了笑，往兜里装了盒烟，就跟杨秘书出来了。坐到外面的餐厅里，杨秘书递给他一张名片，他才知道，杨秘书现在已经是一家很有名的建筑公司的经理了。他又站起来和杨经理握手，杨经理就甩开他的手说：卫平，你别来这一套，咱们谁跟谁呀。

他就笑，杨经理也笑。

两人喝了几杯酒之后，章卫平才知道，杨经理今天是到建委跑项目来了，省里刚建成了一个交通大厦，就是杨经理他们公司的杰作。杨经理又看中了一片新的城市居民区改造的工程，今天来就盯上了那片居民区。分管这方面工作的建委副主任说好在办公室里等他，他在办公楼里闲逛时，在门缝里看到了章卫平，就推门进来了。

两人就聊了很多，当然都是聊十几年前那些事了，杨经理可以说是章卫平成长过程的亲历者，有许多事情章卫平都记不清了，杨经理讲故事似的都一一讲了出来。讲到章卫平少年时期的事，显得很开心，他真心留恋那段纯情美好的岁月。两人说着讲着，就说到了眼前的事，章卫平就没有了笑声，有的只是淡淡的苦恼。

杨经理似乎看出了章卫平的心思，便说：卫平，你是不是过得不开心？

章卫平就说：也不是不开心，就是在机关工作没意思。

杨经理又说：那你没想过换一份工作？

在这之前，章卫平也无数次地想过换个工作，可他把所有知道的工作想了一遍之后，认为和建委机关并没有什么区别，便打消了换工作的想法。

杨经理这么问他，他一脸茫然地望着杨经理道：换来换去的不还是一样？

杨经理又说：要不，你干脆下海得了，你现在变得跟当年的卫平一点也不一样了，以你的性格，不适合坐机关。

下海的事，他在这之前不是没想过，他想过无数次，也论证过无数次，第一他没有下海经商的经验，第二没有资本，第三他还没有想好干什么。他把自己的想法说了，杨经理就说：交通大厦我们刚完工，外装修我们还没包出去，如果你愿意，就包给你。

当时章卫平眼睛都瞪大了，他吐着舌头说：包给我？我拿什么包？

杨经理就说：卫平呀，我看你在机关这几年算是白待了。

于是，杨经理就给章卫平讲了下海的第一课。找工人拉起一支队伍很容易，重要的是找到项目，有了项目，就不愁找不到施工队伍。比如资金啦等问题，因为章卫平现在干的是建委立项工作，有项目在，建材商都敢在不收钱的情况下，让你把货拉走。至于钱的问题，按计划，杨经理这方面会依据工程进度，源源不断地把资金划拨过来的。现在最重要的问题是，要以章卫平的名义成立一个装修公司，只有那样，三方才能签合同。

章卫平先是吃惊，最后就有了一种跃跃欲试的冲动，几年的机关生活他已经无法忍受了，他只想有事情做，不在乎干什么，只要能有机会体现他的价值就可以。

接下来，杨经理又帮章卫平筹划公司注册的事。杨经理同意先划给他一笔资金，权当公司的注册经费了。两人商量了一中午，最后分手的时候，杨经理拍着章卫平的肩说：卫平，我做的这一切什么都不为，只想看到以前那个敢冲敢拼的卫平，别忘了，你是军人的后代。

说完杨经理转身就走了。章卫平望着杨经理的背影，似乎又看到了当年那个穿着军装的杨秘书。他的眼睛湿润了。

章卫平每个细胞都兴奋起来，他为了给自己斩断后路，没有采取停薪留职的办法，而是辞去公职。当他把报告交给领导时，整个建委机关炸了锅，仿佛章卫平不是辞职，而是准备慷慨就义一样。这时的章卫平什么也听不进去了，满脑子只有一个想法，那就是辞职，找一件自己愿意干的事情来做。

他写完辞职报告，便一门心思跑注册公司的事了。有杨经理罩着，再加上熟人的帮忙，在他的辞职报告批下来时，他的“大腾装修公司”也开张了。

接下来，他又找到了一家装修队进驻到了交通大厦的工地，热火朝天地干了起来。

章卫平辞去工作，成立公司时，他的女儿默默还不满百天。王娟的产假还没有休完。他辞职的事，谁也没有告诉。交通大厦装修开工那天，他才回家，把这一消息告诉了王娟。

王娟怔怔地看了他半晌，才说：你真的辞职了？

他说：早就辞了，快有一个月了。

王娟问他：你有信心把建筑装修活干好？

他说：当然，只要有事情做，我就能把它干好。

王娟吁了口气道：工作辞了就辞了吧，要是你干不下去，还有我呢，以后我养活你。

他没想到娇小的王娟会说出这样的话来，他当初辞职时没告诉王娟，就怕她站出来阻拦，现在她不仅没有阻拦，还成了他有力的支持者。他一激动，把王娟和女儿一下子抱在怀中，弄得王娟挺不习惯的。

这些日子，章卫平似乎又找到了从前的自己，他早出晚归整天泡在工地上。对于建筑和装修，他以前是个门外汉，他要一点点地学起。他整天待在工地上，仿佛又回到了广阔天地那种万人奋战的场面，这样的场面时时地让他激动着。

有一天，他从工地上回来，一进门王娟就说：今天你爸来电话了，让你明天务必回去一趟。

章卫平这才意识到，问题闹大了。他这段时间忙得已经挺长时间没有去看望父母了。父亲两年前就从副司令的位置上退下来了，他闲在家里，心却不闲着，天天研究电视新闻，一有风吹草动，总要和章卫平

“交流交流”。章卫平已经很长时间没有和父亲“交流”了。他担心的不是“交流”问题，是怕父亲知道他辞职的事情后，逼迫他解散公司再去建委上班。在他的印象里，父亲什么事都干得出来，正如他少年的时候父亲让人押送他去农村一样，虽然父亲现在不能押送他了，但要是发起火来，他还是惧怕的。他不怕天不怕地，就怕父亲拍桌子瞪眼睛。这是小时候养成的毛病，这么大了，也改变不了了。

当他走进父亲的小院，父亲正在小院里舞剑，看样子父亲舞弄得有些时候了，弄得一身的汗。离休后的父亲没事就舞剑，似乎把用不完的劲，都用在了舞剑上。

他站在父亲一旁，一直等着父亲停下来。父亲不看他，一边擦汗一边说：你小子，屋里说。

他就尾随父亲进了里间，父亲端起一个大茶缸子，咕嘟咕嘟地喝水，父亲不坐，他也不敢坐，就那么站在父亲身后。父亲喝完了水，才转过身抹了一把脸说：你小子辞职了？

他说：是。

父亲还说：你又成立了个公司，当了个经理，那经理是多大的官呀？

他不知如何回答，不解地望着父亲。

父亲又说：你事先也不和我打个招呼，是不是看你爸老了，不中用了？

他小声说：爸，不是那个意思。

父亲说：那是啥意思？机关工作你不干，成立公司，是不是看人家成立公司你坐不住了？

他说：不，爸。我在机关工作不合适，我得找事做，做我愿意干的事。

父亲认真地看了他一眼，坐下了。

他也坐下了，忐忑地望着父亲。

父亲把头靠在沙发上，说道：爸这么多年没帮你们这些孩子做过啥事，你们的道是自己选的，你要是觉得高兴，你就放开手脚干去。但你别忘了，你是我的儿子，只能干好，不能干坏，你爸这辈子，不管打仗，还是和平年代，一直到退休，没让别人戳过脊梁骨，你忙你的去吧。

他没想到父亲是用这种方法和他“交流”了一通，他听了父亲的话，心里一热，喉头发哽。离开家门很远了，他的喉头仍然发紧，他的脸有些凉，伸手一摸，是泪。

四个月后，交通大厦顺利竣工了，他这个公司净挣一百多万。这一百多万成了章卫平日后发展中重要的资金。当他成为全省著名的房地产开发商时，提起这段成立公司的往事，许多人都不相信这一切竟是真的。

一时间，章卫平成了省城辞职下海从商的一位传奇人物。别人越说越起劲，听着的人也越听越入神，只有章卫平知道，自己的路是怎么走过来的。

终成眷属

乔念朝和马非拉军校毕业后，双双被分到了陆军师，乔念朝在师里特种兵大队当了一名排长，马非拉在通信连当排长。

乔念朝回到陆军师时，刘双林特意从师机关来到特种大队看了一次他。当时两人是在营院见的面，乔念朝看到刘双林怔了一下，在这之前，他已经听说刘双林和方玮结婚了，还听说婚礼是师长亲自主持的。那时，他已经深深爱上了马非拉，听到这个消息时，不知为什么，心里还是挺复杂的。方玮是他的初恋，初恋情人和别人结婚了，而且这个人他又认识，从骨子里他甚至有些看不起这个人，当时，他的心情就是这样，很复杂，却说不清到底是什么滋味。

如今乔念朝面对面地和刘双林站在一起时，发现刘双林从外表上看比几年前成熟了。刘双林满面红光，以一个胜利者的姿态站在乔念朝的面前。刘双林认为自己的身份地位和以前不可同日而语了，他现在是师作训处的参谋，同时又是方玮的丈夫，也就是说，他是军区原后勤部长的女婿。方部长也已经退休了，在第一次裁军中，方部长就退居二线了。刘双林觉得人前人后他已经是个人物了，心里优越得很，他就在这种心理支配下来到了乔念朝面前。

乔念朝怔了一下道：刘排长，不，刘参谋，好久不见了。

刘双林微笑着伸出了手，用了些力气和乔念朝的手握了握。

乔念朝从刘双林的手劲中，感受到了这份挑战。

刘双林说：真是三十年河东，三十年河西，没想到，当年你这个刺儿头兵，如今也军校毕业当上排长了。

乔念朝也说：时光在流逝，人也是会变化的。

两人并肩一边说，一边向前走去。

刘双林问：你父亲也退了吧？那口气，似乎他父亲也退了，他才这么问乔念朝。其实不用刘双林这么问，全军区的人都知道，昔日的乔副参谋长突发心肌梗塞，住了几个月的医院，出院以后，已经不适合工作了，便退了下来。关于乔念朝父亲退休的问题，部队是有过通报的。

乔念朝对父亲是否退休并没有在意，铁打的营盘，流水的兵，走的走，来的来，一切都很正常。刘双林这么问时，乔念朝只是笑一笑。

刘双林突然停住脚步，望着乔念朝说：按理说，咱们都是一家人了，以后应该团结起来。

这句话，刘双林说得明白，乔念朝却听得糊涂，他不明白，怎么就和刘双林是一家人了。刘双林说完这句话，又一次握住了乔念朝的手，小声地说：啥时候有空到家里坐一坐，我就愿意和你这样的人打交道，咱们有共同语言，别忘了，你是我接来的兵。

说完刘双林就走了，乔念朝望着刘双林的背影如坠入云里雾里。表面上刘双林的话谁都能听懂，可仔细琢磨，乔念朝却听不明白。直到过了许久之后，乔念朝才真正理解了刘双林，以前的刘双林是农民子弟，自从和方玮结婚以后，他已经把自己当成半个高干子弟了。

他只和那些出身好的军官来往，与那些同样出身农民家庭的军人却很少有来往。他认为自己的身份变了，已经和那些农民子弟没有共同语言了，他的做法和言行，已经彻底地和以前的刘双林划清了界限。

当然，乔念朝是在回到部队许久之后才弄明白这件事，他同时也真正领悟了刘双林那次见面和他说的那些话。

乔念朝和马非拉终于结婚了，他们结婚是在回到部队半年以后，结婚的时间定在一个周末。周末的时候，两人领了结婚证。

乔念朝往自己单身宿舍又搬进了一张单人床，和原来的那张单人床并在一起，便组成了一张双人床。周末的晚上，马非拉用一张红纸剪了一个双喜字，贴在床头上。

那天晚上，月光很好，乔念朝和马非拉在营院外的河堤上散步，河堤旁长满了柳树，月亮明明晃晃地挂在头上。他们走在树影里，一会儿明亮，一会儿斑驳。

她偎着他，他们长时间不说话，就那么慢慢地向前走着，两人沉浸在一种开启崭新生活的情绪中。

马非拉突然停了下来，乔念朝也停了下来，马非拉转过身望着乔念朝说：念朝，你娶我真的不后悔？

她这句话不知问过有多少次了。

他望着她说：我不是说过了吗。

她在月光下冲他笑了笑，露出洁白的牙齿，月光下她的样子很妩媚也很圣洁。

她又偎着他，两人又慢慢向前走去。

她喃喃地说：没想到爱一个人时，自己也会被改变。

她这么说时，他搂着她的手臂用了些力气。他心里很感动，一直洋溢着很温暖的东西。他和马非拉的关系从始至终充满了戏剧性。以前，她拼命地追求他，他却不在乎她的感情，只觉得好玩，甚至还有一点点得意。自从那件事情发生后，她突然之间变了一个人似的，他们的情感发生了一百八十度的大逆转，那时，他才发现，自己是爱马非拉的。在今天，在此时此刻，他们终于走到了一起。爱情往往是需要磨砺的。

忽然，正走着的马非拉停住了，猛地反过身来抱住了他，把头偎在他的怀里，他发现她的眼泪弄湿了他的前胸。他没有制止她的哭泣，此时，他也有一种要流泪的感觉。

她喃喃地说：念朝，今天我终于拥有你了，我觉得这条路太长了，我以为我走不完这条路。现在我终于走完了。

他说：不，路还没有走完，咱们接着还要往前走。

她说：那是另外一条路了，你知道吗，我默默地爱了你那么多年，你才刚刚爱我，你要把我以前对你的爱加倍还给我。

在他的怀里，以前那个任性的马非拉又回来了。

他用了些力气，把她抱了起来，顺着月光向军营走去。

幸福的日子过得总是很快，平时，他们并不住在一起，他住在特种兵大队，她则住在通信连，只有周末的时候，他们才能住在一起。分分离离的日子，让他们的思念绵长永久。

半年之后，突然就有了一条消息，他们这个师要整建制地撤编了，也就是说，在军队的历史上，这支已经存在了几十年的部队，因为形势的需要，以后就不会存在了。

那一阵子，全师上下人心惶惶，他们一时不知何去何从。

乔念朝和马非拉见面时，说得最多的话也是关于这支部队的前途和命运。

她说：部队真的解散了，你怎么办？

他连想也没想便说：这支部队解散了，还有其他部队，我不想离开部队。

他又反过来问她：你呢？

她坚定地说：我跟着你，你去哪儿，我就去哪儿。

那一阵子，关于部队精简整编的消息有很多，根据形势的需要，部队上上下下已经发生了很大的变化。

最后的消息终于下来了，这支部队并不是解散，而是整建制地移交给武装警察部队。也就是说，他们不用考虑转业或调走了。

当他们最后一次穿着军装，向军旗告别时，背景音乐是军歌，他们举起手臂，向军旗告别。

乔念朝流泪了，他发现许多人都流泪了。他想到了入伍，想到了在连队的生活，以及在陆军学院的日日夜夜……

紧接着，他们又统一换上了武装警察的制服，面对着国徽的时候，心里又涌动着另外一种情绪了，庄严、神圣。

就这样，乔念朝这个师一夜之间，从解放军的序列里消失了，而中国武警部队多了一支特种部队。

一地鸡毛

在陆军师改制之前，方玮的父亲方部长发生了意外。他早晨起来的时候还没有任何身体不适的症状，在外面跑了一圈步，还和几个同样离休的老同志开了几句玩笑，然后往家里走，在上楼梯的时候，脚下一滑摔倒了。被送到医院后，家人才知道他患了癌症。医院是先通知了军区，军区的领导找到了方部长的老伴，她得到这个消息时，一下子就傻在那里。在她的印象里，方部长的身体向来很好，像一头牛一样，年轻的时候行军打仗，三天三夜不睡觉，冲锋的时候，照样嗷嗷叫。在军区工作这么多年的时间里，他很少生病，几年都没有住过医院的记录。没想到，就是这么一个人，却得了癌症。

方玮母亲惊怔之后，眼泪就流了下来。此时，三个孩子都不在身边，以前她曾经和方部长唠叨过关于孩子的问题。老大在云南当兵，在那里结了婚，成了家，前几年转业了，便留在了云南。老二去了东北建设兵团，最后也在那里结婚了，都是有家有业的人，来往一趟很不方便。只剩下女儿方玮还在部队中。方玮母亲一说起子女的问题，方部长就很不耐烦的样子，他挥着手说：我离老还早着呢，就是我不能动了，还有组织呢，现在咱们老两口过得不是很好吗？

他这么说，方玮母亲心里一点也不踏实。现在方部长有了毛病，她最先想到的就是孩子，有孩子在身边，她心里会踏实一些。当领导询问她有什么困难时，她不假思索地便说到了孩子的问题。当然，领导也意识到了这个问题，很快，方玮和刘双林双双接到了军区机关的调令。

这之前，方玮母亲已经和方玮通过气了，那时，她还没有把方部长得癌的消息告诉方玮，只是说他身体不好，希望把他们调回来。方玮并没有显得过分激动，最激动的就是刘双林了。

以前，刘双林没少和方玮探讨关于调动的事，在军区机关工作是他最大的梦想。全军区那么多干部，在军区机关工作的毕竟是少数，从个人发展角度来说，军区机关毕竟是大机关，升迁的机会就多了许多。许多基层干部都把有朝一日能调到机关工作当成了自己的梦想。

在方部长还没退休时，刘双林就说：让你爸说句话，把咱们调到机关多好。这样一来，咱们还可以照顾你父母。

当然，刘双林这么说只是一个借口。

每次方玮都说：咱们现在这样不挺好的吗？

她了解父亲，不可能为他们的调动开绿灯，除非组织需要。因此，方玮一直没有开这样的口。

刘双林又说：你爸对我挺好的，我想他会为咱们办的，不看我面子，你是他女儿，怎么也得为你考虑吧。

方玮不说话，她也想调到父母身边工作，哥哥姐姐都不在父母身边，自己离父母近些，也好有个照应。父母的年龄眼看着一年大似一年了。后来，方部长就退休了，刘双林就整日里唉声叹气的。他一边拍腿一边说：现在你爸都退了，怕是想调也难了。

在结婚之后，方玮和刘双林曾经回过一次军区大院，那是刘双林第一次真正走进军区大院。第一次，他来省城接兵，去军区街道拿新兵档案。那次很匆忙，他只记得军区大院很大，哨兵很威严，那是一个基层排长眼中的军区大院。这一次，他从容多了，他是军区大院首长家的女婿了，他一走进军区大院，便有一种想哭的感觉。当他见到自己的岳父方部长时，眼泪终于掉下来了，他自己一时也说不清是一种什么样的情绪让他居然哭了出来。他第一次这么近距离地仰视着首长，以前别说来到首长家做客，就是当十几年兵，也不一定能见到这么大的军区首长。他一紧张，一激动，眼泪就流出来了。

在这之前，方部长和方玮母亲也没见过刘双林，只是通过方玮的信，对刘双林有些了解。刘双林第一次进家门，两位老人就认真地把刘双林看了看。

刘双林以一个下级军官的身份恭恭敬敬、一丝不苟地给方部长和方玮母亲敬了个礼，这时候他的眼泪就流下来了，给人一种终于见到亲人的感觉。

方部长就握住了刘双林的手，一边让座一边说：好，好，小刘这孩子不错。

方部长被刘双林的眼泪感动了，接下来就说了一些家常话。方部长问：小刘，家里是农村的呀？

平时，刘双林最怕别人说他是农村的，他觉得农村人在城里人面前一直低人一等。每当有人指着他说他是农村人时，他总是脸红心跳的。

在自己的岳父方部长面前，他还是红了脸，并小声地说：是。

没想到方部长却说：农村人好哇，朴实，本分。我就是农村人，十三岁参加革命，不也挺好的。

刘双林没想到方部长会这么说话，一句农村人好，让他心里热乎乎的。

方玮母亲表现得很冷静，也很理智，她坐在那里仔细认真地把刘双林看了个够，没说什么，便到厨房里忙活去了。

晚上方玮母亲和方部长躺在床上曾有过如此对话：

方玮母亲说：你看那个小刘怎么样呀？

方部长说：挺好的呀，老实。

方玮母亲说：我没问你这个，我觉得咱家小玮嫁给他，以后生活够呛。

方部长说：怎么够呛了？

方玮母亲说：咱家小玮你还不知道，他一个农村人，能和小玮过一块儿去？

方部长说：怎么过不到一块儿去了，我是农村人，你是小知识分子，咱们不也过到一块儿去了。

这是母亲作为一个过来人替女儿担心，她意识到，自己的女儿和刘双林不是一类人。正如自己和方部长不是一类人一样，在一起生活可以，但也够累人的，许多生活细节和观念是一辈子也无法磨合和改变的。

这只是方玮母亲心里的一种担忧。

那次结婚不久第一次来方部长家时，刘双林表现得很努力也很积极，每天早晨，楼上楼下打扫卫生，又跑到厨房帮方玮母亲忙活。他亲爹亲娘地叫着，确切地说，刘双林并没有见着几次方部长，他本想在这次会面中，好好跟方部长套套近乎，争取让方部长对自己有个好的印象，那样的话，他就可以暗示方部长自己有调到机关的想法。可惜，这种机会他一直没有找到。

他只能把自己的热情留给方玮母亲了，可惜的是，方玮母亲似乎并不买他的账，不冷不热的。他当然感受到了方玮母亲的态度，他曾私下里跟方玮说：你妈好像对我有意见。

方玮说：咱们俩结婚，她会有什么意见。

他说：你没看你妈的脸，她好像没对我笑过。

方玮说：我妈那人就那样。

刘双林的生活经历和出身让他多了许多敏感的东西，这种敏感就是直觉，直觉告诉他，方玮母亲并不喜欢他。

在刘双林不在场时，方玮母亲也和女儿交过心。

母亲问：小玮，你咋就看上他了？

方玮说：刘双林对我挺好的，从我一入伍他就关心我，一直到现在。

母亲说：就这些？

方玮说：就这些。

母亲望着女儿，担心地叹了口气。

冷静下来的方玮，似乎并没有很有激情地爱过刘双林，甚至她还不懂怎么去爱一个人，或者爱上一个人时是什么样的一种感受。那时，她只感到刘双林对她很好，这种执着的好让她感动了，她认为这种感动也许就是一种感情吧，所以，她答应了他。

方玮一直生活在简单透明的生活中，她还没学会复杂，在这种简单中，她和刘双林结婚了。当然，她那时并没有意识到母亲的担忧和顾虑。

母亲只能和方玮说这些了，她把后面的话又咽了回去。母亲对方玮的婚姻一直担着心。

刘双林没想到，自己的岳父都退休了，自己和方玮还能调到军区去工作。这对他来说是一件喜出望外的事。

当他来到军区报到后，才知道，自己的这次调动依然和岳父有关。那时他还不知道岳父得了癌症，只是知道岳父的身体不好，身边需要有子女照顾。

方玮干的还是她的老本行，在军区总院当护士。两人刚调回来，军区并没有给两人分房，因为他们要照顾有病的方部长，便理所当然地和方部长暂时住在了一起。

方部长被确诊为癌症之后，怕他多心，住了几天院就让他出院了，然后隔三岔五地去医院接受治疗，治疗完了，又回到家里。在方部长看来，那次晕倒纯属偶然，他并没把自己的病当回事，该干什么还干什么，整天乐呵呵的。

当女儿和女婿出现在自己面前时，他以为他们是回来休假的，然后问刘双林：小刘，这次休几天假呀？

当得知刘双林和方玮双双调回军区工作时，他惊讶得张大了嘴巴。

方部长这才吁了口气道：正常调动就好。

然后说一些机关工作注意事项，什么严格要求自己呀，别打着他的旗号提出特殊要求呀，等等。

方玮和刘双林就在一旁点头称是。

那些日子，刘双林做梦都会偷着乐醒几次，没想到说调就调回来了。这才意识到，俗话说的“瘦死的骆驼比马大”的道理。现在方部长突然退休了，可他的影响还在，想在军区办点事，那是件轻而易举的事。想到这，他又找到了那种优越的感觉，每日里走进军区办公大楼，他总是挺胸抬头的，仿佛又看到了自己更远大的前程。

再新鲜的生活，总会有稔熟的时候。渐渐地，刘双林就融进了军区机关的生活，当生活接纳他的时候，他对生活也并不陌生。每天上班，走进机关时，他还是他，他只不过就是机关一名普通的参谋而已。他的上面有更老的参谋，还有处长、部长……他往前看的时候，觉得自己的前途还遥远得很。日子还得一天天往前过，机会还得慢慢去寻找。

每天下班之后，刘双林的日子也是单调的。他和方玮一直住在方部长家里，房子是不用愁的，方部长这一级别领导的待遇，每户一栋小楼，楼上楼下有七八个房间。

方部长在医院里没住多久，在家里保守治疗。直到这时，方部长还不知道自己到底得了什么病，他只是每周去医院治疗两次。他的身体似乎大不如以前了，坐下了，就不爱动了，仿佛他身上的力气一下子就消失殆尽了。

在家里，方部长成了生活的中心，所有人都要围着方部长转。每日里，刘双林为方部长倒茶递水的，上楼下楼的，他还要身先士卒地去搀扶方部长，一直把方部长送回到卧室的床边，看看杯里的水还够不够，然后，他才下楼。做这一切时，他是心甘情愿的，他心里明白，自己是因为方部长的病才调进机关，照顾方部长这是理所应当的。

刚住进这栋小楼时，刘双林曾经骄傲过。每天在院子里进出，他的腰挺得很直，那时他认为，自己终于过上了高干子弟的生活，虽然，他不是高干子女，但他是高干的女婿。他的一张脸总是红扑扑的，有一种春风得意的感觉，他不时地和左邻右舍打着招呼，左邻右舍的人，当然也都是和方部长同等级别的领导，那里面住着年轻人，也住着离退休的首长。以前这些首长的名字，他在基层部队时只是听过，别说是他，就是师长、团长也不容易见到这些首长。如今，这些名字如雷贯耳的首长就是他的邻居，在最初，他觉得自己很神圣，也很幸福。

渐渐地，他对这些离退休的首长熟悉起来了，也上前和他们打招呼，叔叔伯伯地叫。刚开始时，这些叔叔伯伯用很惊喜的目光打量他，然后问：你是方家的老二吗，我咋不敢认你了？

他就红了脸，嗫嚅道：我是方玮的爱人。

叔叔或伯伯就“噢”一声，然后说：是方家小三的女婿呀。

这些首长对他就失去了兴趣，“噢”一声之后就不再说什么了。他现在和这些首长打招呼时，他们也就礼节性地和他点点头，该忙啥就又忙啥了。

刘双林多么希望自己能够真正走近他们，哪怕说些家常话也是好的，这样的场面一直没有出现。

自从方部长患病之后，在业余时间里，经常有人来看方部长，那些日子，每次晚饭后，大都显得挺热闹。他们围着方部长嘘寒问暖一番，然后，就问一些家里的情况，打听完老大，又问老二，最后就问到了身边的方玮。说到方玮的时候，人们不能不关心地问一下刘双林的情况，人们总是这么问：老三的女婿，哪儿的人呀？

他就回答了，他回答的时候，脸就红了。他先说到省，再说到市，其他的他就不好往下说了。

叔叔或阿姨接着又问：父母是干什么的呀？

这时，他的脸就更红了，支支吾吾的，一时不知如何回答。

方玮就在一旁说：小刘是农村的，他的父母是农民。

众人又齐齐地“噢”一声，算是知道了。别的就不好说什么了，忙岔开话头，说一些别的了。比如，谁谁家的小子当了团长了，或者谁谁家的姑娘去了国外，等等。他们说的这些人，当然都是大院里的孩子。

方玮的母亲这时的脸色是阴沉的，她似乎有许多不开心的事，望一眼刘双林，也懒得理他。刘双林就有了一种被遗弃的感觉。这些人说的都是大院里这些孩子小时候或成人之后的事，在他听来完全是陌生的，他想插嘴又说不上话，就那么难受地在一旁坐着。偶尔起来为这些叔叔阿姨端茶倒水，他们的目光也不再注视他了。最后临告别时，说一些大吉大利的话，听得方部长呵呵地笑。然后他总要和方玮一起把客人送出院子。

分手时，那些叔叔阿姨就冲方玮说：小三，这次调回来了，以后就方便了，多到家里去玩。仿佛他们眼里只有方玮，而没有刘双林这个人。

那些日子，刘双林的心里就很郁闷，怎么也高兴不起来。两人回到房间后，刘双林把小窗子打开，倚在床上抽烟。

方玮就一边挥着手一边说：烦死人了，要睡觉了，还抽什么烟呢。

平时在方部长家里，没人抽烟，方部长又病了，方玮母亲明确交代过，是不允许吸烟的。有时他犯了烟瘾，只能跑到院子里，深深地吸上两口，跟做了贼似的。方玮这么一说，他忙把烟熄灭了。

在师里的时候，那时两人隔三岔五地生活在一起，刘双林还没觉得方玮有什么。因为那时，方玮不停地值夜班，一周只能回来两三次，平时白天都上班，两人谁也见不到谁。每次方玮回来时，刘双林把饭做好了，就是洗脚水都准备好了，那些日子，现在回想起来是很幸福的。自从调回到军区后，在刘双林眼里，方玮似乎变了。两人关在小屋里也交流点什么，可没说两句，就说不下去了。因为两人说话的本质和内容，已经发生了很大的变化。

他说：机关里这次又调级了。

她说：爸爸的身体真是一天不如一天了。

他说：你爸和司令部的人熟不熟，能不能说句话，我要是提前晋一次级，就能申请到房子了。

她说：要房子有什么用，别忘了咱俩调回来是为了照顾我父亲的。

他说：有房子住也不影响照顾你父亲。

她说：你就死了那份心思吧，我爸都这样了，就是他不这样，也不会为儿女的事走后门的。

他说：你爸爸这人真难以捉摸。

她说：他不是你爸，你当然不了解。

他说：真没见过这样的人。

她说：那是你少见多怪，今天晚上这些叔叔、伯伯，有谁为孩子走过后门？平时你们以为我们这些高干子女都是靠父母生活，那你就错了。

刘双林就不说话了。他睁着眼睛，望着黑暗，感觉浑身上下每个毛孔都憋闷得很。他原以为，自己鲤鱼跃龙门，一下子就成为一个人物了，没想到的是，他仍然是个小人物。在机关里，他是职务最低的参谋，其他人的资历都比他老，这是在工作中；回到家里，他渐渐意识到，自己无论如何融不到这个家庭中来。他只是个女婿，他时时刻刻感受到自己是个外人。

方玮母亲从第一次见到他之后，就是那副不冷不热的态度。方部长倒没嫌弃他是农村人，在人前人后曾无数次地说：农村孩子好，本分。可在平时生活中，方部长对他也并没有多亲。

有时候，方部长给远在千里的两个孩子打电话，方部长给儿子打电话时，神情是亲切的，话语里都是关心。方部长冲电话里说：你小子要干出个人样来，干不出个人样来，就别见我。你回来看我干什么，家里有小三呢，我还没老到不能动弹，你该干啥就干啥吧。

刘双林听着方部长和儿子的对话，又羡慕又嫉妒。那一刻，他真想变成方部长的儿子，而不是女婿。这段时间以来，刘双林发现方玮也在悄悄地发生变化。在追求方玮的过程中，他一直认为方玮是个单纯得很没主意的一个人，他一味地对她好，这就足够了。当然，最后打动方玮的，也是刘双林这一点。她被刘双林的执着感动了，于是她嫁给了他。

父亲的病似乎一下子让方玮成熟了，她现在想的不是自己的生活了，而是这个家，甚至这个社会。

那一晚上，刘双林突发奇想，对方玮说：这日子过得也没什么意思，要不咱们要个孩子吧。

方玮听了，怔了怔，半晌她才说：我父亲正病着，咱们在这时候要个孩子，添不添乱哪。

刘双林又想起了父母的来信，这段时间，刘双林的父母经常来信，每封信里都说刘双林老大不小的了，该要个孩子了。刚开始，刘双林并没认为要孩子有多么重要，随着生活的变化，他渐渐意识到，自己想要稳固和方玮之间的夫妻关系，有个孩子是很有必要的。他现在和方玮的关系其实很脆弱，如同一张纸，是经不住风吹雨打的。于是，他想和方玮生个孩子。

方玮不同意，他一时也就没了主意。

有一天，他又说：我父母年龄不小了，他们想抱孙子。

方玮从床上忽地一下坐起来了，恨恨地说：你父母想抱孙子你就让我生孩子，也不看看现在是什么时候，这时候让我怀孕生孩子，我父亲谁照顾？别忘了，调咱们到父亲身边工作是为了什么。

刘双林说：你父亲那个级别的领导，不是还有组织吗？

方玮在黑暗中瞪着刘双林恶狠狠地说：刘双林，我发现你这人太自私了，简直就是个农民。

一句话捅到了刘双林的心窝里，平时他最怕别人说他是农民。他在这些高干子弟面前，为自己的农民出身感到自卑没有底气。在追求方玮的时候，身边许多人都对他说：刘双林算了吧，别瞎子点灯白费蜡了，人家高干子女能嫁给你吗？

后来，他终于成功了，他有一种胜利的感觉，让那些泼过凉水的人瞠目结舌。现在他终于成为高干的女婿，然而时时刻刻仍能感受到农民出身的悲哀。

今天这话不是别人说的，正是方玮说的，他的心一下子凉了。他怔了一下，半天才反应过来，心虚气短地说：你，你也嫌我是农村人？

方玮没有说话，裹紧了自己的被子，不再理他了。

刘双林和方玮结婚不久，在刘双林的提议下，他们回了一次刘双林的老家。以前方玮对农村没有什么深刻的印象，他们在学校上学时，曾到农村参加过支农劳动，与其说是劳动，还不如说到乡下进行了一次全班学生的集体旅游，在春天或秋天的田野里，撒着欢地跑上一天，农村在她印象里就是一望无际的田野。

那时的方玮，对刘双林是否出生于农村没有一个完整的概念。从她出生，到长大成人，她熟悉了军人家庭这种状态，因为同在兵营，家庭结构也都差不多少，这家与另外一家也没什么不同。她认为，天下所有的家庭也都是相差无几的。方玮可以说是属于那种晚熟型的女孩，她对此并没有一个清醒的认识。在师医院时，别的女兵谈朋友时，一再强调对方的家庭，她感到不可思议，每个家庭就是那个样子，还有什么好强调的呢？军人是一种职业，工人、农民、学生也是一种职业，无非是工人做工，农民种地罢了。方玮还不知道这种差别，所以在她下决心嫁给刘双林时，她根本没有考虑过刘双林的出身和家庭。

刘双林带着她回了一次老家，才给她真正上了一课。

坐火车，又坐汽车，然后又是步行，放马沟终于到了。这是一个典型的东北小山村，四面环山，有炊烟在村庄上空袅袅地飘着。刘双林的父母，刘二哥和刘二嫂，早就得知儿子这几天就要回来了，他们在村口的土路上已经巴望好几天了。终于见到了儿子和儿媳，他们热情地提过儿子、儿媳手中的包，大呼小叫地往家里面推让着方玮。

一村子人都知道刘双林娶了个高干女儿，他们早就想一睹高干女儿的风采了。在这之前有人曾分析过方玮的长相，在这些人分析起来，方玮一定是个其貌不扬的女子，或者打小落下个毛病什么的。因为凭他们对刘双林的认识，能留在部队工作已经是烧高香了，他凭什么能娶个如花似玉的高干女儿，那是不可能的。他们心里这么想，私下里这么议论，但在刘二哥和刘二嫂面前是不能说出来的，他们想一睹高干女儿的“芳容”，以验证自己的猜测。

当方玮出现在他们面前时，他们惊呆了，就连刘二哥和刘二嫂都惊呆了，没想到眼前的高干女儿，不缺胳膊不少腿的不说，和刘双林站在一起，怎么看都觉得刘双林配不上方玮，然而事实却是刘双林把如花似玉的方玮领到了放马沟。人们在暂时的惊怔之后，一下子清醒过来，拥进了刘二哥的家，屋里站不开了，院子里站的都是人。

有人就打听：媳妇她爸是师长呀还是军长？

刘二嫂一边忙活接待客人一边说：是后勤部长，比师长、军长都大。

众人又一片惊呼，在他们的眼里，师长、军长已经是很大的干部了，比师长、军长还大的干部，到底有多大呢？他们没见过，只能去想象了。

刘双林差不多已经成为全村人的英雄了，他被围在众人中间，不停地散烟、散糖，一面招呼着客人。

他说：李大爷，吃颗糖，是喜糖。

李大爷就说：你小子这回行了，真行了。

他又说：王二伯，抽烟。

王二伯就说：你小子，你们刘家上辈子这是积了大德了。

……

方玮早就被刘二嫂三推四让让上了炕，炕是火热的，有些烫脚，方玮坐也不是，站也不是，她接受着全村人的审视。

直到天黑，众人才渐渐散去，剩下了刘二哥一家人，吃完了饭，夜就很深了。

刘二哥和刘二嫂腾空了一个房间，并把房间收拾了，还铺了一些新报纸。刚睡到半夜，方玮就被老鼠打架的声音惊醒了。接下来，她再也不想睡了，抱着被子，蜷在一角，死死地盯着天棚。

去农村的茅厕，让她更是无法忍受，农村的茅厕每家都有，不分男女，每次她去厕所时，刘双林都在外面看着，里面又脏又乱，几乎没有下脚的地方，让她作呕。别的地方她还可以忍受，每次去厕所，她似乎从生理到心理都要受一次酷刑。最后干脆就不怎么喝水了。

第三天的时候，她提出要走，被刘双林拒绝了。因为，还有许多亲戚没有看到她呢。那些日子，刘双林家的亲戚走马灯似的来了一拨又走了一拨，他们喜气洋洋，无比自豪地带来了家里特产，让刘双林回部队去尝一尝，他们热情地捉住方玮的手，唠着家常，说得最多的一句话就是：你爸当多大官呀？

方玮无法回答，她为了这句话常常发窘，让她感到更难受的是，在亲戚们眼里，刘双林仿佛娶的不是她，而是她的父亲。她不理解，也没办法理解。

这样一天天地熬下来，见了一些她记不住名字的亲人，说了许多重复的话，一个星期以后，刘双林所有的亲人都见过了她，刘双林这才答应她的请求。

临走那天，善良的刘二哥和刘二嫂哭了，这几天下来，他们早就把方玮当成自己的亲人了。

亲人要离开了，他们接下来的日子将又回到平静中去，这段日子跟梦一样，太让他们留恋了。于是，他们流下了真诚的泪水。两位老人一直把他们送到村口，然后还依依不舍地招手，直到看不见。

当方玮看不见那两位老人时，心里才松弛下来。一直到坐上长途公共汽车，方玮才意识到，终于逃脱了。农村的生活让她不适应，也不习惯，在这七天的时间里，她度日如年。

刘双林问她什么时候再回来时，她没有回答，而是望着窗外想自己的心事。那一次，她真正地了解了什么是农村。她这才想起，以前那些战友说起农村时的那副神态。

在那以后，刘双林又回过放马沟，刘双林极力想让她一起回去，结果都被她拒绝了。她不是瞧不起农村，而是真的不适应那里的生活，农村生活让她不寒而栗。

在这段时间里，刘双林的父母不停地有信来，他们从信中已经知道刘双林调到军区工作了。刘双林在信中向放马沟的人把军区机关和省政府机关做了一个形象的比较，他在信中说：军区机关有省政府机关三个那么大，在里面工作的都是首长……

不言而喻，刘双林在军区工作，他也就是首长了。虽然刘双林在部队工作十几个年头了，对部队应该有全新的理解和认识了，但他仍然有着强烈的虚荣心，因为他在现实中很自卑，自卑的结果就是虚荣。

这种虚荣直接导致了生活中的麻烦。他调到机关工作不久，便有三三两两的老家人，带着刘二哥的信找到了军区。

那些日子，人们经常可以看到刘双林在军区大门口接见这些老家来的人，有的求他当兵，有的让他帮忙在城里找活干。他没有办法，只能把这些老家来人安排到一个最廉价的招待所住下，然后领着这些人，在省城里转一转，看一看，最后买几张车票，把人送走了。他是这样答复那些沾亲带故的乡亲的，他说：现在还没到招兵的时候，先回去等吧，等招兵了，三叔一准给你想办法。

他又说：四叔，现在城里的活也不好干，先回去，等我联系好单位，再写信通知你。

四叔就说：你小子别一当官就忘本，四叔的事你可想着。

他说：哎。

终于送走了一拨，说不定什么时候又来了一茬，白天上班的时候，警卫会把电话直接打到他办公室，有的是半夜来的，便直接把电话打到了方部长家里，电话都是方部长接的，最后是方玮母亲到楼下喊方玮，方玮又喊醒刘双林，折腾了一圈，很不太平的样子。他只能在半夜三更时出门，当然，出门前没忘记在放钱的抽屉里拿出一些钱去安顿那些找上门来的父老乡亲。

他没办法把这些父老乡亲往方部长家里领，他知道，方部长一家人是不会欢迎他这些父老乡亲的。

乡亲们临走时就挺不高兴的样子。

有人说：双林，你是不是怕媳妇啊，咋家里都不敢让我们瞅一眼？

刘双林忙说：军区房子紧，我调过来的时间太短，到现在我还住在招待所呢，等日后有了房子，大家伙就到家里住。

又有人说：那媳妇咋不来看我们一眼，你把媳妇领家时，我们可都去看她了。

刘双林就红了脸道：她忙，天天三班倒，她在医院工作，病人多得很，我有时一星期都见不上她一回。

众乡亲在疑惑不满中走了，刘双林望着开走的列车，才长吁口气。几天之后，他就接到了父亲的信，信中自然是不满的，说他慢待了乡亲们，连家门都不让进，这样下去还让父母以后怎么在放马沟里过下去……

他读着父亲的信眼泪就流了下来。

时间一长，方玮母亲对刘双林也很不满，有一次在吃晚饭时，就说：小刘啊，半夜三更的，还有人找你，这样不好。你爸身体不好，这你知道，大半夜的他一接电话，后半夜就睡不着，这对他的病不好。小刘啊，这方面你以后要注意。

晚上和方玮走进他们的房间时，方玮对他的这种行为也表示了不满，她说：抽屉里的钱都被你拿光了，咱们现在住在我父母这儿，吃住都不用愁，以后，咱们自己过日子了，下月的工资，这月就花了，这日子还怎么过。

刘双林就躺在床上，双手抱头，心里乱得很，也烦得很。他真的说不清以后这样的日子该怎么过。乡亲们对他不满意，父亲对他也不满意。在这个家，方玮母亲是不满意的，方玮更是不满意。刘双林觉得这日子过得一地鸡毛，烦透了，他感到压抑。在方部长家里生活，时时处处受到限制，就连喘口大气，他都得看看周围有没有人。这些，主要来自心理上的一种无法说清的压抑。当时，他和方玮是以方部长身体不好为由调来的，他现在又不好提出来搬出这个家，没有自己的家，生活在别人的屋檐下，他永远会感到压抑，眼前的空气似乎稀薄了。

通俗的悲喜剧

李兰的生命终于熬到了尽头，她因肺部肿大，而导致压迫心脏，最后是心脏衰竭。李兰离开这个世界时，非常不甘心的样子，她努力地睁大眼睛，手欲向前伸着，似乎有什么话要说。她就以这个姿势离开了人间。

王副厅长站在李兰面前，他一直陪在她身边，用语言安慰着她。他说：兰呀，你就放心去吧，我呢身体还可以，你也就别惦记了。孩子有自己的家了，也有自己的孩子了，人生就这么回事，一辈一辈的，往前奔吧。

李兰在王副厅长的安慰声中，呼出了最后一口气。

王副厅长看着李兰的样子，伸出手先把她睁着的眼睛抚平，然后又握着她伸着的手说：兰呀，放心吧，别这样，你该休息了。她似乎很听他的话，他这么说完，她僵直的手果然就放下了。

接下来王副厅长就呆呆愣愣地望着永远睡去的李兰，几十年的风风雨雨，此时留存在他记忆里的都是一些美好的往事。这几十年来，李兰多病的身体一直拖着他，此刻，她终于去了，他长吁了一口气，泪水便源源不断地流了出来，不知是为自己还是为眼前的李兰。

李亚玲一直在一旁陪着王副厅长，当医生们宣告李兰无法抢救，拔掉各种管子时，只有她一个人留下了。眼前这一幕，她真切地看到了。

当王副厅长流下眼泪时，她的心里一酸，眼泪也流了出来。她想到了自己的命运，还有自己的婚姻，她是在为自己流泪，以及真的被眼前的王副厅长感动了。她想：王副厅长再也不会像以前一样光顾她们医院了。这么想过之后，她心里空空荡荡的，有一种失落，还有一种无奈。

王副厅长果然好久没有再出现在医院里，医院没有了病人，谁还会经常往医院跑呢。随着王副厅长的离去，李亚玲的生活又平淡下来，人们议论了一阵李亚玲和王副厅长的关系，他们总结出了一个道理：刚开始王副厅长对李亚玲好，那是因为李亚玲是医生，王副厅长的亲属在这里住院。现在王副厅长和医院没什么关系了，他自然不会对李亚玲有什么了。这种结论下过之后，李亚玲又变成了以前的李亚玲，她又被调到门诊部当医生，仍没有处方权。

李亚玲也不敢对生活有更高的奢望了，她只能认命了。她白天在医院门诊部百无聊赖地打发着时光。王副厅长的电话是在下班前打过来的，在这之前，她连想都没有想过王副厅长会给她打电话。当她在电话里听出王副厅长的声音时，一时竟不知说什么好，王副厅长在电话里温柔地说：小李呀，晚上有空吗？我想请你吃顿饭。

她想了半晌才说：有空。

王副厅长说：那好，下班时我去接你。

她放下电话时，眼泪都差点儿流出来。

下班的时候，她刚走出医院的大门，王副厅长那辆车便悄悄地停在了她的身边，王副厅长从窗子里探出头说：上来吧。

她就上去了，一路上，她都云里雾里的。车开到一个饭店门前，他们下来后，司机就开着车走了。只剩下她和王副厅长两个人时，李亚玲才感到这一切竟是真实的。

当两人面对面坐下时，王副厅长举起酒杯说：小李呀，我这次请你吃饭，是为了感谢你。

李亚玲就诧异地望着王副厅长，王副厅长还和以前一样，温文尔雅的，他似乎已经从丧偶的情绪中走出来了。

他说：谢谢你的照顾。

李亚玲忙说：厅长，这一切都是应该的。

接下来两个人就随便地说了些什么，因为有以前的铺垫，两个人似乎都没有了陌生感。

王副厅长突然抬起头，看着李亚玲说：小李呀，你瘦了，是不是有什么不开心的事？

李亚玲听了这话，她的眼泪差点儿掉下来。于是，她就把自己又调到门诊部的事说了，同时也把自己的处境说了，但她没说和张颂的关系。

王副厅长就说：医院领导也是，干什么事都是一刀切，我看小李你的技术不错嘛，连处方权都没有，这还是什么医生。

王副厅长终于为李亚玲说了句公道话，她感到浑身轻松了不少，接下来，李亚玲就活跃了许多，她不停地举杯向王副厅长敬酒，王副厅长也不说什么，李亚玲敬，他就喝。那天晚上，两人都很愉快。

最后是王副厅长打车把李亚玲送回到中医学院大门前。那天晚上李亚玲也有些喝多了，她脸红红的，走路还有些站不稳的样子。她一边走一边说：今天很高兴。

王副厅长说：小李呀，高兴就好，下次我还请你喝酒。

两人就分手了。

王副厅长第二天果然给医院的领导打了个电话，很含蓄地提到了工农兵大学生的待遇问题，他举了李亚玲的例子，说：我觉得小李医生的水平不差嘛，连处方权都没有，是不是有点那个了，你说呢，老王？

王院长还能说什么呢，他只能冲王副厅长说：领导说得对，怪我们工作太教条了，李亚玲的问题，我们现在就着手解决。

李亚玲的问题很快就得到了解决，她又调回到住院部当上了一名医生，处方权当然也有了。她又跟那些老医生或者正规学院毕业的大学生一样，平起平坐了。她知道这一切都是王副厅长的功劳。她在心里把王副厅长千恩万谢了一遍。他还要请她吃饭，于是她就有了盼头。每日里心情很好，把自己精心地打扮了，她时刻准备赴王副厅长的约会。

一个星期以后，王副厅长的电话又来了，这次两人见面时，王副厅长干脆就没让自己的司机开车，而是自己打车来的。两人又一次相见，感觉比上次轻松了不少。吃饭的时候，两人自然又喝了一些酒，酒让他们感到亲切和放松。最后，王副厅长没急着走，他说：小李呀，二楼就是歌舞厅，想不想放松放松？

李亚玲没说行，没说不行，就那么含着眼泪望着王副厅长。对李亚玲来说，她多么希望能和首长更近一些呀，有这样的机会，她当然不会放过。

那天晚上，歌也唱了，舞也跳了。两人跳舞时，相互的距离自然很近，手也是拉着的，他们的身体也不时地碰在一起，朦朦胧胧的很美好。

几曲下来之后，王副厅长就开始擦汗，他一边擦汗，一边说：老了，不比你们年轻人了。

李亚玲就抿着嘴唇说：厅长，您一点都不老，比那些年轻人跳得还有劲。

王副厅长就笑一笑。

送她回家的时候，他们都坐在出租车的后座上，他拉着她的手，此时已经不是舞伴的关系了，仿佛父亲和女儿。他一边拍着她的手一边说着自己这么多年的经历，在李亚玲的相伴中，一个中年男人叙述着自己如何陪伴着患病的妻子，任劳任怨地生活。她感动得不能自已，手自然就任王副厅长那么握着，最后竟汗湿了。

下车的时候，李亚玲突然小声地冲王副厅长说：下次咱们别出来吃饭了，我给您做饭吃，让您尝尝我的手艺。

王副厅长就满心愉悦的样子，当下和李亚玲定了时间。

又一次相聚，自然是在王副厅长家。李亚玲是经过准备的，菜买好了，酒也买好了，当她在王副厅长的引领下来到他的家时，被眼前的景象震惊了，这是典型的四室一厅房子，宽大敞亮。她不由得又想起了自己住的那个筒子楼，跟这里比，简直不是人住的。李亚玲在做菜的过程中，就又一次感叹命运了。

那天晚上的聚会，毫无例外是愉快的，王副厅长吃每道菜都赞不绝口，他一边吃一边说：这才是人过的日子，有个女人真好，家里没个女人就是不行呀。

李亚玲这时又不失时机地问到了王副厅长的女儿。

王副厅长就说：女儿结婚另过日子了，有了自己的小家和孩子，就顾不上我这个老头子了。

李亚玲红着脸、壮着胆说：厅长，您应该再找一位疼您的女人。

王副厅长就摇着头说：不行了，我这么大岁数的人了，谁能看上我呀。

李亚玲说：厅长，您是谦虚哪，凭您这个条件，想找什么样的都可以，您是眼光太高了。

王副厅长说：哪里，哪里，你这个小李就是会说话。

两人说这话时，都感到心虚气短，他们都红了脸。

吃完饭，李亚玲忙着收拾厨房，收拾完厨房，她看到客厅又脏又乱的，就顺手也收拾了起来，她一边干一边说：家里没个女人就是不行。

王副厅长为两人倒好了茶，他说：小李呀，别忙了，歇会儿吧。

李亚玲说：就完，就完。

李亚玲仍没有停下来的意思，王副厅长就伸手去拉她，她脚下绊了一下，一下子就倒在坐在沙发上的王副厅长的身上。李亚玲就再也没有力气站起来了，王副厅长在愣怔过两秒钟之后，一下子把她抱住了。

接下来的事情就水到渠成了，当两人在床上平息下来之后，王副厅长一边流着激动的泪水，一边说：太好了，真是太好了。

李亚玲在那一刻感觉到，自己的生活将会发生天翻地覆的变化了。

那天晚上，李亚玲离开王副厅长家时，没让他下楼送她，而是自己打了个车。王副厅长站在窗边目送着李亚玲远去。

王副厅长在和李亚玲的关系中仿佛又看到了自己青春的影子，以及那美好的时光。

李亚玲坐在出租车里，才吁了口长气，她的心里很踏实，精神很愉悦，她知道自己的人生又将面临一次新的抉择。那天晚上，她的心狂乱地跳着，有如当年她去筒子楼赴张颂老师的约会。

李亚玲频繁地和王副厅长约会，引起了张颂的警觉，平时李亚玲除了值夜班外，从来没有这么早出晚归过，她回来的时候，身上有时还带着酒气。更重要的是，李亚玲和以前相比，爱打扮了。每天早晨，她都翻箱倒柜地为试穿一件衣服而绞尽脑汁。最明显的就是她的情绪突然好了起来，不再为工作的处境苦闷了。种种迹象，让张颂觉得李亚玲似乎换了一个人。

那天晚上，李亚玲回来的时候，张颂正开着台灯坐在灯影里，面前的烟灰缸堆了许多烟蒂，屋里也是烟雾缭绕的。

李亚玲一进门便吃惊地望着张颂，张颂也在望着她。以前张颂经常去办公室备课，有时晚了就不回来了，就是他回来，李亚玲也已经睡下了，他什么时候回来的，她根本不知道。第二天早晨，她起床准备早餐的时候，张颂正在蒙头大睡呢，因此，两个人有时一连几天也说不上几句话。这样的日子，使她经常产生一种幻觉，仿佛张颂这个人已经不存在了。

这段日子，李亚玲经常很晚才回来，她回来的时候，张颂已经睡下了，两人还是碰不上个面，今天这种情形让李亚玲感到吃惊。她毕竟做了不该做的事，心里还是有些愧疚的，便问：你怎么还没睡？

话一出口，她就为自己的口气和声音感到吃惊。

张颂就说：怎么这么晚才回来？

她说：有个手术，加了个班。

他说：这阵子，怎么这么多手术？

她说：嗯。

她现在心里已经很踏实了。她一走进这间小屋心里就有了一种怨气，她刚刚离开王副厅长那套四室一厅的大房子，在那套房子里待着，她感到心宽地阔，然而，面对眼前这十几平方米的小房子时，她感到压抑和憋气。由这种心理而演化为一种恨，她怨恨张颂太无能了，在学院工作这么久，连一套房子也混不上。她这么想着怨着，心里原有的一些愧疚便烟消云散了，自己做出了一些出格的事情，那是现实逼迫的。如果张颂像王副厅长那么理解她、疼她的话，她也不会做出对不起张颂的事情来。这么想过之后，她心安理得起来，不再看张颂的脸色了，脱衣，上床，随手熄灭了灯。

张颂坐在那里，坐了一会儿，又坐了一会儿，便也上床了。李亚玲兴奋期已过，很快就睡着了。张颂却睡不着，他借着窗外的月光，望着躺在身边的李亚玲，竟有了一种陌生的感觉，如今李亚玲的身上已经看不到当年学生时期的一点点影子了。

因为和王副厅长的关系，李亚玲在医院里已经是一位举足轻重的人物了，院长经常找她，院长每次找她，都是事出有因的。

院长把一份报告送到李亚玲的面前，便说：小李呀，医院缺一台设备，这次厅里面在国外进口了两台，咱们院打了份报告，你到厅里给争取争取。

这时的李亚玲是要拿个架子的，她说：我在厅里两眼一抹黑，我认识谁呀？

院长就说：小李呀，王副厅长对你印象很好，这我们都知道，你去找王副厅长疏通疏通，他一定会给你这个面子。

她在医院能立住脚，王副厅长是根本，院长说到王副厅长对她印象好时，她并没有否认。于是，她便随随便便地拿起那份报告，说了声：我试试吧。

院长就微笑着，目送李亚玲走了出去。

下次和王副厅长约会时，她见缝插针地把那份报告拿出来说：厅长，这是我们医院的一份报告，你看能不能照顾照顾。

王副厅长就一目十行地把报告看了，然后问：你们王院长怎么不找我？

李亚玲就说：这个老滑头，办事不想搭人情。

王副厅长就说：这个老滑头，好，我给你这个人情。

便拿出笔，在那份报告上签上字。

李亚玲又在王副厅长的床上千娇百媚了一次。两人现在的关系，毕竟不正常，偷偷地来，又偷偷地走，刚尽完兴，睡意就涌了上来。有时她躺在王副厅长身边，似乎要睡去，马上又警醒过来，然后穿衣服，趁着黑暗走出门去，拦辆出租车，急三火四地往家赶。她对这种生活状态就有了不满。

她说：厅长，咱们这么偷偷摸摸的，什么时候是个头呀。

王副厅长就说：想不偷偷摸摸的也可以，那你离婚，嫁给我。

两人就是话赶话说到了这里，在这之前，两人都怀着偷情的心理在相处着。

她被王副厅长的话点醒了，毕竟她是有家室的人，况且，王副厅长那么高的地位，她想都没有想过。今天听王副厅长这么说，她惊喜地说：你真的敢娶我？

他说：这有什么不敢的，我老伴去世了，这大家都知道，我当然敢娶你。

那一刻，李亚玲的心真的活泛了，她一下子扑到了王副厅长的怀里，不知为什么，她流出了眼泪。那一晚，她没有走，就在王副厅长家里过的夜。

第二天，司机在楼下按喇叭，王副厅长才醒过来，忙穿衣洗脸，并且交代李亚玲，等自己走后，她再走。最后王副厅长又说：我倒没什么，这辈子也就这样了。你还没离婚，对你不好。

王副厅长下楼，坐着小车走了。她躲在窗帘后，望着王副厅长的小车驶远。那时，她就幻想，自己要是真的嫁给王副厅长，那以后就是王副厅长的太太了，她也可以坐王副厅长的小车出出进进了，住这么大的房子了。那些日子，她为眼前产生的幻想又一次激动得热泪盈眶。

有了初一，就有了十五。李亚玲已经下决心准备和张颂离婚了，王副厅长已经答应娶她，她什么都不怕了。唯一让她感到不满足的就是王副厅长的年纪，他的年纪比自己的父亲差不了多少，但事已至此，她已经管不了许多了。她的前途充满了诱惑和欲望。

她开始隔三岔五地在王副厅长家里过夜了，早晨上班的时候，她就从王副厅长家出发。有时一连几天也见不到张颂。

当她又一次面对张颂时，她的决心已下，没有什么可留恋的了。她现在一回到这十几平方米的小房子里，便感到厌倦和疲惫。她在心里一遍遍地说他无能，连个房子都没有。

现在的张颂已经没话可说了，他只能抱着肩膀冷冷地望着李亚玲了。

李亚玲也冷着脸说：医院里加班，以后我要住到医院宿舍里，那样方便。

说着动手收拾了几件自己的换洗衣服。这时的张颂仍没说话，仍那么冷冷地望着。一不做二不休，她干脆提着东西，离开了家门。她本来不想这么着急的，毕竟她和张颂在一起生活了这么多年，张颂曾经改变过她的生活。但张颂一言不发，让她连回头路都没有了，她认为会和张颂大吵大闹一阵子，可是这一切都没有发生，只能虚张声势了。临走出筒子楼时，她心里仍在想：这过的是什么日子，他心里早就没有我了。这么想过之后，她一下子心安理得起来。就这样，她毫无顾忌地住进了王副厅长的家，当然，在她还没离婚前，她晚来早走的，还是要注意两个人的形象。

现在她很踏实地投入到了王副厅长的怀抱中，她千娇百媚的样子让王副厅长爱不释手。王副厅长的老伴患了十几年的病，他也跟着苦了十几年，现在拥着年轻貌美的李亚玲时，他认为这都是上苍对他的回报，他幸福得要死要活。

这时的李亚玲就说：你这个人啊，哪都好，就是岁数大了些。

他说：你嫌我岁数大了？

她说：不过也没什么，就怕有一天你离我而去，剩下我一个人孤孤单单的，我可怎么生活。

说到这里，她还流下了两行清冷的泪水。

他忙说：小李呀，你跟了我，我不会亏待你的，我要是真有那一天，这房子呀，家里的所有东西都留给你。

她说：这房子是住的，又不能当吃当喝的。

王副厅长又结结实实地把她压在身下，气喘着说：我知道，我知道，我不会亏待你的。只要你嫁给我，我一切都会安排好的。

李亚玲是在办公室接到张颂电话的，张颂在电话里说：我想好了，咱们离婚吧。

她日思夜想的愿望终于实现了，张颂没吵没闹，很痛快地就和她办完了离婚手续。当她拿着离婚证书时，想：张颂这个人身上还是有优点的。

接下来，她开始筹备和王副厅长结婚的事了。

李亚玲终于全身心地扑向了崭新的生活。

王副厅长那套四室一厅的房子粉刷过了，一些生活用品该置换的也已经换掉了。李亚玲满怀喜悦地等待着再一次做新娘。

李亚玲离婚又要结婚的消息很快就在她工作的中医学院附属医院传开了，人们以前的种种预感得到了证实。大家似乎并不惊讶，用一张张笑脸面对着李亚玲，都说她交了好运，再也不用吃苦受累了，言下之意，她以前的生活一直在吃苦受累。

她也有一种走进解放区的感觉，到处都是鲜花和笑脸，就连天空中的阳光也明媚起来。她和张颂离婚之后，又去过一次筒子楼，去拿属于她的东西。在这之前，她一连好多天没有回来过了，一走进筒子楼便有一种恍若隔世的感觉，到处都是黑乎乎的，有几只老鼠大白天在过道里东游西逛，被脚步声惊得四散奔逃。

那天，她匆匆地收拾完东西，锁上门的时候，她把自己的那把钥匙又从门下塞到了屋里，从此，这间小屋便和她再也没有什么关系了。她仿佛卸掉了一个包袱。记得她刚和张颂结婚时，张颂把一把钥匙放在她手心，她心里却是另一番感受，那时她在心里说：有家了，这就是我城市的家。那一刻，她喉头发紧，热泪盈眶。只短短几年的时间，噩梦便醒了，但已物是人非了。

李亚玲回头望一下自己在青春岁月所走过的路时，她是欣慰的。人往高处走，水往低处流。她的命运应验了那句老话。从赤脚医生到工农兵大学生，从张颂又到眼下的王副厅长，她一路踉踉跄跄地走下来。在结婚的头一天，她想起这些，默默地流了一回泪。

王副厅长和李亚玲的婚礼如期举行了。

章卫平没有想到自己的岳父王副厅长娶的竟是李亚玲。当两人在婚礼上见面时，都睁大了眼睛，他们都有一些不敢相信眼前的一切竟会是真的。

章卫平现在已经是本省房地产公司的老总了，他平时很忙，在岳母住院期间，他去过医院，可一次也没有碰到过李亚玲。他很想见到她，可是阴差阳错的，就是没有见到她。他一走进中医院便会想到李亚玲，一想到她，他心脏就乱跳不止，他说不清这一切到底为了什么。岳母去世之后，他更很少走进那个家了，只是王娟偶尔地带着孩子回去一趟，帮助父亲打扫一下卫生，别的也就没有什么了。

几天前，王娟对他说：咱爸要结婚了。

他当时愣了一下，但马上就说：你爸是该结婚了，他可被你妈拖累得够呛。

王娟又说：我爸找的是一个年轻女人，比我大不了多少。

那时他还开玩笑着说：年轻女人怎么了，这叫老牛吃嫩草，越吃越有味。

王娟还用拳头真真假假地打过他。

他没有想到的是，原来岳父娶的不是别人，正是李亚玲，他震惊得张大了嘴巴。还是李亚玲首先反应过来，她迎上前来冲章卫平说：没想到是这样啊，咱们以后就是一家人了。

她是微笑着冲他说完这些话的，但他看到李亚玲的脸色已经变了，在婚礼的过程中，她的脸色一直没有恢复过来。

王娟问：这个李亚玲你认识？

他说：我回老家插队时，她是大队的赤脚医生。

王娟“噢”了一声。

那天不知为什么，章卫平一直高兴不起来，他的目光一直跟着李亚玲在转，不论她走到哪里，他的目光都要跟过去，自己想管都管不住，于是，他就一杯接一杯地喝酒。王娟在一旁捅捅他说：少喝点，意思意思就行了。

他说：哪能呢，这是大喜的日子。

后来李亚玲来到每桌前为客人敬酒，现在章卫平在李亚玲面前是晚辈了，按理说，她不用到这张桌前客套，但她看到章卫平还是走过来，章卫平就别无选择地站了起来。

她说：章卫平，真是好久不见了。

他说：啊——

她说：这日子过得可真是有意思，转了一圈又回来了。

他说：可不是。

她说：这世界真是太小了。

他说：是太小了。

然后两人碰了一下杯，李亚玲抿了一口，章卫平照例干了。

后来，章卫平端着酒杯摇摇晃晃地向李亚玲那桌走过去，她离很远就看见了他，忙迎过来，就站在桌旁的空地上。

他说：李亚玲，我结婚你没来。你结婚我来了，怎么样，够意思吧？

她说：那时我忙。

他说：我现在叫你李亚玲，以后该叫你什么呀？

她白了脸道：章卫平你喝多了。

章卫平举着酒杯就笑了，然后摇摇晃晃地走了回来。

王娟就用拳头捅他道：没大没小的，你在说什么呀。

他说：没事，说两句闲话。

王副厅长也问李亚玲：你认识章卫平？

她说：他在我们那儿插过队，还当过大队革委会主任，以前章卫平可是个红人。

王副厅长说：章卫平是个人物，手里一分钱没有就敢“下海”，他现在可是省里有名的房地产商了，手里有多少钱，恐怕他自己都说不清。

李亚玲心里一阵乱跳，但嘴上还是说：是吗？

然后她端起酒杯和王副厅长碰了一杯道：祝贺你找了这么好的女婿。

李亚玲说完一口喝光了杯中的酒，一旁的王副厅长就说：小李呀，你少喝点，别喝太高了，今天可是咱们大喜的日子。

李亚玲只是笑一笑，王副厅长当然已经察觉她心里这种微妙的变化。

那天，章卫平一回到家就吐了，弄得王娟不知说什么好。

王娟说：是我爸的大喜日子，又不是你的大喜日子，看把你喝的。

章卫平说：今天我高兴，高兴呀——

王娟站在章卫平的身边，一副大惑不解的样子。

章卫平摇晃着站起来说：你爸那个家我以后是不会去了。

王娟瞪大眼睛，想了半晌说：你说李亚玲嫁给我父亲，她图什么呢？

章卫平说：别忘了，你爸可是副厅长。

王娟说：我爸再有两年就该退休了，他不能一辈子当那个副厅长吧。

章卫平说：这你就不懂了。

王娟说：我父亲终于有人照顾了，以后你不爱去就不去吧，我也不想去了，别扭。

接下来王副厅长和李亚玲就过上了正常的日子，他们不用偷偷摸摸地约会了。现在的李亚玲想什么时候回来，就什么时候回来，光明正大得很。

每天早晨上班时，王副厅长的专车总是准时地停在楼下。王副厅长在前，李亚玲在后，两人不紧不慢地从楼上下来，司机已经为他们打开了车门。在送王副厅长上班前，司机要绕一段路先送李亚玲去上班。车每天早晨停在中医院门口时，李亚玲无比优越地从车上走下来，她在众人的瞩目下，挺胸抬头地向住院部走去，感觉良好得很。她这次一结婚就住上了四室一厅的房子，还坐上了副厅长的专车，在以前她做梦都不敢想的事，现在终于实现了。

她很满足眼前的生活，有时她躺在床上想起这些，仍不相信这一切会是真的，她掐自己的腿和胳膊，疼得浑身上下冒出了一丝细汗，才气喘着住手。

老夫少妻的日子是恩爱的。不久，医院做了一次人事调整，李亚玲荣升为内科副主任，她一跃成为医院的中层领导。她对眼前发生的一切非常满足，当然，她心里明白，这一切意味着什么。

好时光总是让人留恋的，她依偎在王副厅长的怀里，叹着气说：你还有两年就要退休了，我该怎么办呢？

他拍着她的背哄劝着说：我就是退休了，可人还在，一切都没问题。

她又说：要是有一天你不在了，我还年轻，往后的日子，我孤苦伶仃的可怎么办呀？

他又一次拥紧了她，难舍难分地道：你放心，一切我都会安排好的，你就放心吧。

后来，他交给她一个存折，上面的数目是五万元，又过了一段时间，又多了十万元，以后，那些数字在不断地上涨。

李亚玲的心里踏实了，从那以后，她养成了一种习惯，隔三岔五地就会把那个存折拿出来，放在光亮处看一看，看着存折上不断累积的数字，她感到既踏实又幸福。

然后她在床上拥紧王副厅长的身体说：你真好。

他说：快别这么说，为你做什么，我都心甘情愿，只要你过得开心。

不久，卫生厅房改，他们花了很少的钱就把房子买下来了，房产证上写着李亚玲的名字，当她拿着房产证时，觉得自己拥有了未来和幸福。现在，她又可以大着嗓门说：我是个城里人了。她不仅拥有了房子，还有那张数目可观的存折。

英雄的诞生

乔念朝已经是武警特种兵大队的中队长了，从解放军到武警部队，乔念朝仍置身于部队之中，从感受到情感没有什么变化。每日里做着相同的训练。在当解放军时，训练是为了战争，现在的训练是为了社会的治安，虽然目的不同，但作为一个军人或一个武装警察，本质是一样的，养兵千日，用兵一时。

乔念朝已经等待多时了，那一段日子，他每天都在看电视新闻，新闻里从始至终报告的都是关于洪水的消息，那时已有近百万人奋战在长江大堤上了。看到奋战在长江大堤上的军民，他热泪盈眶，他被奋战的场面感染了。然而自己所在的武警部队一直没有接到开赴前线的命令，他和所有的人，只能在焦灼的观望中等待着。那些日子，每天回到家中，面对马非拉他总是郁郁寡欢的。马非拉当然理解乔念朝的心情，她同样希望自己的部队开赴抗洪前线。但她还是说：别急，再等等，好钢要用在刀刃上。

乔念朝相信自己的特种兵大队是一块好钢，那些日子，他如坐针毡地等着，终于等来了开赴抗洪前线的命令。队伍是在瓢泼大雨中出发的，乔念朝和他的队伍坐在车里，他望着眼前长长的部队，这是一支威武之师，他的泪水又一次模糊了视线，他有一种悲壮感。

两夜的奔波之后，他们这支部队终于赶到了长江边上，他们一下车，便接到了炸堤的命令，为了保全大局，他们只能炸堤分流了。当他们的部队向前开赴的时候，他们看见堤外的百姓正潮水似的向后退去。

当他冲上大堤的时候，大堤上仍然聚集了一些百姓，当地的领导正在组织撤退的工作，有几个当地的百姓跪在领导面前声泪俱下地说：书记，我们能保住大堤，千万别炸呀，要炸堤，我们的家就没了。

领导已经把舍小家救大家的话说过无数遍了，可是眼前的大堤上仍然跪着一些百姓，他们是真舍不得，他们宁可战死在大堤上，也不愿意把大堤炸开。

乔念朝看着这些的时候，他心里的那种悲壮感达到了顶峰。后来，他们不得不加入到了劝退百姓的工作中去。那是怎样的一个场面呀，武警战士们和百姓们抱在一起，百姓们都哭泣着，他们喊着：不能炸堤呀，千万不能炸堤。

战士们则说：放弃小家，保全大家。理解万岁吧。

他们都哭了，最后，所有的人还是撤下了大堤。

接着就是打孔装药，这一切都是经过精心计算的，药多了不行，那样太危险，药少了炸不开大堤起不到分流的作用也不行。

抗洪总指挥部预计，两小时之后洪峰就要到达，他们在洪峰到达之前要完成这次的爆破任务。争分夺秒，整个大堤上没有了万人奔腾保大堤的场面，只剩下了武警官兵快速地打孔埋药的情形。

当他们埋好药，撤离大堤时，洪水已经又一次开始暴涨了，也就是说，十几分钟以后，洪峰即将到达。在洪峰到达前，他们要引爆大堤。

他们在测试线路时，突然发现一组线路的连接点出现了问题，要是在平时，排查连接点是个很细致的活。这组连接点是乔念朝这个中队负责的。他的汗下来了。他没有犹豫，已经没有犹豫的时间了，他顺着连接方向又一次回到了大堤上，终于他找到了断点。这时所有的人都望着他，洪峰的前阵已排山倒海地顺着江堤而下，乔念朝已经看到了洪峰的影子。他已经没有时间接断点了，如果洪峰来之前，堤还没有炸开，下游就要承受百倍千倍的压力，他们也就失去了分流最有利的时机。

大队长在堤外大声地喊：乔念朝撤回来。

他不能撤，他撤了又有什么用呢，他两手握着断开的线头，冲大队长喊：起爆！起爆！

所有的人都惊呆了，这时候起爆，乔念朝无疑是最危险的，先不说洪水会不会把他冲走，他现在离爆炸地太近了，这时起爆无疑会受伤，乃至有生命危险。所有的人都把目光集中在了乔念朝的身上。时间真的来不及了，大队长还没有起爆的意思，乔念朝已经闻到了洪水到达前潮湿而又凝重的气味了。直到这时，乔念朝才知道，原来洪峰是有味道的。

他又大喊了一声：洪峰来了，快起爆！

大队长闭上了眼睛，他闭上眼睛的时候，按下了手里的起爆器。爆炸点先是升起一团黑烟，接着数声炸响，大堤先是裂开了几条缝，在洪水的撞击下，大堤终于决口了。洪水滔滔流过。

随着起爆声响过，几名武警战士疯了似的向大堤决口处跑来。

当乔念朝醒来的时候，已经是第二天傍晚了，他躺在病床上，一时不知自己身在何处。他在大堤上最后的记忆是，他看见起爆点终于炸响了，他又看见脚下的大堤有了裂缝，炸堤成功了，接着他向后倒去，然后就什么也不知道了。

乔念朝失去了一条腿，当他倒下时，漫过来的洪水浸泡了他的身体，如果战友们不及时抢在大堤崩溃之前把他抱在怀里，洪水就把他冲走了。

当他醒过来的时候，看见了马非拉的一张泪脸，还有大队长、战友们凝重的神情。他苍白地笑一笑说：我怎么了？

当他试图坐起来时，左腿那里一阵钻心地疼，他先摸自己的左腿，那里却是空的，自己的左腿没了。他没动，就好似僵在那儿，脸又白了一些，他说：我没了一条腿？

马非拉再也忍不住，她叫了一声：念朝——便抱住了他。

她的泪水伴着他的泪水流在了一起。

病房里所有人的泪水都止不住了，他们别过身去，后来又都默默地离开了病房。此时的病房只剩下乔念朝和马非拉了。

后来，乔念朝止住了自己的眼泪，用手推开马非拉说：哭什么，不就是少了一条腿吗？

马非拉泪眼蒙眬地望着乔念朝。

乔念朝就说：军人嘛，咋能没个闪失，这很正常。

马非拉定定地望着他。

他又说：少一条腿没什么，在队伍里不能干了，我还可以干别的事呀。

她这时擦了一把脸上的泪说：不，你残废了，我养你一辈子。

他笑了，伸出一只手，她抓住了这只手，两只手就这么握着。

他说：非拉，我没有看错人。

她说：我也没有看错人。

他说：看来我真的是残了。

她说：你少了一条腿，可我还有两条腿呀，以后我的腿就是你的腿。

他笑了，她也笑了。

乔念朝的父亲，军区原乔副参谋长是在几天后出现在病房的。

乔副参谋长背着手，样子从容而又镇定，他没有大呼小叫，就那么冷静地望着病床上的乔念朝。

乔念朝没想到父亲会来，他怔了片刻之后，才说：爸爸，你怎么来了？

父亲说：我怎么就不能来，别忘了你是我儿子。

接下来，父亲就坐在床旁一张椅子上，以一个老军人的姿态，腰板挺得直直的。

父亲说：小子，你是我的儿子，身上流的血都是硬的。

他说：爸，可惜我不能像一个战士一样在部队里干下去了。

父亲直到这时才显得有些激动，站起来，踱着步，把手指关节捏得咯咯响。父亲背冲着他，目光望着窗外，说：只要骨子里流淌的还是男人的血，军人的血，以后不管到哪里，你都不会趴下。

不知什么时候，乔念朝坐了起来，他望着父亲的后背，笑了笑。

那一次，部队为乔念朝记了一次二等功。他上台接受立功表彰的时候，已经开始练习用假腿走路了。

从那以后，每天的傍晚，警营里的人经常可以看到，马非拉搀扶着乔念朝在路上不停地走，他们一往无前的样子，让人们把羡慕的目光投向了他们。

有时两人走累了，马非拉会让乔念朝倚着路边的一棵树歇一歇。

马非拉说：现在我扶着你走路，等过一阵子你就会自己走了。

他说：这辈子我会一直走下去。

她说：以后咱们还要生个孩子。

他说：不论生男孩，还是生女孩，名字我都想好了，就叫英雄。我希望他（她）像个英雄似的活着。

她望着他的眼睛，眼里闪动着泪花。她转过身来，在他的耳边说：念朝，我已经有了。

他说：真的？

她拉过他的手按在自己的小腹上，那里孕育着他们的爱情结晶。

他说：等到了秋天，收获的季节，咱们的英雄就要出世了。

两人又向前走去，她搀着他，一步又一步，没有停歇的意思，就一路那么走下去。

噩梦醒来

在那年的秋天，刘双林终于分到了一套营职住房，接下来，刘双林就张罗着从方玮的父母家搬出去，他的心情既迫切又兴奋。

在这之前，方部长又住了一次医院，他的病又严重了一些，在医院里住了二十多天。这次是方部长自己提出要出院的，他似乎已经意识到自己的病了。此时的方部长已经不是以前的方部长了，病魔已经让他完全变了一番模样。他意识到这一切之后，便强烈要求出院，他出院的理由是，一定要回家，只有待在家里他才踏实。

因为在这之前，已经有许多老战友，住院前还能吃能喝的，可一走进医院，便再也没有出来。他们忍着病痛最后在医院里和亲人和这个世界告别了。方部长不怕死，从年轻到现在，他这辈子已经死过无数回了，和他一起参加革命的那些战友，大部分都牺牲了，只有他们一小部分人活了下来，生命对于他们来说是捡来的，多活一天就已经赚一天了。所以，他早就对生与死无所谓了。但他不愿意住在医院里像个病人那样死去，他要像普通人那么活着，一直到眼睛睁不开为止。

方部长出院以后，性情似乎也发生了很大的变化，他开始留恋身边的一切了，他看什么都顺眼，态度也一下子温和起来。在医院的时候，他曾问过医生关于自己的病情，医生仍旧没有告诉他患癌的事，轻描淡写地用一般的病回答了他的询问。

回到家之后，他曾平静地问方玮母亲和方玮。他说：我自己得的病我知道，我是不是得了啥绝症？

方玮母亲就说：你别胡思乱想了，医生不是说了吗，你这是高血压、冠心病，老年人常见的病。

方部长就笑一笑，苍白着脸，样子很平静。

他又问女儿方玮：姑娘，别瞒爸了，爸啥都懂，人早晚都得一死，不是这个病就是那个病的来欺负人，最后人熬不过病了，生命就到头了，这很正常。

当父亲说到生与死时，方玮是难过的，她说：爸爸，你别胡思乱想了，好好养病吧，过一阵子你又生龙活虎了。

父亲又笑一笑，笑得出奇地平静，他又说：姑娘，我不是怕死，这么多年了，风呀雨的，爸啥没见过，能看到你们年轻人高高兴兴的，看着咱们国家太太平平的，我就放心了。

从那以后，方部长再也没问过自己的病，他只要求，能自己做的事绝不求别人，他用平静对待每一天，只要他身体允许，他就要出去走一走，或者站在门前，看着那些他熟悉的人，一一在眼前走过。

有一天，乔副参谋长从门前走过，看着方部长病态的面容就说：老方，咋搞的？

他说：没问题，小毛病，过几天好了，咱们一起出早操。

乔副参谋长就说：好，我等着你，你可别一病不起呀。

过了一会儿，章副司令又走过来了，章副司令打着哈哈说：咋的老方，咋搞成这样了？不行就回去躺着去，别在这里受了凉了。

方部长就装出一副硬朗的样子说：你才不行了呢，别看我现在身体不好，再过半个月我照样能和你摔上一跤，能不能跟我比？

章副司令就哈哈大笑着说：你都这样子还摔啥跤，拉倒吧。

……

方玮面对父亲，心里既感动又复杂，她为有这样的父亲感到骄傲，同时也为父亲即将离开而感到难过和伤心。她暗暗发誓，一定要在父亲的有生之年照顾好父亲，陪着父亲走完最后的时光。刘双林就是在这时提出要搬家的，他的行为当然遭到了方玮的强烈反对。

她说：我爸都这样了，咱们搬出去住，你怎么能忍心。

刘双林说：反正住在一个院里，又不远，有事啥时候回来不行。

方玮说：别忘了，组织是怎么把我们调回来的。

他说：这是两回事。

方玮说：要搬你搬，反正我不搬。

刘双林和方玮的关系就这么紧张起来，刘双林仍没忘了收拾那间刚分来的房子，他打扫了房间，还买来了床和窗帘什么的，就等着搬家了。

他是有着自己的打算的，自己搬出去，那个家就是自己的了，日子怎么过自己说了算，不像在方玮父母这里，他怎么住都不舒服，甚至还要看方玮父母的脸色。

方玮母亲似乎看透了眼前这个女婿，她从来就没有正眼瞧过他。刚住在一起时，刘双林为了表现自己，在家里什么活都抢着干，一副任劳任怨的样子。随着时间的推移，刘双林似乎失去了这方面的热情，他知道这样下去也不会有什么结果，况且方部长早就退休了，自己似乎也借不上他什么光了，弄得那么累有什么用，他不管怎么努力，似乎都不能让方玮母亲和方玮开心。索性，他放弃了这种无谓的努力，该咋的就咋的了。

方玮母亲就问：你和小刘怎么了？怎么连话都不说了？

在母亲面前方玮不想保留什么，便把刘双林想搬走的想法说了。

母亲就说：怎么样，我说得没错吧，小刘这孩子进咱们家目的不纯洁，看你爸现在没用了，他就想扔下我们自己走了。

方玮不说话，气哼哼的样子。

方部长说：别把话说得那么严重，我看小刘这孩子本质还是好的，搬出去就搬出去吧，我的身体还行，没到你们非照顾不可的程度。

在方部长的一再坚持下，最后方玮还是同意和刘双林搬出去了。

那些日子，是刘双林最幸福也是最高兴的日子，他背着手，从这个房间走到另外一个房间，嘴里喃喃着说：这家大小也是自己的家呀，真好，真舒服啊。

方玮每天下班回来，做完饭，匆匆吃上一口，便看望父亲去了，直到睡觉的时候，才回到刘双林这边来。刘双林对这一切也不说什么，自己该干什么还干什么。

不久，刘双林给家里写了封信，要请自己的父母过来住。信都发出去了，他才冲方玮说：过几天，我爸妈就来跟咱们一起住了。

在这之前，她从来没有听他说过，于是就吃惊地望着他。

刘双林又说：我爸妈受了一辈子罪，也该享几天福了。

刘双林的父母要过来，方玮又能说什么呢。他的父母，她是见过的，那是一对老实巴交的农民。她没有细想，也就没有说什么。

又过了几天，刘双林接到父母拍来的电报，电报上写明了父母要来这里的车次和时间。终于，刘双林很隆重地把父母接到了自己的家中。营职住房，本身面积也不大，家里一下子多了两个老人，就显得拥挤热闹起来。

在起初的日子里，刘双林的父母对方玮应该说非常客气，问寒问暖的，在他们的心里，自己的儿子能娶上高干的姑娘做媳妇，已经是烧高香了。

因为刘双林父母的到来，让方玮有了更多理由长时间待在父母那边，她一看见刘双林的父母，就想起自己的父母。这样一来，刘双林的父母就不怎么高兴，他们按照农村习俗要求着方玮。

他们说：你这媳妇整天不着家，老待在娘家可不好。

刘双林说：她爸爸有病。

他们又说：她爸有病，我们身体也不好啊。

嫁鸡随鸡，嫁狗随狗，是不能以娘家为主的，一切都要看夫家的脸色行事。按照农村习俗，方玮显然不是他们眼里合格的儿媳妇。况且这么长时间了，还没有给他们刘家生个一男半女的。

母亲就说：长得跟个花瓶似的有啥用，连个孩子都生不出来。

父亲说：小子，你现在进城了，就要在城里扎下根，没个孩子将来连继承户口簿的人都没有。

刘双林的脸就红一阵白一阵的。

当然这一切都是在方玮背后说的，方玮并不知道这一切。

三个人统一了阵线，似乎他们有了共同的敌人，这个敌人就是方玮。在这个家里，方玮是外姓人，他们才是正宗的刘家人。

方玮在家时，刘双林的父母经常把自己关在房间里，有事就不当着方玮的面说，而是把刘双林叫到自己的屋里嘀咕上一阵子。其实，他们也没说什么，家里就那些事，无非是柴米油盐或者关于生不生孩子的问题，方玮就感到别扭。

有一次，刘双林从父母屋里出来后，方玮就说：以后别跟个特务似的，有什么话大声说好不好。

刘双林就说：你在这个家一天能待几个小时，我妈让我去买大米，家里的大米没了。

方玮说：买大米就买大米，那么神秘干什么？

刘双林就不说话了。

因为方玮的不满，刘双林的父母愈发地对方玮挑剔起来。

他们用农村媳妇的标准要求着方玮。方玮每天早晨，做完早餐，有时来得及吃一口，有时连吃饭都来不及，就匆匆地走了。晚上回到家的时候，已经是六点以后的事了，在外面带一些菜，有时她做饭，有时刘双林的母亲做，不管谁做，她吃上几口饭后，就去父母家照料父亲了，整个大院都熄灯了她才回来。

刘双林父母对儿媳妇这一点当然很不高兴，这在他们眼里，方玮是不会过日子的女人，况且，连孩子都不想生。他们为自己的儿子感到惋惜。

有一天，父母这样开导刘双林：长得好看有啥用，高干子女又有啥用？

刘双林不说话，他也很伤心地望着父母。

母亲又说：双林，要凭你现在的条件，回咱老家找媳妇，还不可着你挑，你看上谁都是她的福分。

刘双林说：妈，你别说了。

母亲又说：找谁都会为你生儿子，保准能过日子，让你安安心心地在外面上班。

刘双林的神色就严肃了起来，从他结婚，后来又来到军区工作，他也渐渐意识到，方玮就是一个女人，他以前对她的那种崇敬感，渐渐地消失了。他和方玮在一起从头到尾都觉得无能为力，任何事情都当不起方玮的家，他在被方玮牵着鼻子走。

以前方玮在他眼里是高干子女，现在只是他的老婆。此前，方玮的父亲是军区后勤部长，他现在就是一个病人而已。他以为自己调到军区后，仰仗着方部长的关系会平步青云，没想到的是，他还是他，只是一个普通的参谋而已。

刘双林一进机关便感受到了一种危机，在师里的时候，他认为自己还可以，比上不足比下有余，到了机关后才意识到他和别人已经没有可比性了。其他人个个都是那么优秀，不论是家庭，还是工作，刘双林都感到自己望尘莫及。他只能听从命令，服从安排，让干什么就干什么。态度决定一切。工作一段时间以后，他都有些怕走进机关了，他感到无形的压力，还有一种自己也说不清的情绪。每天，他总是踏着上班的号声走进机关，又踏着号声离开机关，当他走出机关时，才长长地吁一口气。

在起初的日子里，回方部长家他也感到难受，他下班的时候，方玮还没下班，他不想面对方玮母亲那张冷着的脸，有时他就在院里的花坛旁绕来绕去的，要么就是站在一棵树下抽烟，直到该回去了，他才硬着头皮走回去。一走进那个家，他就感到压抑，他也说不清这种压抑从何而来，反正他就是浑身不舒服，连呼吸他都感到不顺畅。

盼星星，盼月亮，自己终于分到了房子，那时，他的第一个愿望就是把父母接来一同住。现在父母终于来了，他感到了前所未有的踏实。方玮对他来说已经不那么重要了，因为方玮的出现会打破他们生活的气氛。

在方玮没回来时，父母和他在一起有说有笑的，仿佛又回到了放马沟的田间地头，然而方玮一回来，父母冷了脸，回到自己的小屋里去，空气立刻就僵住了。不仅他感到不自在，方玮也不舒服。双方的这种情绪让他们都感受到了一种危险。

方部长的病又一次稳定下来后，他执意要过来看看刘双林的父母，毕竟是亲家，按老理应该是很亲的。刘双林父母来的时候，正是方部长病重的时候，双方自然无法见面。方部长要看刘双林的父母，遭到了方玮母亲的反对。

她说：他们没病没灾的，他们不会来呀。

方部长说：他们是他们，咱们是咱们，两回事。

方部长说完就往外走，方玮母亲不放心方部长的身体，只能在后面跟着。从西院到东院，几百米的距离，方部长却走了半个多小时，头上都冒汗了，以前这点距离对他来说有五六分钟足够了。方部长擦汗时，在心里说：人哪，看来没法和自然抗争。

方部长的到来让刘双林的父母感到吃惊，他们惊讶地望着方部长夫妇，不知是冷一些还是热一些。在这之前，他们对方部长夫妇也是有些意见的，心想，自己来这么长时间了，他们连面都不露一下，这不明显瞧不起农民吗，况且，农民又怎么了？他们现在也是孩子的父母，不缺啥也不少啥。

那次会面，双方有了如下的对话。

刘双林的父母说：咋的，病好点了？

方部长说：人老了，也就这样了。

在刘双林父母眼里，方部长夫妇本来不应该这样的，在他们的印象里，高干应该是满脸放光，谈吐不俗，然而在他们眼前的方部长却是一个大病缠身的病老头。他们失望之后，就有了一种优越感，于是谈吐间就另有一番味道了。

刘双林的母亲说：亲家，听说咱们一个院住着，没想到见一次面还这么难。

方部长说：都怪我这身体不争气。

刘双林父亲说：你是首长，本应该我们去看你的，但你家的门槛高，不知合适不合适，我们就没去。

方部长嘻嘻哈哈的，本还想说什么，方玮母亲就连扯带拽地把方部长拖了出来，她说：老方回去还要吃药，来看看你们，就不打扰了。

这一来一走，就有了内容。他们走后，刘双林的父母关上门有了如下对话。

父亲说：啥高干不高干的，我看比我这个农村人也强不了多少。

母亲说：真是有啥样的父母就有啥样的闺女，你看方玮她妈，一进门我就觉得那人妖道。

父亲说：唉。

母亲说：看来咱家的双林，以后的苦日子长着呢，凭咱双林的条件找啥样的找不到，咋找这么个人家呢。

方部长回到家里之后，和方玮母亲也有了如下对话。

方玮母亲说：你一直说农民好，本分，这就是本分？

方部长说：没啥，咱们是应该早点去看人家，这么晚才去，人家能不多心？

方玮母亲说：你是病人，又不是好人，他们应该先来看你。

方部长就挥挥手，一副不想说下去的神情。

方玮母亲又说：当初方玮找对象，一听是农村的，我就不愿意，你可倒好，却举双手赞成，我看方玮以后的日子可咋过。

方部长说：孩子的事咱们就别掺和了，方玮也大了，她知道怎么生活。

两人都不说话了，为了这次看望，都感到有些不愉快。

方玮这段时间也一直在思索自己的婚姻，她一直在想，从和刘双林认识到结婚整个过程中，她一直是被动的。有时，她真的说不清自己是否爱刘双林。刘双林一味地对自己好，那时，他是干部，自己是战士。她有一种亲切感，后来可以说她是被一种执着的好打动了，她觉得自己应该嫁给刘双林。于是她就嫁给他了。她不知道自己是不是爱他，一直到结婚之后，她才意识到，爱一个人是什么样子，不爱一个人又是什么样子。

这一阵子，她不知不觉地总是想乔念朝，当初她冷落乔念朝时，思想很单纯，那就是因为乔念朝落后了，身处在那种环境中，每个人都争强好胜，她不能跟思想落后的人在一起，她怕他把那种不好的情绪带给自己，就这么简单。

后来她听说，乔念朝和马非拉结婚了，别的她就一无所知了。但她还是会想起乔念朝，她用自己的婚姻去和乔念朝的比较。

现在的方玮已经不是以前的方玮了，直到这时，她似乎才明白什么是婚姻，什么是生活。以前，因为她的出身、她的经历，不可能对生活有那么多复杂的想法，别人复杂的时候，她是单纯的，她注定要为这种单纯付出代价了。

渐渐地，她下班之后，就直接回到父母这里，那个家她越来越无法忍受了。刘双林的父母因吃不惯她做的饭菜，而剥夺了她做饭的权利，然而他们做出的饭菜，她又无法下咽，刘双林却每次吃都是一副香甜无比的样子。吃饭的时候，刘双林满脸油花，鼻翼上有汗浸出，幸福无比。他不知是故意还是无意的，头埋在碗里，摇头晃脑地说：好吃，真好吃。

方玮只能把碗筷放下了，看着其他三个人吃得香甜无比的样子，她感到自己是个局外人。她的心有些冷了。

三个人对待她也是不冷不热的，吃完饭，关上门，三个人在屋子里有说有笑的，总有那么多说不完的话。

方玮只能回到父母这里了。起初父母还说她：这样不好，你是有家的人，老是往回跑像什么话。

后来，方部长这样的话也不说了。

晚上的时候，方玮就说：妈，今天我住在家里了。

方玮母亲就叹口气，为她准备床铺去了。

方部长和方玮有过一次这样的对话。

方部长说：闺女，你当初结婚时，我是支持你的，看来我错了。

方玮说：爸。

方部长又说：闺女，你现在也老大不小了，啥事都要靠自己拿个主张，爸不拦你。

方玮望着父亲不说话。

方部长还说：父母再好也不能陪你走完一生，你以后还要独立去面对生活。

方玮的眼泪流了下来，她又叫了一声：爸——

方玮在经历了一段痛苦的婚姻后，才明白什么是自己需要的婚姻，经历过了才明白。

方部长果然没有再去医院，他是病逝在家里的。后来癌症侵袭了方部长的全身，此时，他最大的敌人就是疼痛。方玮把药带回了家里，最后那些止疼的药也无法缓解方部长的疼痛了，他的汗水浸湿了衣服和被褥，他一声不哼，咬着牙坚持着。

方玮拉着父亲的手，哽咽着说：爸，你疼就哼一声吧。

方部长说：闺女，爸给你讲个故事吧。爸二十岁那年打日本鬼子，也受伤了，一块炮弹皮扎进大腿骨头里去了，医生给爸手术往外拿炮弹皮，没有麻药，爸咬个毛巾做手术，整整两个小时，爸都听见医生的刀子刮骨头的声音了，爸都没有哼一声。

方玮的眼泪流了下来，她叫了一声“爸爸”，便说不下去了。

后来方部长就大声地唱歌，先是唱《国际歌》，后来又唱“大刀向鬼子们的头上砍去……”，再唱“雄赳赳气昂昂，跨过鸭绿江……”他的声音从高到低，最后就是嘴唇在动了。

方玮的哥哥姐姐也回来了，他们静默地立在父亲的床头，他们叫了一声：爸，我们回来了。

方部长睁开眼睛，看了一眼眼前的孩子，他微笑了一下。

孩子们举手向父亲敬了个军礼。

孩子的眼泪砸在父亲举起来的手上。

刘双林在方部长弥留之际，也来看过方部长，他看到方部长那般难受的样子，便一遍遍地说：咋不去医院呢，人都这样了？

他如坐针毡的样子，在地上走了两个来回便蹲在那里了。

方部长看了他一眼，目光很快转移到自己的三个孩子身上。最后他把目光定格在方玮母亲的身上，方玮母亲此时没有了眼泪，她在专注地望着方部长，她想多看他一眼，再看他一眼。

方部长说：谢谢你呀老孙，给我生了这三个孩子。

方玮母亲哽着声音道：老方，你别谢我，要谢我还得谢你呢。

方部长最后又把目光在孩子们脸上停留了一下，说道：孩子，你们记住，你们是个老兵的孩子，不管以后干啥，别给我这个老兵脸上抹黑，爸这辈子满足了。爸活不动了，你们的身上有你爸的血，你们替爸好好活着吧……

方部长就这么去了，他很平静，平静得仿佛自己去出一趟差，转眼就能回来。

方玮在父亲去世不久，提出了和刘双林离婚。

刘双林在听到离婚的字眼时，一点也不显得惊讶，仿佛她不提出来，他也会提出来似的。那天晚上，两人在军区大院的花园里坐着，很平静地说到这一切。

他半晌才说：也许当初咱们结婚就是个错误。

她平静地望着天上的星星。

他又说：咱们其实就不是一类人，结婚之后才发现，我累，你也累。

她说：这些都别说了，只有经历过了，才会明白。

最后刘双林站了起来，冲方玮说：不过，我还是要谢谢你。

方玮不解地望着他。

他说：我不跟你结婚，我就不会到军区来，以后转业也不会留在省城。

她问：你要转业？

他点点头：我想好了，今年就提出转业，在军区工作也累，其实我不适合在机关工作。

她问：你转业想干什么？

他说：找一个我能干的工作，然后过日子。娶一个平凡的女人，也就这样子。命里该属于你的就是你的，争也没用。

她听了他的话，认真地看了他一眼，发现眼前的刘双林变了。

很快，他们就办了手续。

方玮住在自己的家里，哥哥姐姐又回到自己的工作岗位上去了，母亲需要她。父亲虽然去了，但她仍觉得父亲还在，家里到处都有父亲用过的东西，似乎像当年一样，父亲只是下部队去检查工作了，用不了几天，这个家里又会听到父亲的笑声了。

有一天下班回来，她在路上看见了乔念朝和马非拉。两人也看见了她，他们都怔了一下。

乔念朝转业了，为了照顾乔念朝的生活，马非拉也跟着转业了。对于方玮父亲去世以及她婚姻的变故，乔念朝已经听说了。

她停了下来，乔念朝和马非拉也停了下来，方玮说：你回来这么长时间，一直没见到你。

他说：我在跑工作上的事。

她说：还顺利吧？

他说：还行。

马非拉说：方玮姐，有空到我们家坐坐，我们都好长时间不见了。

方玮说：行，我一定去。

乔念朝说：以后有啥事你就说，别一个人闷着，别忘了，咱们都是一个大院长大的。

方玮的眼圈红了，她小声地“嗯”了一声。

乔念朝在马非拉的搀扶下，向前走去。乔念朝的腿有些拐，不过他和马非拉走在一起，并不明显。

方玮一直望着两人走远，最后消失在自己的视线里，她才转身向回走去。她心里的滋味很复杂，一时说不清道不明。

刘双林转业了，他被分到了商业局。他去商业局报到那天，商业局的王局长找他谈了一次话。

王局长说：你是军区来的？

他说：是，局长。

王局长：你知道我为什么要你吗？

他望着王局长不知如何回答。

王局长说：因为我也是个转业军人，也在军区工作过。

他睁大眼睛，有些惊奇地望着王局长。

王局长又说：我转业那会儿只是个战士，知道吗，我给方部长当过警卫员，他去世时，我去看过他。

刘双林的脑子里就“嗡”的一声，他一时不知自己在哪儿。

王局长说：既然转业了，就好好干吧，别给军人丢脸。

他说：是。

他从王局长办公室里退出来了，心里又有了一层阴阴的东西，这层东西看不见摸不着，却在他周身扩散着。

许久之后，刘双林也想不明白，和方玮离婚，他想过一种没有压力的生活，可离婚了，那种压抑的影子却又无处不在，此时，他被另外一种困惑折磨着。

没有不散的筵席

李亚玲对眼下的生活既满足又骄傲，这就是她眼下理想的生活。在农村的时候，那时她还是个小姑娘，她是那么迫切地向往着城市，然而城市又到底是什么，她说不清。当她走进城市的时候，才发现自己的欲望和城市一起膨胀着。于是，她开始不满意城市给予她的生活了，才有了离婚，然后投入到王副厅长的生活中来。

现在，她想象不出还有更好的生活了。她满足了。每天早晨，她和王副厅长一起下楼，坐上王副厅长的专车上班。在医院，她现在是举足轻重的人物，谁都知道她是王副厅长的夫人，人们对她很友好，也很羡慕她，不管走到哪里，人们都对她恭敬有加。她现在是内科副主任，他们那批工农兵大学生分到医院的学员，她是进步最快的，还有几个人至今仍然没有通过考试，自然没有权力给病人下处方。一个医生没权力给病人看病，如同一个军人在战场上和敌人对峙，突然发现枪里原来没有子弹那么恐慌和尴尬。

李亚玲现在面对的已经不是处方权的问题了，而是何时能当上主任的问题。他们内科主任明年就要退休了，眼下，她是最有竞争力的候选人之一。在这之前，院长已经对她透了口风，现在就等着科主任退休，她就走马上任了。

自从她和王副厅长结婚后，她真的为医院建设立下了汗马功劳。医院为了扩建，准备建一栋住院部的大楼，报告送到卫生厅已经有几年了，却一直没有批下来。后来院长找到了她，希望把医院的实际困难跟领导反映一下，领导当然就是王副厅长。于是在床上，她把这话对王副厅长说了。

王副厅长当时没说行，也没说不行，只是说：过两天，让你们院长去我办公室一趟。

几天后，院长果然去了。回来后的院长满面春风，专门到科里拉着她的手说：谢谢了，小李，你为咱们医院立了大功了。

又没多久，住院部大楼就红红火火地开始施工了。现在，她一走到将落成的住院部大楼前，就有了一种自豪感。于是，她挺胸抬头地在医院里进进出出，所有的人，都对她客客气气的。

这一切，她是满足的，做城里人就要做这样的人。那么多城里人，又有谁活到了这种境界？

在家里的生活也是温馨和浪漫的，她和王副厅长住那么大面积的房子，使她心宽气阔，有时，她从这个房间走到那个房间，这儿摸摸，那儿看看，有一种不真实的感觉。然而，这里却是她真实的家，她就一会儿梦里一会儿梦外的。

晚上，王副厅长的应酬很多，当然，每次都把她带在身边，然后轻描淡写地说：这是我夫人，李医生。

众人先是惊愣，然后就是一大堆溢美之词，说得王副厅长和她都眉开眼笑的。在众人的夸奖声中，他们是最合适的一对，那是郎才女貌、才子佳人。他们在众人的恭维声中，每次都有相见恨晚的感觉。

他们迫不及待地回到家里，恩爱了一回，又恩爱了一回。王副厅长的年龄毕竟大了，李亚玲却正当年，在她的烈火感召下，王副厅长有时感到已经心有余而力不足。李亚玲就想方设法从医院里开回一些药来，这些药大都是补男人的肾的，与精气有关，然后源源不断地让王副厅长服下去。于是王副厅长就有了额外的气力，两人的生活就又美好了起来。

自从两人结婚后，王娟很少回来了，就是偶尔回来一趟，也是匆匆地来，又匆匆地去了。章卫平一次也没有来过。

王副厅长怕李亚玲多心，便解释说：他们有孩子了，抽不出时间来。他们忙。

李亚玲才不在乎谁来谁不来呢，每次王副厅长这么解释，她都笑着说：我比王娟大不了几岁，是她不好意思呢。

李亚玲这么一说，王副厅长对她更是疼爱有加了。有一次，他附在她的耳边满足地说：我现在才发现，老夫少妻真好。

她就红了脸又用拳头去打他，一边打一边说：不要脸，真不要脸。

两人共同的危机就是王副厅长再有两三年就该退休了。退休后的日子还会是现在这样吗？答案是否定的，于是，他们就都有了一种紧迫感。

她经常对他说：人走茶凉，往后的日子你可要想好。

王副厅长就胸有成竹地说：放心，我一切都安排好了，到时候，咱们去旅游，想去哪儿去哪儿。

这一点，李亚玲心里是有数的，这从她手上的存折就能看出来，她手上存折里的钱也在飞速递增着。她高兴之余，也有些担心，她无数次忧虑地冲他说：不会有什么事吧？

他就笑一笑道：能有啥事，现在哪个领导不这么干。

想了想他又说：能让你不委屈地生活，就是让我有点惊有点怕，也是值得的。

她听了他爱情的誓言，一头扎在他的怀里。她真的感到很幸福，没想到，王副厅长会这么有情有义，比结婚前还好。她真的感到很满足了。

如果顺风顺水地这么一直过下去，生活便是一种舒适安稳的样子，然而就在这时，却发生了变故。

李亚玲先是听说省纪检的人进驻到了卫生厅，当然和纪检有关。刚开始，王副厅长还没什么变化。她也担心地问过他：没什么事吧？他轻描淡写地反问：能有啥事？

后来，她在上班时就接到了王副厅长的电话，他在电话里对她说：晚上机关要开会，今天怕是回不去了。

接连三天，王副厅长都没回来，她的心里就忽悠一下，她预感到将有大事要发生了。她现在最担心的就是那张存折，她开始无法入眠了，半夜里起来几次，把存折连续放了几个地方。最后确信万无一失了，但她仍然踏实不下来。

最近在医院里，人们也在交头接耳地议论，她隐隐地听说，卫生厅几位领导出事了。具体什么事她没听清，人们一看见她，便停止了议论，该干什么还干什么，她前脚一走，后脚人们又议论开了。

她知道，这些事肯定和王副厅长有关。她开始拨打王副厅长的电话，没人接听，最后她又呼他，他没有回呼，她知道问题有些严重了。

突然间有一天，省纪检的人和检察院的人来到了医院，他们亮了身份证，也亮了搜查证，说是要对他们家进行搜查。结果，他们家就被搜查了，那张她精心藏起来的存折，他们果然没搜到，她的心里稍安了一些。后来一位领导找她谈话说：拿出来吧。

她装作不明白的样子，惊讶地望着领导说：什么？

领导说：那张折子，老王已经交代了，拿出来吧。

她还能说什么呢，就拿出来了。

铁证如山，王副厅长犯下受贿罪，很快检察院就起诉了。又是很快，法院就判了下来。因王副厅长认罪态度很好，又把受贿的赃款全部上交，包括挥霍掉的一部分，也用自己现在住的房子顶了，他被判了十年有期徒刑。

王副厅长被判刑之后，她去看守所看了一次王副厅长。几个月没见，王副厅长似乎变了一个人，他又老又丑，她真不相信眼前的人就是昔日那个红光满面的王副厅长。

王副厅长叫了一声“小李呀”，便泪流满面了。

王副厅长说：小李呀，都是我害了你，咱们现在是一无所有了。

前两天，那个四室一厅的房子已经被法院贴上封条了。在这之前，机关房改，房子已经是王副厅长私有财产了，要退赃，自然房子也是可以抵债的。

李亚玲欲哭无泪，她现在已经是心灰意冷了。

王副厅长又说：我原想过个幸福的晚年，没想到竟落到了眼下这一地步，你不怪我吧？

李亚玲还能说什么呢，她只能默默地流泪。

王副厅长又说：十年也不算短，你还年轻，以后咱们怎么办，你说了算。

说完，他就被看守押走了。

李亚玲现在住在医院的单身宿舍里，和新分来的大学生合住。她看着那张单人床，床下放着一个箱子，那里装着自己的换洗衣服，她现在真的一无所有了，跟同宿舍的大学生一样，生活简单得不能再简单了。她现在不论走到哪里，都能听到别人对自己的议论。

后来，医院开了一次会，她内科副主任的职务被免去了，她又被调到门诊部工作去了。她现在仍然没有处方权。

生活仿佛是个圆，她从一个起点出发，走了一圈又回到了出发点。那一时刻的李亚玲，心里空了，混混沌沌的，似乎什么都想明白了，又似乎什么都没有想明白。

生活中的每一步，她都真诚地追求过了，现在她却两手空空，心里被深深的绝望取代了。此时的李亚玲早已心灰意冷，在这一过程中，她思前想后地把十几年的经历想了一遍，从刘双林到章卫平，然后又是张颂和王副厅长，男人如一条生命链，清晰而又深刻地走进了她的生活。此时的她想起最多的还是章卫平，章卫平是她青春时期投入最深情感的人，也是真正改变她命运的人，最后是她放弃了章卫平，选择了另外一种生活。

章卫平无疑是这个城市的名人了，他经常出现在电视里，城市建设的投资以及公益事业的剪彩仪式上都能看到章卫平的身影。那时，她觉得章卫平既近又远，很不真实，有时她甚至怀疑，她和章卫平是不是曾经有过那么一段感情经历。过去发生的一切，如一场梦。

那天，她在医院门前的马路上散步，天上飘着小雨，她没有打伞，任凭小雨淋着自己。她心里很闷，她无处可去。直到这时，她才发现，在这个城市里，她竟没有一个真心朋友。在她和那个新分来的大学生的宿舍里，大学生的男朋友来了，两人躲在宿舍里正在谈情说爱。她不忍心在那里当“灯泡”，其实，他们的恋情会勾起她许多不堪回首和心酸的往事。在小雨中，她感到孤单而又寒冷。

这时一辆车停在了她的身边，她没有看那车，以为车就是要停在那里的，是自己影响了人家停车。她在慢慢地走着，那辆车却紧紧跟随着她，她回了一次头，透过雨刮器，看到了车里的章卫平。她停在那里，惊讶得张大了嘴巴。

章卫平从车上下来，望着她。

他说：你怎么在雨里走，去办事？

她没有说话，就那么似梦似幻地望着她。

他说：上车吧，去哪儿我送你。

她仍然没动，他伸出手，拉了她一下，这时她才上了他的车。

他坐在车里，又问：去哪儿？

她摇了摇头，不知为什么，泪水却不争气地涌了出来。

他轻轻地吸了一口气，发动了车。最后他们在一间咖啡厅里坐了下来。

半晌，她说：我现在这样，你是不是觉得很可笑？

他吸了口气道：如果你那么认为也可以。

她又轻轻地啜泣起来。

他说：我从你们医院门口路过，看见了你，就这么简单。

她低下头，不看他。她甚至没有勇气去看他，头就那么低着。半晌，她轻声说：你说我的命怎么就那么不好，我每次都全力以赴去追求了，结果每次都是遍体鳞伤。

他说：不是你命不好，是你对自己奢望太多了。

她望了他一眼，发现他也在望她，她用手捂住自己的脸，让泪水顺着指缝流下来。她哽着声音说：以前，我以为我已经是城里人了，可现在我才发现，我不是，现在连个家都没有了，和一个年轻人挤一间宿舍，连自己的空间都没有。

她说到这儿已经泣不成声了。

他没有说话，目光一直望着她。

她又说：我连一个朋友都没有，我心里难受，可谁能听我说话呢？

后来，她不说了，也停止了哭泣，就那么有一搭无一搭地搅动着面前的咖啡。

许久，又是许久，她才轻轻地说：卫平，你不恨我吧？

他说：以前有点，但和恨无关。

她又说：这世界可真小，我嫁给王副厅长之后，才知道你和王副厅长是这种关系，是老天对我的报应。

他吸烟，把自己隐在烟雾里，她一时看不清他的表情。后来，她提出要走，他随她出来，外面的雨又大了一些。她坐在车里，发现他并没有送她回医院，而是驶上了另外一条路，她不知道他要干什么，索性闭上了眼睛。当她睁开眼睛的时候，车已经停在了地下车库，她下了车，没问这里是什么地方，随着他坐电梯上楼。最后他在一个房门前停下来，用钥匙开门，她立在那里，心脏快速地跳着。

呈现在她眼前的是一个很大的房子，比她原来住过的厅长级的房子还大。屋里设施齐备，但似乎并没有人住过。

他把钥匙放在桌子上，说：如果你愿意，以后你就可以住在这里了。

她望了一眼茶几上的钥匙，吃惊地望着他。他这次没有看她，伸手又拿出一张自己的名片，放在茶几上，然后说：以后有事需要我帮助，你可以给我打电话。

说完，他关上房门就走了。

她半梦半醒地立在那里，一时真的不知道自己身在何处。那天她大脑一点也不灵活，躺在床上很快就睡着了，第二天醒来的时候，她才想，这一切到底为了什么。

在起初的日子里，她想得更多的是章卫平这是旧情复燃，把她养在这里，可自己算什么，是他的情人还是二奶？要做他的情人和二奶岁数又大了一些，有这样的情人和二奶吗？王娟长得一点也不比自己差，还比自己年轻。自己真的能做章卫平的二奶？

她期待着，有些兴奋，还有些紧张。她知道，现在的章卫平早已经不是那个把自己打扮得很农村气的青年了。他是什么？他现在是大老板，他的家产，她猜都猜不到。这么一想之后，她心安理得起来，她住在这套大房子里，这儿看看那儿摸摸的，然后在心里问自己：这就是章卫平送自己的房子？她似乎又看到了生活的转机。

可一连许多天，章卫平没再来过，连个电话也没有。她不想这么等下去了，她要主动出击，于是给章卫平打了一个电话。打完电话后，她把自己打扮一番，然后穿上睡衣，坐在那里等章卫平。

章卫平终于来了，好奇地看了她一眼，她有些脸红心跳，径直朝卧室走去。她坐在卧室的床上半晌没见章卫平进来，便又走出去，她看见章卫平正坐在沙发上吸烟，他看见了她便问：有什么事说吧，只要我能办到的。

她冷静下来，说了声：对不起。

她又走进了里间，换好衣服后才走了出来。她坐在他对面，说道：为什么让我住在这儿？

他说：受我岳父之托，他让我们照顾一下你。你说没房子住，这里你可以随便住，如果不踏实，可以把产权人写成你。

她有些失望，低下头。

他说：这套房子就算我送给你们的，我岳父如果能活到出狱那天，这里就是他养老的地方。

这时她才意识到，在法律上，她还是王副厅长的妻子。

半晌，她抬起了头，此时她已经是另外一种表情了，她说：就这些？

他说：李亚玲，十几年前的事我不会忘，我一直记着。如果你个人有事找我，我会为你办的，这次你不用感谢我，要感谢的话，你就感谢我岳父好了。

她低低地说：明白了。

直到这时，李亚玲才明白自己，也明白了章卫平。那一刻，她似乎什么都想通了，也想透了。她知道自己在以后的生活中不能为单纯的感情而生活了，也不可能靠感情去生活了。她要成为自己的主宰、生活的主宰，她只能靠自己了。她终于醒悟了。

不久，她又和章卫平见了一面，她开门见山地说：章卫平，你说过，你能帮我。

章卫平望着她说：没问题。

她说：我辞职了，不想在医院干了，我要自己开一个中医诊所，想向你借点钱。

他吁出了一口气，说道：没问题。

她说：就十万。

他说：明天，我让人送过来。

她说：到时候我连本带利还你。

他笑了笑说：行，没问题。

他浑身轻松地离开了她，这是他希望看到的李亚玲，以前他那么痴迷地喜欢她，直到这时，他还没有弄明白，他当时喜欢她什么呢？也许是青春需要交的一笔学费吧。

不久，在这个城市的一个角落里，一家中医诊所开业了。在开业庆典的鞭炮声中，章卫平远远地站在一家商店的门后，注视着眼前的一切，后来他上了自己的车，把车窗关上，又悄悄地把车开走了。

图书在版编目(CIP)数据

大院子女 / 石钟山著. -- 北京 ：中国文史出版社，2023.3

(中国专业作家作品典藏文库 . 石钟山卷)

ISBN 978-7-5205-3594-6

Ⅰ. ①大… Ⅱ. ①石… Ⅲ. ①长篇小说-中国-当代 Ⅳ. ①I247.5

中国版本图书馆 CIP 数据核字(2022)第 128710 号

责任编辑：薛未未

出版发行：**中国文史出版社**
社　　址：北京市海淀区西八里庄路 69 号院　邮编：100142
电　　话：010-81136606　81136602　81136603（发行部）
传　　真：010-81136655
印　　装：北京新华印刷有限公司
经　　销：全国新华书店
开　　本：720×1020　1/16
印　　张：19.25　　字数：277 千字
版　　次：2023 年 3 月第 1 版
印　　次：2023 年 3 月第 1 次印刷
定　　价：65.00 元